우리들의 비밀 온실

김은모 옮김

나미키 도 장편소설

우리들의 비밀 온실

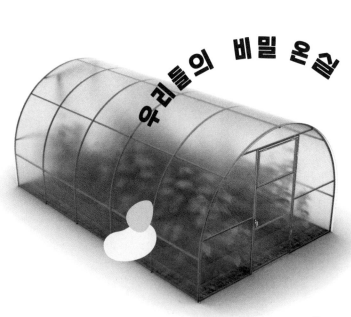

천진난만하다는 것,
순진무구한 어린아이라는 것은
어른의 사회에서는 범죄다.

끌로드 를르슈

보쿠 히데미는 문고본을 펼치며 복도에 면한 교실 벽에 등을 기댔다.

앞문과 제일 가까운 자리에 멍하니 앉아 있던 이와쿠마 마코가 근처에 있는 보쿠를 올려다보며 말했다.

"뭐 읽어?"

이와쿠마가 보쿠가 든 문고본의 표지를 들여다보았다. "시녀 이야기" 하고 눈에 들어온 제목을 중얼거리더니 "재미있어?"라고 물었다.

"응."

보쿠가 창가 쪽 자기 자리에 앉지 못하는 것은 다른 애들에게 점령당했기 때문이다. 멋대로 남의 의자에 앉아 있는 정도라면 그나마 나았겠지만, 하필이면 반에서 가장 활발한 남학생 다섯 명과 여학생 한 명으로 이루어진 중심 인물 그룹이 보쿠의 책상 가장자리에 엉덩이를 올려놓았다.

보쿠는 책을 읽다가 이따금 빼앗긴 자기 자리를 힐끔힐끔 쳐다보았다.

"교양 없는 것들."

보다 못한 이와쿠마가 스마트폰 화면을 보며 작게 말했다.

보쿠의 책상에 걸터앉은 야구치 미루쿠의 지나치게 높은 웃음소리가 교실 반대편까지 들려왔다.

만약에 말이야, 보쿠는 한숨을 섞어 이와쿠마에게 말했다.

"지금 내가 당당히 내 자리에 돌아가면 어떻게 될까? 미안, 좀 앉을게, 하면서."

이와쿠마는 실소를 흘리고 나서 대답했다.

"한순간 거북한 공기가 흐르고 앗, 미안해, 하면서 너한테 쓴 웃음을 짓겠지. 장소를 바꿔서 또 시끄럽게 떠들어댈 테고. 그 뿐이야. 아, 일단 너부터 비웃고 나서 이야기를 시작하겠지. 아니면 아무도 널 거들떠보지 않거나. 야구치는 네 책상에서 비키지도 않을걸. 네가 자리에 앉아도 엉덩이로 네 시야를 가릴 거야. 속으로는 '뭐야 애, 분위기 파악도 못하네' 하고 기분 나빠하면서."

"에휴."

보쿠는 작게 한숨을 쉬고 문고본 페이지를 넘겼다. 『시녀 이야기』는 스릴 넘치는 클라이맥스 단계에 돌입했다. 거기부터는 나중에 여유롭게 읽으려고 책갈피를 끼우고 책을 덮었다.

"영화관에 가면 영화 시작 전에 주의점을 안내하잖아."

이와쿠마가 웅, 하고 맞장구를 쳤다. 보쿠는 이와쿠마와 딱히 친하다고 생각하지는 않는다. 이야기가 잘 통하는 것도 아니다. 그저 이럴 때 대화를 나눌 사람이 반에 따로 없으니까 고립되지 않으려고 이와쿠마 곁에 있는 것에 지나지 않는다. 보쿠와 이와쿠마에게 서로는 영어와 체육 등 실습수업에서 조별 활동을 헤쳐나가기 위한 응원군에 불과하다.

눈빛도 성격도 사교성도(머리도!) 좋지 않은 이와쿠마는 이런 시골의 꼴통 고등학교에서도 당연히 겉돌아서, 이와쿠마에게 호의적으로 대한다는 건 반의 다수파에서 제외된다는 의미였다. 이와쿠마와 동등하게 지내기 위해서는 그 애를 다른 아이들처럼 '이와쿠마코'나 '마'와 '코' 사이에 응ㅅ을 덧붙인 '이와쿠망코'라는 악질적인 별명*으로 부르지만 않아도 된다.

"'앞좌석을 발로 차지 마세요'라는 주의사항 말야. 들을 때마다 설마 그런 사람이 있을까 싶지만, 저런 애들이 실제로 그럴지도 모르지."

보쿠는 실내화의 녹색 앞코로 야구치 미루쿠가 속한 그룹을 가리켰다.

"분명 그럴걸." 이와쿠마는 씩 웃더니 "하지만," 하고 말을

•   일본어로 망코는 여자의 성기를 가리키는 속어다.

이었다.

"쟤들은 영화 감상 같은 문화생활은 절대로 안 할걸. 쟤들이 어떻게 두 시간이나 의자에 얌전히 앉아 있겠어?"

하하…… 그건 맞네. 보쿠는 겸연쩍어서 윗입술을 살짝 핥았다. 이와쿠마는 어설픈 윙크처럼 왼눈을 꾹 감고 한 박자 늦게 오른눈을 감는 방식으로 몇 번 눈을 깜박인 뒤에 말했다. 이 버릇은 이와쿠마가 놀림 받는 이유 중 하나였다.

"고등학교 때 인간관계는 졸업하면 다 부질없어. 나중에는 저런 애들이 제일 먼저 인생을 잡칠걸. 기대된다. 다들 빨리 죽어버렸으면."

이와쿠마는 야구치 미루쿠를 노려보았다. 그 애가 뛰어난 육상부 선수이자 성적도 최상위권인 우등생이라는 사실은 일부러 무시했다.

야구치 미루쿠는 인기가 많고, 교사들 사이에서 평판도 그럭저럭 좋고, 더구나 발도 빠르다. 여학생이 세 명밖에 없는 이 반에서 보쿠와 이와쿠마와 달리 영리한 야구치 미루쿠는 처세술을 적절히 활용해 남자 사회에 녹아드는 데 성공했다. 보쿠는 반쯤 비아냥거리고 싶은 기분으로 그런 분석을 마쳤다. 학급 인원 서른 명 중에 여학생이 세 명밖에 안 될 정도로 성비가 극단적인 건 여기가 공업고등학교 기계과이기 때문이다.

불만에 양념을 듬뿍 치는 성격인 이와쿠마는 툭 하면 촌 동네 꼴통 공고에 입학한 시점에 이미 우리 인생은 망했다면서 연예인이 개인기하듯 말한다. 이와쿠마는 지난주에 전교생을 대상으로 한 조회 시간에 "지금 서 있는 자리에서 꽃을 피우세요"라고 훈화 연설을 한 교사에게 가운뎃손가락을 세우며 욕했는데(물론 몰래), 그때는 쓴웃음을 지으며 이와쿠마를 달랜 보쿠도 속으로는 같은 기분이었다. 고등학교를 졸업하고 지역의 공장에라도 취직해서 가전제품 따위를 만드는 일을 할 수 있으면 감지덕지다. 인생을 여행에 비유하자면 자신의 인생은 기껏해야 당일치기 여행일 것이다. 그것도 근처 동물원에 갔다가 끝나는 게 고작인. 그건…… 여행이 아니라 '소풍'이잖아. 내 인생이 '소풍'이라고? 생각해보면 이 학교에는 수학여행조차 없다. 몇 년 전에 싱가포르로 수학여행을 갔을 때 한 학생이 친구를 익사시킨 뒤로 폐지됐다.

종소리가 울리자마자 교실에 들어온 담임교사가 자리에 앉으라고 재촉하기도 전에, 교실 안팎에 뿔뿔이 흩어져 있던 학생들이 자리에 앉았다. 보쿠도 자기 자리에 앉았다. 책상에 손을 대자 야구치 미루쿠가 깔고 앉았던 탓에 사람의 체온 정도로 따뜻했다.

담임이 입을 열었다.

"너희들이 2학년이 되고 벌써 두 달이 지났다."

이 학교에서는 전공별로 반이 나뉘므로 2학년이 돼도 반 구성이 달라지지 않는다. 담임의 말에 새삼 이 인간과 또 1년이나 면상을 마주해야 한다는 생각이 치밀어 보쿠는 벌써 진절머리가 났다. 보쿠는 담임의 이야기에 굳이 귀를 기울일 가치가 없다고 판단하고 무릎 위에다 문고본을 펼쳤다.

"이런 때일수록 정신을 바짝 차려야 한다."

고개를 숙이고 무릎 위의 글씨를 눈으로 좇았다.

"암호가 있어" 하고 그녀는 말했다.

"너희들의 싸움은 이미 시작됐어. 이 중에는 자유가 뭔지 잘못 알고 있는 사람도 있겠지."

담임의 얼굴을 외면했는데도 말투에서 그의 찌푸린 표정이 쉽게 상상됐다.

"암호?" 하고 나는 물었다. "뭣 때문에?"

"쓸데없는 일로 남에게 민폐를 끼치거나, 해야 할 일도 하지 않고 놀러 다니기만 하는 인간은…… 딱 잘라 말해 밥벌레야!

잘 들어, 그런 인간들의 말에 귀 기울이지 마. 너희는 해야 할 일을 해라."

탁탁탁탁, 하고 분필로 칠판에 글씨를 쓰는 소리가 들렸다.

"상대가 동료인지 아닌지를" 하고 그녀가 말했다. "확인하기 위해서."

담임이 손바닥으로 칠판을 쾅 쳤다.

"자신을 통제한다는 뜻으로 자율. 1년간 자율하는 방법을 제대로 배우도록. 열심히 공부하고, 가족을 위해서 남자는 강하고 현명하게, 여자는 정숙하게 살면서 튼튼한 아이를 많이 낳아 건강하게 키우는 거다!"

뭐, 여자는 세 명밖에 없지만.

담임이 허물없는 말투로 그렇게 덧붙이자 건조한 웃음소리가 드문드문 들렸다.

암호를 안다고 내게 무슨 도움이 될지는 모르겠지만 물어보았다. "어떤 말인데?"

"쩝, 요즘은 이런 소리 하면 안 되지. 어휴, 참 안 되는 것도 많은 시대라니까. 너희, 선생님이 이런 소리 했다고 부모님한테 고자질하면 안 된다? 난 너희를 믿고 말하는 거야."

"〈메이데이〉야"라고 그녀는 말했다. "너한테 한번 써본 적 있어."

담임은 칠판에 쓴 '자율'이라는 글씨를 문을 두드리듯 주먹으로 몇 번 두드렸다.

"각자의 의지로 고향에, 국가에 그리고 모두에게 도움이 되는 훌륭한 어른으로 자라나라. 그러기 위해서 자율이 필요한 거다. 의무도 다하지 못하면서 권리만 주장하는 못난 어른만큼은 되지 말도록."

"〈메이데이〉"라고 나는 되뇌었다. 그날 일은 기억한다. 나를 도와줘.

한숨 소리를 거꾸로 돌린 것 같은 소리가 났다. 보쿠의 뒷자리에서 야구치 미루쿠가 노골적으로 하품을 하고 있었다.

보쿠는 괜스레 목덜미를 만지작거리는 척하면서 슬쩍 고개를 돌렸다.

마침 책상에 엎드리려는 야구치와 한순간 눈이 마주쳤다.

있지, 불이 났대. 불. 우리 집 근처에서!

수업이 끝난 뒤 보쿠는 중고서점에 들러 책과 CD를 사서 집에 왔다. 현관에서 신발을 벗고 있자니 엄마와 남동생이 이야기하는 소리가 들렸다.

두 사람은 2층 거실 텔레비전 앞에 앉아 있었다. 이바라기현 도카이촌의 단독주택에서 화재. 남성 한 명이 사망. 일가족 세 명이 살고 있었지만 아내와 아들은 행방불명 상태다. 우리 고향이 전국 방송을 타다니 어쩐지 신기했다.

"어머, 찝찝해라"라는 엄마의 말에 동생이 고개를 끄덕였다.

"밤에 나갔다 올게."

보쿠는 그렇게 말하고 동생의 까까머리를 쓰다듬은 뒤 얼른 자기 방으로 갔다. 저녁은 먹지 않겠다는 의사 표시였다. 엄마가 입을 다문 채 응인지 음인지 모를 대답을 했지만 보쿠는 듣지 못했다.

보쿠는 늘 배가 고프다. 다이어트를 하는 건 아니고, 일주일에 한 번 받는 점심값으로 책이나 CD를 사기 때문이다. 또한 보쿠에게 가족이 다 모인 식탁만큼 거북하고 견디기 힘든 자리는 없기 때문에, 집에 오자마자 바로 나가려고 하는 편이다.

실직하고 지금은 일용직 노동자로 일하는 아빠와, 아빠의 고등학교 동창이었던 엄마. 고향을 한 번도 떠난 적 없는 아빠는 2세대 주택에서 어머니, 즉 보쿠의 할머니를 모시고 산다.

할아버지는 2년 전에 돌아가셨다. 그 뒤로 할머니는 층마다 한 세대씩 생활하도록 거실도 부엌도 욕실도 두 개씩 마련된 이층집의 한 층을 혼자 차지하고 지내는 걸 부담스러워한다.

보쿠보다 세 살 어린 남동생은 올해부터 등교 거부를 시작했다. 반 아이들이 동생을 수영장으로 끌고 가 의자에 묶은 뒤, 동생이 자랑스러워하던 긴 머리에 제모 크림을 샴푸처럼 처덕처덕 발라서 불쌍하게도 얼룩소 같은 머리가 되어 돌아온 날부터였다. 지금은 머리카락과 바꿔서 얻은 비디오 게임 「그랜드 테프트 오토」와 「포트나이트」를 하는 것 말고는 인생의 모든 어려운 문제에서 해방됐다. 어중간하게 남은 머리카락이 너무 꼴사나워서 최근에 빡빡 깎았는데, 이제는 나름대로 머리카락이 고르게 자라서 모양이 괜찮아졌다.

보쿠는 무엇보다 가족이 식탁에서 보이는 행동거지가 너무 싫다. 부모님은 이른바 식사 예절을 신경 쓰지 않는 편이다. 식사예절은 그렇다 쳐도 쩝쩝거리는 소리는 도저히 못 참겠다. 테이블에 떨어진 호박찜을 재빨리 주워서 입에 넣든(그러고는 아무 일도 없었다는 듯이 테이블에 묻은 노란 얼룩을 손가락으로 닦든), 소스 봉지를 뜯어서 붓고 안쪽에 묻은 소스를 빨아먹든 맘대로 해도 좋다. 날달걀에 이미 적신 소고기를("이제 보니 덜 익었네"라고 지껄이며) 스키야키 냄비에 도로 넣는 것도 용납할 수 있다. 하지만 입을 크게 벌리고 쩝쩝짭짭 소리를 내며 음식을 씹는 것만큼은 이해가 안 된다. 딸을 못살게 굴려고 일부러 그러는 게 아닌가 의심스러울 정도다. 음식을 이로 바수고 침과 섞어 어린애가 가지고 논 찰흙 같은 상태로 만들어 삼킨다. 그 과정을 귀에 거슬리는 소리와 함께 보고 있으면 미칠 것만 같다. 전에 항의하는 뜻을 담아 밥 먹는 내내 헤드폰을 끼고 있다가 아빠에게 따귀를 맞았다. 아빠는 그런 짓을 아무렇지도 않게 할 만큼 사고방식이 고리타분한 인간이다.

보쿠는 배고픈 게 싫지는 않다. 적어도 정신적 지옥인 집 식탁에 앉아 있는 것보다는 훨씬 낫다. 가족이 함께하는 식사에 참석하지 않는 것은 보쿠 나름의 항의이지만, 부모는 당연히 단순한 사춘기의 반항으로밖에 받아들이지 않는다. 골은 깊어질 뿐이다.

자기 방에서 사복으로 갈아입은 보쿠는 허리에 매는 파우치를 차고 일자 챙에 동그란 스티커가 붙은 뉴에라 모자를 썼다. 거실에서 텔레비전을 보고 있는 엄마와 남동생을 외면하고 계단을 내려와 현관문을 열었다.

좁은 정원으로 나가자 다 마른 빨래를 느릿느릿 걷고 있던 할머니와 마주쳤다.

할머니는 쪼글쪼글하고 깊은 주름이 잡힌 얼굴로 "수미 짱,

나가니?"라고 명랑하게 물었다.

"네, 잠깐 놀다 오려고요."

보쿠는 할머니에게 들리도록 크게 외치며 큰 동작으로 고개를 천천히 끄덕였다.

"그렇구나. 자, 받으렴."

할머니는 품에서 물림쇠가 달린 지갑을 꺼내더니 세 번 접은 천 엔짜리를 불안한 손놀림으로 집어서 보쿠의 손에 쥐여주었다.

"가, 감사합니다. 죄송하고요."

보쿠는 쓴웃음이 났다. 같은 집에 살지만 생활 리듬이 근본적으로 다른 할머니와는 이야기를 나눌 기회가 많지 않다. 할머니는 손주와 눈이 마주칠 때마다 마치 의무라는 듯이 용돈을 준다. 그럴 때마다 보쿠는 거북함과 기쁨을 7 대 3 정도의 비율로 느낀다. 꼼꼼히 접어서 우표만큼 작아진 천 엔짜리를 받아 움켜쥐었다.

할머니는 웃으면서 몸을 돌려 다시 빨래를 걸기 시작했다. 빨랫줄에서 걷은 보풀이 잔뜩 인 베이지색 스웨터를 천천히 개켜서 발치에 있는 바구니에 넣는다.

나가려던 보쿠는 발을 멈추고 잠시 망설이다 돌아갔다.

"도와드릴게요."

깜박하고 큰 소리로 말하지 않았다. 할머니는 "뭐라고?"라며 고개를 갸웃하더니 빨래를 계속 걷었다.

"빨래 걷는 거, 도와주겠다고요!"

보쿠는 빨랫줄에 널린 빨래를 집었다. 이이구, 고마워. 할머니는 미소 지었다.

할머니가 30분 걸릴 일을 보쿠는 5분 만에 끝냈다. 빨래로 가득 찬 바구니를 1층 거실까지 옮겨놓았다.

"용돈 주셔서 도와드린 거 아니에요."

보쿠가 자조하듯이 말했지만 할머니는 그 말을 못 알아들은 것 같았다.

"수미 짱, 고마워. 시간은 괜찮니?"

"급한 볼일은 아니에요."

할머니가 지갑에서 또 '심부름 값'을 꺼내려고 하길래 보쿠는 됐다고 손사래를 치고 얼른 집을 빠져나왔다.

✦×

목적지는 역 근처다. 보쿠는 걸어서 20분 거리인 JR선 도카이도역으로 향했다. 도중에 편의점에서 할머니에게 받은 천 엔으로 츄하이* 큰 캔과 샌드위치를 샀다. 이미 날은 완전히 저물

• 소주에 탄산과 과일 향을 첨가한 일본의 술.

어 있었다.

역 주변에 있는 공원 가운데 가장 규모가 큰 곳으로 들어가자 잡음 섞인 음악이 들려왔다.

공원 구석에 젊은이들이 스피커를 중심으로 빙 둘러서 있었다. 보쿠는 비닐봉지에서 츄하이 캔을 꺼내며 그쪽에다 헤이맨, 하고 경쾌하게 인사를 건넸다.

"요, 아, 뉴로맨서."

"안녕."

여섯 명으로 이루어진 사이퍼* 일원 중 한 명이 돌아보았다. 보쿠를 뉴로맨서라고 부른 소년은 오른손가락으로 들고 있던 담배를 왼손으로 옮겼다. 보쿠는 오른손을 내밀어 소년, 재키와 가볍게 하이파이브를 한 뒤 주먹을 살짝 부딪쳤다. 인사를 뜻하는 손동작이다.

"어느 쪽으로 돌고 있어?"

보쿠는 재키에게 물으면서 사이퍼에 끼어들었다. 한가운데 놓인 소형 스피커에서 버스타 라임스의 「브레이크 야 네크Break Ya Neck」의 반주가 흘러나오고 있었다.

"시계 방향으로."

머리를 어깨까지 기른 소심해 보이는 소년이 비트에 맞춰

•   빙 둘러서서 랩과 춤을 대결하는 힙합 문화.

프리스타일 랩을 했다. 나직한 목소리가 스피커 음량에 묻혀 알아듣기 힘들었지만, 한 마디마다 라임을 딱딱 맞추고 있다는 걸 보쿠도 알 수 있었다. 자신이 중학교 2학년이고 프리스타일 랩은 첫 도전이라는 내용이었다. 이 모임에서 뉴페이스는 귀하다. 보쿠는 츄하이 큰 캔을 따면서 오른손을 흔들었다.

그가 여덟 마디를 마치자 슈키슈키슈키, 하고 스피커에서 스크래치 음이 흘렀다. 소년의 오른쪽에 있는 남자 차례다.

"첫 도전? 각오가 대단한걸카쿠고스게"이라고 소년의 말을 사용해서 라임을 넣는다. "완전히 아무로 레이."

"하나 충고할게, 유노세이? 프리스타일은 두뇌전즈노센……."

보쿠는 츄하이로 목을 적시며 그의 유창한 라임에 맞추어 몸을 흔들었다. 여기서 가장 나이가 많은 가비지는 이 중 제일 유명한 래퍼로, 도쿄에서 활동한 이력도 있다. 이 '도카이촌 사이퍼'의 주최자이기도 하다. 그가 랩을 할 때마다 사람들 사이에서 예, 하고 나른한 환호성이 일었다.

스크래치 음을 들은 뒤 가비지 오른쪽에 있던 보쿠는 어떻게 이어나갈까 재빨리 궁리했다. 얼굴 앞에서 손을 좌우로 흔들면서 더듬더듬 여덟 마디 랩을 '친다'.

"프리스타일은 두뇌전, 확실히 그래, 그건 오케이. 하지만 난 우등생이 아니니까 됐어……."

말문이 막혀 한 마디는 쑥스러워하면서 "예, 예"라고 얼버무리고 넘어갔다. 두뇌전즈노센, 우등생유토세, 모음은 이, 우, 오, 우, 에…….

"인생은 늘 괴롭다고 느껴지는 일뿐코토밧카, 마치 머리는 마더 퍼커마자홧카, 하지만 바들바들가타가타 떨리는 몸이카라다가 따뜻해지면 그때부터니까소레카라다카라."

어미의 모음을 '아'로 바꾸고 재키에게 마이크를 넘겼다.

✦×

몇 시간 동안 돌아가며 프리스타일 랩을 했다. 그동안 멤버가 빠지거나 추가되고, 일부는 식사를 하거나 담배를 사러 갔다가 돌아오기도 한다. 보쿠가 빈 캔을 버릴 겸 사람들 사이에서 빠져나와 쉬고 있는데, 마찬가지로 잠깐 빠져나온 가비지가 말을 걸었다.

"뉴로, 수고 많았어."

"앗, 수고하셨습니다."

가비지는 사람들 근처에 있는 벤치에 앉았다. 보쿠도 그 옆에 앉았다. 가비지는 입에 물고 있던 짧아진 담배를 퉤 뱉고 신발로 비벼서 담뱃불을 껐다. 그는 호주머니에서 세븐스타 담뱃갑을 꺼내서 담배를 새로 피워 물었다.

"한 개비 줄까?"

"감사합니다."

보쿠는 얼굴 앞에 손을 세로로 세워 감사를 표한 뒤, 담뱃갑에서 담배 한 개비를 꺼내 입술 사이에 끼웠다. 라이터를 빌려 불을 붙였다.

비트와 랩을 들으며 연기를 내뿜었다. 연기는 밤하늘에 퍼져서 금방 사라졌다.

"뉴로, 요즘 실력 좋아졌네."

"그렇습니까?"

보쿠는 밤인데도 선글라스를 낀 가비지의 옆얼굴을 힐끔 보았다.

"응, 다음에 미토에서 이벤트 열 건데, 뉴로도 참가해."

가비지는 힘차게 연기를 내뿜었다.

"정말입니까? 감사합니다!"

응, 그래그래, 하고 맞장구를 치는 가비지를 보며 보쿠는 생각했다. 프리스타일 랩을 좋아하지만 어디까지나 취미고, 재미있으니까 할 뿐 프로 래퍼가 되고 싶은 건 아니다. 애당초 술 없이 맨 정신으로 남들 앞에서 절대로 노래하는 건 도저히 못할 짓이다.

그래도 리스펙하는 가비지가, 힙합 애호가 인구가 한 줌도 안 될 이런 촌(촌! 지자체 시정촌 중 꼴찌다)에서 힙합을 일으켜보려고 애쓰는 그가 칭찬해주다니, 설령 빈말이라도 기분이 나쁘지는 않았다. 보쿠는 천천히 담배 연기를 빨아들였다가 내뱉었다.

"내가 친구한테 뉴로 이야기를 했어. 유망한 여자 래퍼가 있다고. 그랬더니 비트를 만들어주겠대. 가사 써봐. 곡 만들어지면 라이브 공연에 끼워줄게."

보쿠는 가비지 쪽으로 고개를 획 돌렸다. 노골적으로 동요한 모습을 보이자 푸흡 하고 내뱉는 듯한 웃음이 돌아왔다.

가비지는 입술 안쪽에 붙은 담배 필터 조각을 손톱으로 떼어내 발치에 탁 튕겼다.

"정말입니까?"

보쿠는 클럽 무대에 서서 랩을 하는 자신의 모습을 상상해보았지만, 구체적인 장면이 전혀 떠오르지 않았다.

"어쩔래? 강요하지는 않겠지만 뉴로한테는 재능이 있는걸. 음원 꽉꽉 내면서 본격적으로 활동해봐도 괜찮을 것 같은데."

가비지가 이를 보이며 씩 웃었다. 보쿠는 비행기 태우지 마세요, 하고 농담하듯 가비지의 어깨를 툭 쳤다.

물론 동경하는 마음은 있다. 집에서 공책에 라임을 맞춰 가사를 적는 낯간지러운 취미도 아직 그만두지 않았다.

"할게요."

가비지의 랩은 빠르면서도 귀에 쏙쏙 들어온다. 분명 의식적으로 복식 발성을 하기 때문일 텐데, 그는 지금도 그 발성법으로 크게 웃었다.

"좋았어. 녀석한테 연락해둘게."

"아, 감사합니다."

보쿠는 고개를 꾸벅 숙였다. 혹시, 어디까지나 혹시지만 내 노래가 날개 돋친 듯이 팔려서, 그런 일이야 없겠지만 나름대로 좋은 평가를 받고 적어도 지역에서만이라도 유명한 래퍼로 자리매김하면 어떨까……. 절대로 실현 불가능한 꿈이라고는 할 수 없지 않을까.

보쿠는 다 피운 담배를 배수구에 버리고 사이퍼에 다시 참가했다. 자신의 생활이나 요즘 화제가 되는 이슈 등을 소재로 랩을 하다가 해산했다. 오늘 처음으로 참가했다는 중학생은 끝까지 남아 있었다. 전철 막차로 돌아간다는 모양이다.

이 시간까지 있어도 괜찮나? 보쿠는 사돈 남 말하듯 걱정을 했다.

✦×

사람들과 헤어진 보쿠는 충족감에 부푼 마음으로 슬렁슬렁 집에 돌아갔다. 지금 같아서는 뭐든 다 할 수 있을 것 같은 기분이었다.

그 순간 무서운 뭔가와 마주친 느낌에 잔뜩 들떴던 기분이

싹 식으면서 보쿠는 그 자리에 멈춰 섰다.

함석지붕이 달린 간이 벤치. 고속버스 정류장이다. 거기에 후드를 뒤집어쓴 사람이 누워 있었다. 그냥 노숙자로 판단해 평소처럼 눈을 슬쩍 돌리고 지나가기에는 너무나 이질적인 광경이었다.

보쿠는 몸을 돌렸다. 가로등이 별로 없어서 버스 정류장 주변 분위기는 으스스했다. 사람이 누워 있는 벤치를 살그머니 들여다보았다.

일단 후드 틈새로 보이는 얼굴과 몸매로 여자라는 것을 알 수 있었다. 여자 노숙자는 처음 봤다.

여자의 옷에는 핏자국으로 보이는 얼룩이 잔뜩 묻어 있었다.

시체인가?

더구나 아이가 여자의 무릎을 베개 삼아 고양이처럼 몸을 웅크리고 있었다.

이게 보쿠가 그냥 무시하고 지나가지 못한 이유였다. 양심이냐 호기심이냐를 따지면 후자임을 자각하면서도 보쿠는 그들에게 얼굴을 가만히 갖다 댔다. 적어도 둘 중 아이는 살아 있다. 색색거리는 숨소리가 들린다.

보쿠는 될 대로 되라는 심정으로 여자의 몸을 흔들었다. 반응이 없자 더 세게 흔들었다. 여자는 일어나지 않았다. 정말로 죽었나……? 참다못해 양손으로 어깨를 세게 두드렸다. 괜찮아요? 이봐요, 이봐요, 하고 여자의 귓가에 대고 외쳤다. 다시 몸을 흔들어봤다. 반응은 없었다.

차도 건너편에 자판기 불빛이 보였다. 보쿠는 도로를 재빨리 건너서 페트병에 든 음료수를 두 병 사 왔다. 음료수를 벤치에 살짝 내려놓았다. 잠시 기다려봤지만 여자와 아이는 미동도 없었다.

여자의 후드 소맷자락을 걷어 올렸다. 흉내로나마 맥을 짚어 볼 생각이었다.

보쿠는 빨갛게 부은 여자의 가느다란 팔을 보고 외마디 비명을 지를 뻔했다.

손목에서 팔꿈치까지 여기저기 동그란 화상 자국이 수두룩했다. 이 세상의 부조리를 모조리 끌어 모아 한곳에 옮긴 듯한 그 팔을 보자 온몸에 한기가 느껴졌다.

이 화상 자국은 〈메이데이〉다.

'도와줘'라는 심상치 않은 호소가 소리 없이 다가왔다. 보쿠는 축 늘어진 여자의 가련한 오른팔을 잡고 손목에 자신의 손가락 두 개를 대봤다.

여자의 맥박이 느껴지지 않았던 건 보쿠가 맥 짚는 방법을 제대로 몰랐기 때문이었다. 나중에 그 사실을 알았을 때 보쿠는 두피에서 피가 날 만큼 머리를 쥐어뜯으며 후회했지만, 이때는 그저 본능적인 공포가 시키는 대로 달아났다.

집에 곧장 돌아갈 기분이 아니라서 근처에 있던 패밀리 레스토랑 코코스에 들어가 멍하니 시간을 보냈다. 그 기묘한 엄마와 아이는 잊자. 그냥 마침 거기서 잠을 자고 있었을 뿐이다. 보쿠는 찜찜한 기분을 털어버린 뒤, 가비지에게 들려줄 곡을 구상하기 위해 스마트폰을 꺼내 메모 어플을 열었다. 허기를 달래고자 햄버그스테이크 플레이트를 주문하고 가게에 흐르는 요네즈 겐지의 히트곡에 맞추어 손끝으로 테이블을 두드렸다.

종업원이 내 온 햄버그스테이크를 무미건조하게 씹었다. 나이프로 자른 햄버그스테이크의 단면에 불그스름한 반점이 보였다. 그 모양이 아까 그 여자의 팔에 있던 화상 자국과 겹쳐졌다.

아무 가사도 떠오르지 않았다. 열어둔 메모 어플은 백지 상태였다.

갑자기 스마트폰이 진동했다. 깜짝 놀라 어깨를 움찔하며 화면을 보자 전화가 오고 있었다. 화면에 뜬 발신자 이름은 보쿠 나리토시. 아빠다. 보쿠는 주소록에 가족을 본명으로 등록해놓았다.

"여보세요?"

보쿠는 진저리를 치며 스마트폰을 귀에 댔다. 아빠의 목소리가 거실의 텔레비전 소리에 섞여 들렸다.

"야, 너 지금 어디야? 지금 몇 시인 줄이나 알아?"

이제 보니 날짜가 이미 바뀌어 있었다.

"친구 집에 있어. 아침까지는 돌아갈 거야. 끊을게."

보쿠는 그렇게만 말하고 전화를 끊었다.

한 시간쯤 지난 뒤 보쿠는 여자와 아이가 있던 버스 정류장으로 돌아갔다. 아무래도 두 사람을 코코스에 데려가서 아무것도 묻지 말고 밥을 사줬어야 했다는 생각을 도저히 떨칠 수가 없었다. 아이에게는 도라에몽 얼굴 모양 그릇에 담긴 키즈 메뉴를, 엄마에게는 알루미늄포일 햄버그스테이크*와 와인을.

버스 정류장에 있던 여자와 아이는 사라지고 없었다.

며칠 뒤 보쿠는 도카이촌에서 발생한 화재 사건의 후속 뉴스가 나왔다는 것을 알게 되었다. 남자의 직접적인 사인은 일산화탄소 중독이었지만 검시 결과 등에서 날붙이로 찌른 흔적이 발견됐으며 침실에 타다 남은 식칼이 떨어져 있었다. 화재가 발생한 뒤 행방불명돼 용의선상에 오른 아내 하라다 미즈

---

* 알루미늄포일 용기에 담긴 햄버그스테이크를 오븐에 조리해서 제공하는 음식.

호는 아들과 함께 길거리를 정처 없이 걷다가 체포됐다는 내용이었다.

트위터에서 그 뉴스에 대해 언급한 글을 찾아보았다. 아내가 남편을 살해하고 도망, 집에 불을 질러 증거 인멸을 시도했다…… 는 투의 글이 대부분이었다. '#아내가 범인'이라는 해시태그와 함께 올라온 사진 속 얼굴이 낯익었다. 뉴스를 통해 아들의 이름이 겐이라는 것도 알아냈다.

✦×

하라다 미즈호는 잠들지 않고 그냥 이부자리에 누워 쉬고 있다.

살그머니 일어나 이불 밑에 숨겨둔 핸드백을 연다. 식칼, 수건, 삼끈, 장갑. 빠진 건 없다. 자동차 운전학원에서 기능시험을 보기 전처럼 물건들을 꼼꼼히 확인한 뒤 심호흡을 하고 장갑을 낀다. 지퍼를 열어둔 채 핸드백 손잡이를 잡는다. 옆에서 자고 있는 겐이 깨지 않도록, 겐이 뒤척이다 걷어찬 이불을 조심스레 조그만 몸에 덮어준다.

아날로그 벽시계의 초침 소리, 옆에서 자고 있는 겐의 숨소리. 별것 아닌 그 작은 소리가 지금은 복통을 일으킬 만큼 불안감을 부추긴다.

떨리는 손으로 문손잡이를 잡고 뻑뻑한 미닫이문을 조심조심 옆으로 민다. 틀어진 레일에 바퀴가 걸려서 덜컹 소리가 난다. 하라다 미즈호는 무심코 이를 악문다.

소리가 났지만 겐은 깨지 않는다. 심장 소리마저 귀에 거슬린다. 차분하게 호흡을 가다듬으며 미닫이문을 조금씩 연다.

거실에서 복도로 조용히 나온다. 남자가 잠든 침실을 향해 천천히 복도를 나아간다. 문 안쪽에서 코 고는 소리가 들린다. 간헐적으로 이어지는 그 소리는 낡아서 녹슨 기계에서 나는 소리를 방불케 한다.

침실 문 앞에 멈춰 선다. 이제 와서 물러설 수는 없다. 문을 열기 전에 일찍이 자신과 아들이 얼마나 굴욕적인 짓을 당했는지 떠올리려고 한다. 그러나 머리에 떠오르는 건 잠자리에 들기 전 스마트폰으로 했던 '캔디 크러쉬' 게임 화면이나, 라디오에서 들은 개그맨 이슈인 히카루의 웃음소리나, 한산한 평일에 도토루에서 마신 커피처럼 하잘것없는 기억뿐이다.

가만히 문을 연다. 불이 꺼진 방에서 남자의 코 고는 소리가 더욱 크게 울려 퍼진다. 먼지 속에 감도는 담배 냄새와 땀 냄새, 열기가 고인 공기를 피부로 느끼며 발소리를 죽여 남자가 잠든 철제 프레임 침대로 다가간다. 자, 지금 그는 똑바로 누워 있을까, 엎드려 있을까, 아니면 옆으로 누워 자고 있을까. 일을 진행하기에는 엎드려 있는 게 제일 낫다.

침대에 가까워질수록 온몸이 떨린다. 세 평짜리 침실이 터무니없이 넓게 느껴진다.

미즈호는 떨리는 다리를 한 발짝, 한 발짝 조금씩 앞으로 옮긴다. 남자의 모습이 보이는 곳까지 다가갔을 때 뭔가를 밟는다. 삑, 하고 경쾌한 전자음이 들려서 얼굴이 창백해진다. 발로 리모컨의 전원 버튼을 누른 것이다. 천장에 달린 에어컨이 작동된다. 25도로 설정된 냉풍과 에어컨이 작동하는 소리에 미즈호는 절망하지만, 남자는 잠에서 깨지 않는다. 마음을 진정시키고 리모컨을 주워 에어컨을 끈다.

미즈호는 정신을 똑바로 차리고 장갑 낀 손으로 식칼을 움켜쥔다.

꿈틀거리는 목울대를 노리고 식칼을 꽂는다.

살을 찢은 줄 알았지만 칼끝은 남자가 입은 셔츠 목깃을 가볍게 스치는 데 그친다. 칼끝이 이불에 걸려 이불의 올이 풀린다. 실수했음을 알았을 때는 이미 늦었다. 아니나 다를까 최악의 사태가 발생한다.

남자가 끄응, 소리를 내면서 몸을 뒤튼다. 남자가 천천히 눈을 뜨자 시야에 들어온 건 살기 어린 표정으로 식칼을 들고 서 있는 아내다. 남자는 무슨 상황인지 알아차린 듯 재빨리 침대에서 굴러서 일어서면서 어깨로 미즈호를 밀친다.

남자는 미즈호의 오른손에서 떨어진 식칼을 얼른 줍는다.

미즈호는 문으로 달려가려 한다. 오른발을 내디디는 순간, 갑자기 발끝에 둔한 통증이 밀려온다. 미즈호는 쥐가 난 오른쪽 다리가 꼬여서 그대로 방바닥에 쓰러진다. 바닥을 기어 밖으로 도망치려 하지만 남자가 잽싸게 등을 밟는다.

남자가 오른손에 식칼을 쥔 채 미즈호의 뒷머리를 움켜잡는다. 강한 통증이 머리를 휩싸자 미즈호는 이를 악물고 양손을 정신없이 버둥거린다. 왼손에 뭔가가 닿는다. 에어컨 리모컨이다. 냉큼 리모컨을 잡고 확 쳐든다. 리모컨 모서리가 남자의 오른쪽 손목을 때린다. 미약한 일격이지만 아주 잠깐이나마 생긴 빈틈을 타 남자의 손아귀에서 벗어난다. 머리카락이 한꺼번에 뽑힌 건지 머리 가죽이 찢어진 듯한 느낌이 든다.

미즈호가 발치에 떨어져 있던 지포라이터를 집어든 건 어디까지나 위협하기 위해서다. 남자가 다시 덤벼든다.

남자가 미즈호의 목을 찌부러뜨리겠다는 듯 양손으로 목을 조르는 가운데, 미즈호는 숨을 깔딱대며 남자의 머리 뒤에서 한 손으로 지포라이터 뚜껑을 열고 휠을 돌린다.

슉, 하고 불이 켜지는 경쾌한 소리와 함께 작은 불이 남자의 머리카락을 태운다.

남자는 발작하듯 어깨를 들썩이며 오른손을 휘저어 미즈호의 손에서 지포라이터를 쳐낸다. 지포라이터가 침대 위로 날아가 구겨진 얇은 이불에 떨어진다. 뚜껑이 열린 채 불이 붙은 상태로. 남자는 지포라이터에 기름을 보충한 지 얼마 되지 않았다는 것을 떠올린다. 불붙은 이불이 활활 타고 시트까지 불이 번진다. 오렌지색 불길이 덧문 닫힌 어두운 방을 밝힌다. 남자는 미즈호를 내버려두고 기침을 하면서 셔츠를 벗어 불길을 연신 두드린다. 불은 꺼지기는커녕 셔츠까지 집어삼킨다. 남자가 짤막한 비명을 지르며 셔츠를 내던진다. 새로운 불씨가 카펫, 옷장, 벽지를 불태운다.

멍하니 있던 미즈호는 뺨을 찌르는 듯한 열기를 느끼고서야 정신이 든다. 동요해서 어쩔 줄 모르는 남자를 보고 미즈호는 마음을 단단히 먹는다.

물을 뜨러 세면실로 가려는 남자를 온몸으로 막아선다.

남자가 말을 쏟아내지만 타닥타닥 소리를 내며 타오르는 불길과 연기 때문에 무슨 소리인지 알아들을 수 없다. 연기로 가득한 방에서 미즈호는 위급상황에서 발현되는 초월적인 힘과 집중력을 발휘해 바닥에 떨어진 식칼을 찾아낸다. 그리고 밖으로 나가려고 등을 돌린 남자의 등에 지체 없이 칼날을 꽂는다. 칼자루를 쥔 오른손 손목을 왼손으로 잡고 온몸의 체중을 실어서 쓰러지듯이. 칼날은 남자가 입은 민소매를 찢고 예상했던 것보다 훨씬 쉽게 살을 파고든다. 미즈호는 남자의 등에 박힌 식칼을 뽑아 넘쳐나는 피보라와 함께 다시 꽂기를 몇 번이나 되풀이하는…… 모습을 상상하며 실제로 행동에 옮기려 했으나, 식칼은 아무리 세게 잡아당겨도 남자의 등에서 뽑히지 않는다. 양손에 묻은 피와 땀 때문에 힘을 세게 줄 수 없었던 탓인지도 모른다.

미즈호는 방을 나서서 문을 닫는다. 남자는 이제 쫓아오지 않는다. 거실에 있을 겐을 찾는다. 겐은 이런 난리가 난 와중에도 새근새근 자고 있다. 얼른 그 작은 어깨를 두드리자 겐은 천천히 눈을 뜬다. 연기가 침실에서 복도를 타고 거실까지 흘러온다. 겐은 본능적으로 심상치 않은 낌새를 느꼈는지 울지도 소리치지도 않고 눈만 깜박인다. 남자에게 뺨을 맞았을 때와 같은 모습이다.

미즈호는 겐에게 도망치자고 말하며 현관을 가리킨다.

하지만 미즈호는 아직 자신의 행동을 객관적으로 분석할 수 있을 만큼 냉정함을 되찾지 못한 상태다(과연 그때 겐은 피로 범벅이 된 미즈호를 엄마로 인식했을까?). 미즈호는 깊은 밤에 깨서 아직 졸음을 완전히 떨치지 못한 다섯 살배기의 손을 붙잡고 무작정 현관으로 달린다.

집을 뛰쳐나가기 직전에 겐에게 신발을 신겨야 한다는 생각을 떠올린 건 그나마 다행이었지만, 지갑과 현금카드를 챙겨야 한다는 데까지는 생각이 미치지 않는다. 하기야 지갑과 현금카드가 떠올랐더라도 가지러 돌아가는 건 무리다.

밖으로 나왔을 때 자신의 손을 잡은 겐이 아담한 단독주택

035

을 돌아보는 걸 미즈호는 보지 못한다.

그럴 상황이 아니다. 미즈호는 입고 있는 옷에 후드가 달려 있다는 게 생각나서 슬쩍 뒤집어쓴다. 어디로 가면 좋을까. 아무튼 이 주택가에서 벗어나야겠다는 일념으로 젠을 데리고 걷는 것밖에는 다른 선택지가 머릿속에 없다.

돌이킬 수 없는 실수를 했음을 깨닫고 몹시 당황한 건, 몇 시간 뒤 피로와 졸음이 한계에 달한 젠을 업었을 때다.

얼마나 걸었을까. 미즈호는 등에 전해지는 젠의 심장 박동에 신경이 곤두서면서도 반쯤 넋이 나간 상태로 차가 거의 지나가지 않는 국도 옆 인도를 그저 걸었다. 그것 말고는 할 수 있는 일이 없었다. 아무리 나아가도 도로 양옆에는 논만 펼쳐질 뿐, 건물다운 건물은 눈에 띄지 않는다. 몇 안 되는 가로등 불빛은 상처투성이 엄마와 아들이 나아가야 할 곳을 안내하는 이정표가 되기에는 너무 희미하다. 등에 업힌 젠이 몸을 바들바들 떤다. 괜찮다고 말해주어야 할까? 아니면 잠깐의 위로에 지나지 않을 말은 하지 않는 게 좋을까? 답을 알 수 없어 미즈호는 아무 말도 하지 않는다.

한기와 배고픔과 피로가 사정없이 생명을 갉아먹는다. 6월이지만 밤은 아직 춥다.

그 집에서 놈에게 맞아 죽는 것과 아들을 데리고 길가에서 객사하는 것 중에 뭐가 더 나았을까?

쉬고 싶다. 미즈호는 몽롱해진 머리로 생각한다. 잠이 쏟아진다.

앞에 벤치가 보인다. 미즈호는 거기 눕는다.

근거는 없지만 보쿠는 여자와 아이가 그 벤치에 있게 된 자초지종을 그렇게 상상해봤다. 그 상상이 머릿속에 새겨져 지워질 줄 몰랐다. 죽을 각오를 하고 자유를 붙잡으려 한 엄마와 아들을 자신이 외면해버린 건지도 모른다. 양심의 가책은 날로 커져갔다.

✦×

점심시간에 이와쿠마는 자기 자리에서 몸을 웅크리고 도시락을 먹으며 멀찍이서 보쿠를 관찰했다. 오늘 보쿠는 등교하자마자 이어폰을 낀 채 가방을 베개 삼아 책상에 푹 엎드려 잤고, 점심시간이 되어도 일어나지 않았다. 교사와 옆자리 학생의 무관심 속에 방치된 보쿠는, 안타깝지만 오늘 종일 잠만 자다가 내신 점수에 큰 오점이 남을 것이다. 오후에 있는 아크 용접 실습도 무단결석할 게 뻔하다. 아침 조회 시간에 담임이 바인더 모서리로 보쿠의 정수리를 톡 쳐도 꿈쩍도 하지 않았을 때는 반에 작은 웃음을 선사했다.

이와쿠마는 평소처럼 후딱 점심을 먹고 나서 도서실에 가기로 했다.

가자. 플라스틱 도시락 통 속에 마지막으로 남은 방울토마토를 씹으며 자리에서 일어났다. 거슬리는 웃음소리와 음식 냄새(이와쿠마가 제일 혐오하는 냄새는 운동부 동아리방, 그다음이 남의 도시락 냄새다)가 넘치는 교실에서 나가려 서둘렀다.

그때 뒤에서 날아온 작은 물체가 등을 툭 때렸다. 아프지는 않았지만 돌아보았다. 발치에 떨어진 물건을 주워서 뭔지 확인해보니 뜯지 않은 콘돔 상자였다. 혀를 차고 싶은 기분이었다. 괜히 주웠다고 깊이 후회하고 있자니, 남학생이 키득키득 웃으며 책상을 밀고 다가왔다.

"이와쿠마코! 미안해!"

콘돔 상자를 낚아채듯 가져간 남학생이 이와쿠마의 등을 가볍게 쓰다듬었다.

이와쿠마는 아무 대꾸도 하지 않았다.

"에이, 미안하대도."

이와쿠마는 슬쩍 시선을 돌렸다.

"아팠어?"

이와쿠마는 뭔가 말하려 했지만 입술 사이로 모음 '아'만 약하게 새어나왔고, 남학생이 그걸 신경 쓸 리도 없었다. 그는 교실 창문 쪽에 모여 있는 자기 친구들 곁으로 신나게 돌아갔다.

"야, 미루쿠, 던지면 어떻게 해! 이와쿠마코가 울잖아!"

그들이 웃음을 빵 터뜨렸다. 그 속에서 카랑카랑한 야구치 미루쿠의 웃음소리가 이와쿠마의 귀에 제일 거슬렸다.

"그렇게 멀리 날아갈 줄은 몰랐지."

야구치 미루쿠는 숨을 쌕쌕 내쉬며 손뼉을 쳤다.

"아무튼 쩔었어. 변화구처럼 휘면서 날아갔어."

"콘돔으로 변화구를 던져서 뭐 하자는 거야!"

"릴리스포인트°가 어긋나서 그래."

"미루쿠, 이와쿠마코한테 사과하고 와."

"이와쿠마코, 미안! 사과할 테니까 죽이진 마!"

야구치 미루쿠의 그 한마디가 먹혔는지 또 웃음이 터졌다.

이와쿠마는 의자를 걷어찬다. 넘어진 의자의 등받이가 바닥에 부딪쳐 큰 소리가 난다. 교실에서 웅성거리던 학생들이 입을 딱 다물자 스피커 전원을 뽑은 것처럼 정적이 찾아온다. 이와쿠마는 말없이 굳은 얼굴로 어색한 웃음을 주고받거나 서로 시선을 마주치는 그들에게 다가간다. 그러고는 최대한 차가운 눈초리로 비웃는다.

"야, 하나도 재미없어. 큰소리로 떠들면 다 재밌는 줄 알아? 나까지 끌어들이지 마. 병신 같은 장난은 너희끼리 치라고."

• 투수가 투구할 때 쥐고 있는 공을 마지막으로 놓는 위치.

패거리의 얼굴에서 웃음이 싹 가신다. 이와쿠마는 분위기 파악 못 하고 혼자 실실 웃고 있는 야구치 미루쿠의, 화장으로도 가리지 못한 입술 헤르페스를 찌를 듯 검지 손톱을 들이댄다.

"특히 너, 네가 제일 병신 같아. 확 죽여버릴라."

갑자기 표적이 된 야구치 미루쿠는 남에게 무시당하는 것에 익숙지 않아서인지, 상황이 왜 이렇게 된 건지 이해하지 못하는 눈치다. 야구치 미루쿠는 몇 초 뒤 결국은 고개를 푹 숙이더니(앞머리가 축 늘어져서 「링」의 사다코 같았다) 코를 훌쩍인다. 이와쿠마는 작게 혀를 차고 몸을 돌려 교실을 뒤로한다.

마지막으로 야구치에게 "그 콘돔, 다섯 개잖아. 남자가 다섯이니 딱 맞네. 사용권 하나씩 돌리지 그래?"라고 할 수도 있지만 너무 악랄한 것 같아서 그만둔다.

……이런 공상을 마친 이와쿠마는 복도로 나가서 한숨을 푹 내쉬었다. 그 상황에서 실제로 의자를 걷어찰 배짱이 있다면, 교실이라는 거북한 공간도 조금은 편해질까.

그나저나 그 인간들은 제쳐놓고, 이렇게 시끄러운데 책상에 푹 엎드려서 꼼짝 않는 보쿠는 어떻게 된 거야? 죽었나?

만약 진짜로 죽었다면 엄청 재미있겠는데. 상상해보았다.

"야, 보쿠, 일어나. 여기가 너희 집 침대냐. 수업 다 끝났어. 야, 보쿠, 아, 좀, 보쿠 짱! 보쿠 히데미! 보쿠! 어……? 보, 보쿠? 뭐야, 왜 이래? 보쿠, 보쿠!"

상상하던 이와쿠마는 무심코 작게 웃음을 터뜨렸다. 교복에 튄 침을 소맷부리로 닦았다.

✦✕

도서실에는 학생이 이와쿠마를 포함해 세 명밖에 없었다. 그중 두 명은 카드 게임을 하는 중이었다.

이와쿠마는 길쭉한 독서용 책상에 떡하니 앉아, 스마트폰으로 재미가 있지도 없지도 않은 심심풀이용 퍼즐 게임을 하며 점심시간이 끝나기를 기다렸다.

잠시 후 도서 대출반납 카운터에 앉아 있던 남학생이 일어났다. 구부정한 자세로 느릿느릿 걸어서 길쭉한 책상으로 다가온다. 기척을 느낀 이와쿠마는 어플을 닫고 고개를 들었다.

남학생은 이와쿠마에게 조심스레 말을 걸었다.

"저, 저기, 이, 이, 이와쿠마 서, 서, 선배."

"무슨 일이야, 후지키?"

후지키 간은 지금 속한 도서위원회의 후배이기도 하고 중학교 때 만화연구부에서도 이와쿠마의 후배였다.

"수, 수, 수업 마치고 도서 위, 위원회 모임 이, 이, 있잖아요."

"응, 알아."

"서, 서, 서, 선, 선배 오, 오시나요?"

"물론이지."

도서위원회는 이와쿠마가 인격을 부정당하지 않을뿐더러, 심지어 중심인물로서 리더십을 발휘해 의견을 조율하고, 위트 넘치는 농담으로 분위기를 띄우고, 지식을 자랑해 감탄을 자아낼 수 있는 유일한 교내 커뮤니티였다. 그런 까닭에 반드시 참석해야 하는 건 아닌데도 한 달에 한 번 있는 정기 모임을 빼먹은 적은 없다.

"그런데," 이와쿠마가 말을 꺼내는 것과 동시에 후지키가 뭔가 말하려고 했다. 후지키가 앗, 앗, 앗, 하고 입을 뻐끔대기에 이와쿠마는 손바닥을 가만히 내밀었다.

"괜찮아. 먼저 말해."

이와쿠마는 말할 때 오른쪽 귀밑털*을 귓구멍에 쑤셔 넣는 버릇이 있는 후지키를 바라보며 그의 말을 기다렸다. 후지키는 거듭 고개를 끄덕이고 나서 "어, 어 그러니까……"라며 마치 공기 속에 흩어진 단어라도 긁어모으는 것처럼 얼굴 가까이에서 손을 쥐었다 폈다 했다.

"오, 오, 오, 오늘 으으음, 시, 시간 있으세요? 수, 수, 수, 수업 끝나고 사, 사, 사, 상의드리고 싶은 일이 있어서요."

이와쿠마는 호응하며 후지키의 말을 끝까지 들은 뒤 천천히

•　　관자놀이와 귀 사이에 난 머리털.

고개를 끄덕였다.

"수업 끝나고? 뭐, 응, 괜찮아."

이유는 묻지 않았다. 감사합니다, 하고 후지키는 고개를 살짝 숙였다.

"아, 그런데 그, 선배, 선배가 하려던 이야기는⋯⋯?"

이와쿠마가 "그런데,"라고 말했던 것이 생각났는지 후지키가 재촉하듯 물었다.

"아니, 별건 아니고. 후지키, 동아리 가입했어?"

이 학교에 만화연구부는 없다.

"화, 화하, 화학부요. 애들이 드, 드, 들어오라고 해서."

"그렇구나. 그나저나 이 학교에 화학부가 있었나 보네."

"도, 도, 도, 동아리원은 다, 다, 다, 다서, 다섯 명밖에 어, 어, 없지만요!"

후지키는 익살스러운 투로 말했다.

"하하."

이와쿠마는 작게 웃으면서 후지키의 왼손에 들린 문고본에 시선을 주었다. 후지키는 읽다 만 부분에 책갈피 대신 검지를 끼워놓았다. 뜻밖의 제목이라 이와쿠마는 앗 하고 소리치며 책을 든 후지키의 손을 들어 올렸다.

"『솜의 별나라』잖아!"

"네."

후지키는 수줍은 표정을 짓더니 문고본을 팔락팔락 넘겼다. 만화책이지만 도서실에 있는 다른 책들처럼 비닐 북커버로 감싸놓았다.

"이 책이 도서실에 있었어? 문고판이라서 있는 건가? 오시마 유미코의 작품이 이미 『맨발의 겐』이나 『불새』와 동급이 됐다는 뜻인가?"

언젠가 인간이 될 거라고 믿는 페르시안고양이의 시점으로 그려지는, 판타지 느낌이 풍부한 한편 유머와 페이소스가 넘치는 『솜의 별나라』. 나 같은 인간이 읽어도 될까 양심의 가책을 느낄 만큼 엄청난 걸작인데…… 이 책이 어떻게 도서실에, 하필이면 오시마 유미코의 세계관과 제일 동떨어진 이 학교에 있는 거지?

"요, 요전에 새, 새, 새 책 입, 입하 작업을 했는데요. 그때 슬쩍 들여놨어요. 제, 제 책을 몰래 끼, 끼워 넣었죠."

후지키는 오시마 유미코의 열광적인 팬으로, 이와쿠마는 취향이 비슷한 후지키와 중학교 때부터 사이가 좋았다. 이와쿠마는 『바나나빵 푸딩*』을 본질적으로 이해할 수 있는 몇 안 되는 남자 중 하나라는 점에서 후지키를 높이 평가한다.

"이야! 제법인데."

•   소녀의 미묘한 심리를 정밀하게 그려낸 오시마 유미코의 만화.

『솜의 별나라』! 이 작품이 없으면 내 인생은 시체다, 라고 이와쿠마가 딱 잘라 말할 수 있는 작품이었다.

잔병치레가 잦고 살짝 넘어지는 정도로도 뼈가 부러지는 수준을 넘어 쌀을 씻다가 손가락을 삘 만큼 허약했던 사사키 미치코와, 출혈을 멈추는 신체 기능이 없어서 작은 찰과상이 죽음으로 직결될 수 있는 이와쿠마 히로키로 이루어진 이와쿠마 부부는 딸과 활동적으로 놀아주기가 어려웠다. 예를 들면 공원에서 배드민턴을 친다거나, 경차를 타고 고속도로를 달려 어딘가에 놀러 간다거나, 나들이를 위해 주먹밥을 4인분 만든다거나(그야말로 유리 같은 부모다. 자신과 언니를 둘이서 '만드는' 공정을 거칠 때도 목숨을 걸었을 거라고 생각하면 이와쿠마는 언제나 쓴웃음이 난다) 하는 일은 거의 불가능했다.

대신이라고 하면 뭣하지만, 엄마는 딸들에게 방대한 아카이브를 물려주었다. 벽을 통째로 가리는 책장에 빽빽이 줄 지은 분홍색 책등, 엄마가 10대 시절부터 줄기차게 사 모은 만화책들은 그야말로 압권이다. 하기오 모토, 야마기시 료코, 다케미야 게이코를 필두로 '24년조°°'의 소녀만화가 망라된 책장은 역사적 사료로서 가치가 있다고 해도 과언이 아니다. 과학관이나

°° 쇼와24년인 1949년 전후에 태어나 1970년대에 소녀만화의 혁신을 일궈낸 일본의 여자 만화가들.

수족관에서 견문을 넓히거나 캠핑장에 텐트를 쳐놓고 가족애를 쌓은 경험은 없지만, 이와쿠마는 『바람과 나무의 시』, 『토마의 심장』, 『아라베스크』 등을 통해 그런 만화들의 대상 연령에 이르기도 전인 어린아이 시절부터 그 정서를 길러왔다.

엄마가 물려준 작품들 가운데 유독 마음을 사로잡은 것이 오시마 유미코의 작품으로, 특히 총 일곱 권인 『솜의 별나라』는 대사를 달달 외울 만큼 여러 번 읽었다. 좋으냐 싫으냐를 떠나 이 작품은 자신에게 '필요'하다고 확신했던 열두 살 무렵, 훗날 집을 떠날 때를 대비해 소장용으로 문고판(총 네 권)을 용돈으로 사놓았다.

이 만화의 독자는 새끼 고양이의 시점을 따라가게 된다. 언젠가 인간이 될 것이라 믿는 새끼 고양이인 '그녀'에게 고양이와 인간은 같은 종류의 생물이다.

따라서 만화에서 그녀의 하얀 털가죽은 에이프런 드레스로, 인간에게는 "냐옹냐옹"이라고밖에 들리지 않는 울음소리는 시적인 독백이나 비통한 외침으로 표현된다.

머리엔 고양이 귀(언젠가 이와쿠마가 "이 시절에도 '네코미미•'가 있었구나"라고 엄마에게 말하자 엄마는 이게 '원조'라고 가르쳐주었다. 다양한 설이 있긴 하다)가 있다. 그 작은 몸으로 기치조

• 만화나 애니메이션 캐릭터의 머리에 달린 고양이 귀를 가리키는 용어.

지와 이름이 비슷한 치기조지 거리를 뛰어다니는 아웃도어파 집고양이인 그녀는 길고양이가 어물전에서 생선을 훔치는 것과 사람이 돈을 내고 생선을 사는 것이 근본적으로 어떻게 다른지 모르고, 해변을 거대한 고양이 화장실이라고 생각한다. 『솜의 별나라』는 그야말로 인간과 다른 고양이의 시점에서 그려내는 서정시다.

"서, 서, 서, 선배 예, 예, 옛날 만화 자, 자, 잘 아시잖아요."

"그렇지도 않아."

중학교 만화연구부에 소속돼 있던 시절, 아무리 시간이 지나도 그림 실력이 늘지 않았던 이와쿠마는 만화에 대한 탁월한 지식으로 동아리 안에서 체면을 유지했다. 《월간만화 가로[**]》에 실린 작품부터 『진격의 거인』 최신판까지, 초식동물처럼 넓은 시야로 만화 정보를 축적해왔다. 이와쿠마는 인터넷 덕분에 정체성이 바로설 수 있는 인간 중 하나였다.

이와쿠마는 딱히 할 말이 없어지자 "아, 맞다"라며 침묵을 깼다.

"『시녀 이야기』라는 소설, 도서실에 있던가? 모실 시 자에 여자 녀 자를 써서 시녀."

"글쎄요? 찾아볼게요." 후지키는 대출 관리용 컴퓨터로 장서

[**]   1964~2002년까지 간행된 일본의 만화 잡지.

를 검색했다.

"으으음, 어, 없는, 는, 는 것 같은데요."

"그렇구나. 어쩔 수 없지."

"어, 어떤, 책인데요?"

"나도 잘 모르는데, 친구가 읽길래. 뭐, 없으면 됐어."

✦ ×

보쿠는 온몸에 불쾌한 통증이 서서히 번지는 걸 느끼며 꾸물꾸물 머리를 들었다. 졸음은 가셨지만 슬그머니 주변을 살피자 심상치 않은 위화감이 느껴졌다. 가까운 곳에 있는 반 아이들이 나누는 대화가 자신을 야유하는 것처럼 들려서 기분이 찜찜했다.

이어폰을 얼른 빼서 교복 윗도리 주머니에 넣었다. 뺨에 뭔가 이상한 느낌이 들어 손가락을 대보자 코트에 눌린 자국이 올록볼록하게 남아 있었다. 아침 조회 시간에만 잠깐 눈을 붙일 생각이었다. 지금도 교단에는 담임이 서 있지만 수업을 하는 것 같은 분위기는 아니다. 어쩌면 잠에 빠져 있었던 건 아주 잠깐이었을지도 모른다.

흐릿한 눈으로 벽시계를 보려고 했을 때, 등이 따끔했다. 보쿠는 움찔하면서 뒷자리를 향해 고개를 획 돌렸다.

야구치 미루쿠가 왼손으로 턱을 괸 채 오른손으로 파란색 볼펜을 만지작거리고 있었다. 보쿠는 자신의 와이셔츠 등 부분에 파란 점이 찍혔겠거니 짐작했다.

야구치가 나른한 표정으로 보쿠에게 속삭였다.

"지금 종례 시간이야."

"……진짜?"

"응, 한 번도 안 깨고 자던데."

"으, 으아, 하루 종일……?"

보쿠는 입이 반쯤 벌어졌다. 단숨에 얼굴이 달아오르고 귀까지 벌게지는 게 느껴졌다. 좀 깨워주지 그랬느냐고 톡 쏘아붙이려다가, 1년 넘게 같은 반인데도 야구치와 직접 말을 나눠본 적이 손가락에 꼽을 정도라는 사실이 생각나서 말을 삼켰다.

"위험했다……. 학교에서 밤을 보낼 뻔했네."

보쿠는 어깨를 살짝 으쓱하며 쓴웃음을 지었다. 야구치는 그새 스마트폰을 만지느라 보쿠를 거들떠보지도 않았다.

보쿠는 교사에게 얼굴이 보이지 않도록 고개를 푹 숙이고 있다가, 종례가 끝나자 누구보다도 먼저 교실을 나섰다. 어제는 결국 아침이 되어서야 집에 돌아갔다. 뜬눈으로 밤을 새웠지만 바로 옷을 갈아입고 샤워를 하고 아슬아슬하게 전철에 올라탔다. 그리고 아빠에게 따귀를 두 대 맞았다(연속 두 번이 아니라 양 뺨에 한 번씩 두 번. 외박한 죄와 아빠 전화를 멋대로 끊은 죄로 각각 한 대씩이었다).

+×

도서 위원회 정기 모임은 30분도 걸리지 않아서 끝났다. 게
시판에 붙일 이번 달 '도서 소식' 작성을 맡은 이와쿠마는 뭐
라고 쓸까 멍하니 생각하다 후지키에게 다가갔다.

"상의할 일이라는 게……."

도서위원회 학생들은 부랴부랴 도서실을 빠져나가기 시작
했다. 끝까지 남아 있는 사람이 도서실 문을 잠그고 교무실에
열쇠를 갖다놓아야 한다.

"그, 그게."

후지키는 어째선지 수상쩍게 주변을 두리번거렸다.

"사, 사, 사람들이 다 나간 다음에 마, 말씀드려도 될까요?"

"응, 괜찮아."

이와쿠마는 사실 문을 잠그는 역할을 맡는 건 피하고 싶었
지만 사람들이 다 나갈 때까지 적당히 서가를 둘러보며 도서
실을 돌아다녔다. 오후 5시라 석양이 창문에 비쳐들었다. 창문
으로 도서실이 있는 본관 옆에 자리한 동아리 건물이 보였다.
석양이 몹시 눈부신 건 동아리 건물 옥상에 있는 비닐하우스
표면이 빛을 이쪽으로 반사하기 때문일까? 작년에 활동을 그

만둔 원예부는 사실상 폐지된 상태이므로 비닐하우스는 빈껍데기다.

"마코 짱, 문단속 좀 부탁해도 될까?"

이와쿠마는 끝에서 세 번째로 도서실을 나서는 디자인과 여학생에게 알았어, 하고 고개를 끄덕였다.

미닫이문이 조용히 닫혔다. 후지키와 단둘이 남자 약간 긴장된 분위기가 흘렀다.

이와쿠마는 후지키와 아주 오랫동안 관계를 이어왔다. 올해 그가 이 학교에 입학한다는 걸 알고 어쩐지 안도했다(지옥에 온 걸 환영한다, 참 안됐구나, 라는 생각도 했지). 중학교 때 만화 연구부에서 이와쿠마가 스토리를 짜고 후지키가 그림을 맡아 분업해 작품을 만든 적도 있었다(지금 생각하면 『리버스 에지』를 뻔뻔하게 표절한 작품이었지만. 그래놓고 오카자키 교코의 정서와 문학성은 전혀 따라 하지 못했다. 표절할 거면 하다못해 잘 표절했어야 할 것 아니냐고). 후지키가 무슨 말을 해도 개의치 않기로 했다. 각오는 했다. 이와쿠마는 무의식적으로 뽑아 든 책을 서가에 꽂고 후지키 쪽으로 돌아섰다.

위층에 있는 음악실에서 취주악부의 연주가 들렸다.

창문으로 들어오는 오렌지색 햇빛이 후지키의 얼굴을 비추었다. 해가 지기까지 몇 십 분 남지 않은 시간대. 사진이 제일 예쁘게 찍힌다는 매직 아워다. 그러고 보니 올해는 6월 들어서도 비가 별로 내리지 않았다.

"저, 저, 저기. 이, 이, 이와쿠마, 마 서, 서, 선배."

"응."

천천히 고개를 끄덕였다.

"하, 한 가지 소, 소원이 이, 있어서요."

지금 후지키가 머뭇거리는 건 선천적인 말더듬 증상 때문만은 아니리라. 이와쿠마는 잠자코 후지키의 말을 들으며 그의 용기 자체에 존경심을 품었다. 이와쿠마는 윙크하듯 시간차를 두고 두 눈을 깜빡거리며 그의 다음 말을 기다렸다.

꼭 네가 바라는 답을 준다고 할 수는 없지만, 그래도.

"응."

후지키는 몸을 굽혀 발치에 놓아둔 자기 짐을 책상 위에 올렸다. 후지키는 교과서가 든 백팩뿐 아니라 커다란 보스턴백을 도서위원회 모임에 들고 왔다. 후지키가 보스턴백 지퍼를 열고 속에서 뭔가를 꺼냈다. 날 길이가 70센티미터쯤 되는, 식칼을 몇 배로 확대한 것 같은 칼이었다.

"엥?!"

이와쿠마는 저도 모르게 소리쳤다. 고전적인 개그만화에서는 인물이 너무 당황한 나머지 뒤로 자빠지는 장면이 나오곤 하는데, 지금 이와쿠마가 그럴 뻔했다.

"마, 마, 마체테예요."

"그건 알아! 뭐야, 날 죽이려는 거야?!"

이와쿠마는 너무 어처구니가 없어서 공연히 웃음이 솟구쳤다. 후지키는 겸연쩍어하는 표정을 지으며 칼자루를 잡고 기다란 날을 보여주었다.

"앗. 어, 그러, 그런 게 아니라…… 서, 선배한테 이걸……."

"주겠다고?! 선물로? 야, 무슨 센스가 그러냐?"

"어, 그게……." 후지키는 세차게 고개를 저으며 마체테를 서가에 기대어 세웠다.

"저, 저, 저기, 시, 실은……."

후지키는 더듬더듬 설명했다. 요컨대 인터넷에서 이걸 샀는데, 가족에게 들켜서 처분당할 위기에 처했으니 잠시 맡아달라는 내용이었다. 메루카리*에서 천 엔에 팔길래 플라스틱 모조품인 줄 알고 샀는데 막상 받아보니 진짜였다. 새로 생긴 친구는 아직 마체테를 맡길 만큼 친하지 않으니까(웃어넘길 수 있는 사이가 아니라고 했다) 믿을 수 있는 사람은 오래 알고 지낸 이와쿠마밖에 없다고 했다.

"어휴, 그건 알겠는데."

이와쿠마는 머리를 감싸쥐면서도 마체테를 들어보았다. 금

•   일본의 온라인 중고 거래 플랫폼.

속의 무게는 묵직했다.

"이, 일단은 노, 노, 농기구라 초, 초, 총도법 위반은 아녜요."

"알아. 남미 같은 데서 식물을 자를 때 사용하는 거잖아. 그보다…… 그런 문제가 아니라고. 내 가방에 들어가지도 않아!"

이와쿠마의 대용량 노스페이스 백팩에도 들어가지 않는다.

"아, 아, 이, 이거랑 같이 가져가셔도 꽤, 꽤, 괜찮아요."

후지키는 보스턴백을 집어서 그 안에 마체테를 넣었다. 이와쿠마는 가방을 어깨에 메어보았다. 마체테가 빈 가방 속에서 이리저리 툭툭 움직이는 것이 느껴졌다. 전철을 타고 가다 무릎에 올려둔 가방이 흔들리는 순간 칼날이 천을 뚫고 튀어나오는 상황이 상상됐다. 사람들이 웅성거린다. 조반선 을 달리는 전철이 혼란에 빠진다. 누군가 고함을 지르고, 이와쿠마는 근처에 있던 사람에게 움직임을 제압당한다. 그런 다음 역무원에게 붙잡혀 경찰에 넘겨진다.

"신세 망칠 일 있냐. 그런데 언제까지 가지고 있으면 돼?"

"가, 가, 가족들이…… 신경 끄, 끄, 끌 때까지 부, 부, 부탁드릴게요."

- 총포도검류 소지 등 단속법의 줄임말.
- 동일본 여객철도의 철도 노선 가운데 하나. 도쿄도 아라카와구 닛포리 역과 미야기현 이와누마시 이와누마 역을 잇는다.

후지키가 고개를 깊이 숙였다. 가족들이 신경을 끌 때가 대체 언제일까 싶어 이와쿠마는 어이가 없었다.

"도서실 열쇠나 네가 반납해. 이런 걸 들고 교무실에 들어갔다간 난리 날 테니까."

"아, 알겠어요. 가, 가, 감사합니다." 후지키는 감사의 뜻을 밝힌 뒤 카운터에 있는 열쇠를 집었다.

"있지. 갑자기 무기를 얻은 내가 시험 삼아 개나 고양이를 죽이면서 살육의 쾌감을 알고, 결국은 사람도 해치면 어쩔래?"

"저, 저, 저는 상관없어요! 그, 그, 그러더라도 서, 선배를 경멸하지는 아, 않을게요."

"상관 좀 해라. 그게 중요한 게 아니잖아."

이와쿠마는 입에서 공기가 빠져나오는 것처럼 숨을 내쉬고 힘없이 웃었다.

도서실을 나서서 후지키와 헤어졌다. 집이 평소보다 멀게 느껴졌다.

✦×

육상부 연습이 끝난 뒤, 3학년 남자 동아리원이 야구치 미루쿠를 불렀다. 대회를 일주일 앞두고 동아리원들은 긴장에 차 있다. 3학년인 세리자와도 예외는 아닌 듯했다.

야구치 미루쿠는 백 미터와 허들 개인전에 출전하고, 4백 미터 계주 선수로도 선발됐다. 은퇴를 앞두고 육상부장 자리를 2학년에게 물려준 세리자와는 여학생들 사이에 있던 야구치에게 창고 겸 훈련실로 가자고 했다.

"미루쿠, 잠깐 시간 괜찮아?"

야구치는 고개를 끄덕이고 세리자와를 따라갔다.

"미루쿠, 몸 상태는 어때? 오늘 연습하는 거 봤는데, 어쩐지 몸이 뻣뻣해 보이더라."

"그런가요! 음, 어떤 점이 이상하던가요?"

야구치는 고민하는 것처럼 보이면서도 활발해 보이게 대답했다.

"팔 동작이 좀 부자연스럽달까……."

"그렇군요……."

한번 해보자, 하며 세리자와가 뒤에서 팔을 뻗어 야구치의 손목을 잡았다. 땀에 젖은 세리자와의 손가락이 야구치의 피부를 파고들었다.

"이렇게 겨드랑이를 조이고 뒤로 당겨야지!"

야구치의 팔이 잡아당겨졌다. 야구치는 세리자와가 하라는 대로 팔을 움직였다.

"그래, 그래, 그런 느낌으로. 다시 해볼까?"

야구치는 그 자리에 선 채 팔을 앞뒤로 움직이며 폼을 수정했다.

야구치가 양팔을 앞으로 내밀 때마다 세리자와는 하나둘, 하나둘, 하고 구령을 붙였다.

"좋아, 이 상태로 대회까지 폼을 유지하자."

"네, 감사합니다!"

야구치는 생글생글 웃으며 고개를 숙였다.

그 뒤로도 야구치는 세리자와의 다양한 조언에 일일이 고개를 끄덕이며 이야, 그렇네요, 감사합니다, 하고 대응했다. 팔짱을 낀 세리자와는 만족스러운 눈치였다.

이야기가 일단락돼 서로 할 말이 없어졌을 때, 야구치는 별생각 없이 입을 열었다.

"아,「시계태엽 오렌지」네요."

야구치는 세리자와가 운동복 대신 입은 티셔츠를 가리켰다.

"아, 맞아. 알아?"

"엄청 좋아해요."

그저 여후배를 '가르치고 싶은' 마음에 내놓는 구체적이지 못한 조언에 생글거리며 고개를 끄덕일 바에야 영화 이야기라도 하는 편이 훨씬 낫다. 야구치는 이를 보이며 웃었다.

"이야, 의외인데."

"그래요?"

아, 그게. 세리자와가 심술궂게 히죽거렸다.

"폭력 묘사 같은 게 제법 세니까. 여자애가 보기에는 힘들지 않아?"

"네? 아아…… 뭐, 그런 편이죠."

세리자와는 바벨 거치대 밑에 있는 벤치에 앉았다. 야구치는 벽에 몸을 기댔다.

"스탠리 큐브릭 작품 중에서는 뭘 좋아해?"

"글쎄요. 폼 잡는다고 생각하실지도 모르겠지만……."

야구치는 일단 멋쩍게 웃고 나서 말을 이었다.

"「킬링」요. 팀 범죄물이라고 하나요? 그런 걸 좋아해서요."

"흐음, 난 안 봤어. 꽤나 매니악한 작품을 좋아하는구나."

"매니악하기는요. 스탠리 큐브릭의 첫 할리우드 작품이고, 여러 영화에서 오마주도 했는걸요."

세리자와는 하아, 하고 숨을 내쉬며 한순간 발끈했지만, 야구치는 눈치채지 못했다.

"아, 맞다. 요전에 「안티크라이스트」라고 장난 아닌 영화를 봤는데."

오, 야구치는 몸을 약간 내밀었다.

"그 작품 좋죠. 저 라스 폰 트리에 감독 좋아해요. 4장 후반부가 아찔하더라고요. 국내판에서는 모자이크 처리를 했지만 가위로 클리토리스를 싹둑 자르는 그 장면 있잖아요……."

숲에서 부부가 충격적인 장면을 선사하지. 야구치는 제일 좋아하는 감독의 영화가 화제에 오르자 절로 기분이 들떴다.

"아아, 봤구나. 대단하네."

세리자와는 반쯤만 웃는 얼굴로 어쩐지 시큰둥하게 말했다.

"최근 본 것 중에서는 「돌이킬 수 없는」이 괜찮았어. 집 근처 DVD 대여점에서 우연히 발견했는데, 이 작품은 말이지……."

"가스파 노에의 작품 말이군요. 시계열이 거꾸로 돌아가는."

그래, 맞아, 하고 세리자와가 왠지 불만스러운 듯이 고개를 끄덕이길래 야구치는 의아했다.

"그리고 「이웃집 소녀」 같은 것도."

"아, 잭 케첨 원작의. 보고 있기가 괴롭죠."

세리자와는 잠시 끙끙대더니 "그럼," 하고 뭔가 생각난 것처럼 말했다.

"「블루 벨벳」은 봤어?"

"데니스 호퍼가 다크하게 나와서 좋죠. 데이빗 린치 감독도 아주 좋아해요."

"「오디션」이라든가."

"미이케 다카시 감독! 최고예요, 엄청 징그럽죠……."

세리자와가 차례차례 언급하는 영화 제목들에 무슨 연관성이 있는지는 몰랐지만, 어쨌든 지식으로 야구치를 이기고 싶어 하는 의지는 전해져왔다. 야구치는 어쩌나, 하고 웃으면서 생각했다. 차라리 「시계태엽 오렌지」도 제목 말고는 전혀 모른다고 시치미 떼는 편이 나았으려나.

"옛날 영화도 많이 보는구나. 샘 페킨파의 「어둠의 표적」이나 베르나르도 베르톨루치의 「파리에서의 마지막 탱고」 그리고…… 「악마의 씨」도 있어."

"우와." 야구치는 "그런데," 하고 화제를 바꾸기로 했다.

"올해 나카시에 '작은영화관'이 생긴 거 아세요? 저 진짜로 감격했다니까요."

나카라는 지역은 야구치가 사는 도카이촌에서도 그럭저럭 가깝다. 영화관 하면 떠오르는 멀티플렉스는 아주 멀리 나가야만 있고, '영화를 본다'와 '이온몰●에 간다'가 거의 같은 뜻으로 통하는 생활에서 작은영화관의 등장은 그야말로 혁명이었다. 꼭 보고 싶은 영화가 있을 때는(시골에서 대작 블록버스터 말고는 영화를 스크린으로 보는 게 거의 불가능하다) 나름대로 돈과 시간을 들여 고속버스를 타고 도쿄까지 '원정'을 나갔었는데, 지금까지 막대한 지출을 치러야만 얻을 수 있던 즐거움을 이제는 손쉽게 맛볼 수 있게 된 것이다. 야구치는 과장 한 점 없이 살면서 제일 기뻤던 것 같다. 짐 자무쉬, 자비에 돌란, 박찬욱의 신작도 볼 수 있다!

"아, 작은영화관."

● 이온 그룹에서 운영하는 대규모 쇼핑몰.

"아주 작지만 라인업이 썩 괜찮더라고요! 이런 두메산골에 영화관을 만들어주다니 고마워서 눈물이 날 것 같다니까요."

"난 영화관에 잘 안 가서⋯⋯."

"아, 네."

"집에서 DVD나 VOD로 보는 게 편하잖아."

"그런 건 결국 스크린 대용품이에요. 영화는 원래 스크린용으로 만드는 거잖아요. 미디어는 어디까지나 아카이브에 지나지 않는다고요."

야구치는 말하고 나서야 실수했음을 깨달았다. 가볍게 던진 말이었지만 세리자와는 결국 노골적으로 불쾌함을 드러냈다.

"영화를 뭘로 어떻게 보든 뭐가 중요해."

"앗, 아녜요, 아녜요. 그럼요. 안 된다는 건 아니에요."

야구치는 입꼬리를 올리며 요란스레 양손을 내젓고는 덧붙였다.

"저는 세리자와 선배만큼 영화를 많이 보는 것도 아니니까요, 재미있는 영화 있으면 다음에 또 알려주세요!"

야구치는 세리자와와 헤어져 여자 휴게실로 사용하는 탈의실로 들어갔다. 수다를 떨던 두 여자 매니저와 말을 섞으며 옷을 갈아입었다. 운동복을 벗자 온몸에 피로가 쫙 밀려왔다. 연습 때문이 아니었다. 정신적 피로였다.

보쿠의 가족은 어느 날부터 걱정거리를 하나 공유하게 됐다.

보쿠는 평소처럼 가족이 쩝쩝거리는 소리에 진저리치며 1초라도 빨리 식사를 마치고 식탁에서 벗어나려 했다. 식탁을 둘러싼 네 명 모두에게 잘 보이는 위치에 텔레비전이 있지만, 아무도 텔레비전에 눈길을 주지 않는다. 텔레비전에서 흘러나오는 시끌벅적한 소리만 듣는다.

"역시 시설에 모시는 게 좋지 않을까."

엄마가 우엉조림을 씹으며 혼잣말처럼 중얼거렸다.

"아직 상태를 좀 더 봐도 되지 않겠어?"

아빠는 입을 크게 벌리고 밥을 쩝쩝 씹으며 고개를 들어 죽은 벌레가 쌓여 있는 전등 커버를 올려다보았다. 밥은 특히나 씹는 모습이 거북해 보고 있기가 힘든 음식물 중 하나다. 보쿠는 대화에 끼어들기 위해 부모님의 말이 끝나길 기다렸지만 두 사람은 그럴 틈을 주지 않았다. 동생은 내내 말이 없었다.

"하지만 결국 내가 돌봐드리게 될 거잖아."

엄마가 약간 강한 어조로 말하자 우엉조림의 참깨가 입에서 튀어나와 바닥에 떨어졌다.

보쿠가 생각하기에 부모님, 특히 엄마가 짜증을 내는 것도 무리는 아니었다. 할머니가 '할아버지가 귀신이 돼서 나온다'

고 소란을 떨었기 때문이다.

결국 치매가 오신 걸까? 그렇게 정정해 보이셨는데. 횡단보
도를 건널 때 종종걸음을 치거나, 아침부터 밤까지 이웃과 노
래방에 죽치고 계실 수 있을 정도로. 이런 일이 언젠가 반드시
찾아올 것이라 각오는 했지만 막상 직면하자…… 부모님은 어
떻게 해야 할지 결정을 못 내리는 것 같았다.

"나도 도와줄게."

"그거야 당연한 거고. 내가 하고 싶은 말은, 우리가 무리하면
어머님도 부담스러우실 수 있다는 거야."

"당신만 옳다는 식으로 말하지 마. 나도 힘들어. 여러모로 고
민하고 있다고."

"어머님은 원래부터 좀 이상하셨어."

엄마의 이 말에 동생이 뭔가 말하려는 듯 입을 벌렸다가, 됐
다는 듯이 된장국을 후루룩 마셨다.

2년 전에 할아버지가 돌아가신 뒤로 1층 할아버지 방은 비
어 있다. 할머니 말로는 늦은 밤에 그 방에서 소리가 난다고
한다. 그뿐이라면 다행이겠지만 할머니가 온 집에 액막이용 소
금을 쌓아두기 시작했을 때는 가족들도 할 말을 잃었다.

할아버지가 돌아가신 뒤로 할머니는 할아버지 방에 얼씬도
하지 않았다. 할아버지의 유품이 담긴 골판지 상자만 방에 쌓
아놓았을 뿐 들어갈 생각은 하지 않았다.

"수미 쨩, 귀신이 있다고 생각하니?"

보쿠에게 이 집에서 거북함 없이 대화를 나눌 수 있는 사람은 할머니뿐이었다.

며칠 전에 할머니는 학교에 가려고 집을 나서는 보쿠를 불러 세워 5백 엔짜리 동전 네 개를 쥐여주면서 물었다.

"음, 글쎄요…… 아무래도 실제로 본 적은 없으니까요."

할머니가 말하는 '귀신'의 정체가 뭔지 짚이는 바가 있었으므로, 보쿠는 그런 게 어디 있느냐고 딱 잘라 말하지 못하고 쓴웃음만 지었다.

"할아버지 방에서 덜컥덜컥 소리가 들려. 속삭이는 소리나 인기척도 나고. 설마 쥐 같은 게 있는 건 아니겠지? 하지만 무서워서 들어가보질 못하겠어."

보쿠는 할머니에게서 슬쩍 눈을 돌렸다.

"기분 탓일 거예요."

할머니의 체온이 남은 동전이 갑자기 무거워진 것 같았다.

병적으로까지 느껴지는 할머니의 꼼꼼한 성격은 늘 가족들, 특히 엄마의 심기를 건드렸다. 할머니는 외출하기 전뿐만 아니라 잠자리에 들기 전에도 가스와 수도를 일일이 '손가락으로 가리키며 확인'하고, 버스비를 아끼겠다고 관공서까지 한 시간을 걸어가기도 한다. 더 나아가 냉장고에 도화지 크기의 화이트보드를 붙여놓고 매일 한 시간 단위의 일정표를 써서 충실하게 지키며 끝낸 일정을 하나씩 지우개로 지우는 것에 더없이 큰 기쁨을 느끼는 노인이다. 일종의 마조히스트라고 보쿠는 생각한다. (손주를 제외한) 남에게도 본인에게도 엄격하다. 그게 할머니의 성격이다. 한편 외아들인 아빠는 '남에게 엄격하다'는 부분만 물려받아, 그 특성을 가부장적 멘털리즘으로 승화시켰다. 때로는 마조히스트가 사디스트를 낳기도 한다.

"그런가?"

"헐거워진 문이 바람에 흔들리는 걸 수도 있고요. 우리 집 낡았잖아요."

할머니는 수긍하지 못하는 눈치였다. '귀신'보다는 훨씬 그럴싸한 이유인데! 보쿠는 검지로 뺨을 살짝 긁었다.

"귀신이라면, 그, 뭐야, 할아버지가 나온다는 말씀이세요? 그럼 현관에 소금이라도 두시지 그러세요."

그 뒤에 할머니가 정말로 소금을 쌓아놓기 시작했으니, 보쿠의 이 말은 실언이었다.

"이 할미가 칠칠하지 못해서 할아버지가 야단치러 온 걸지도 모르지."

"설마요. 우리 집에서 제일 야무진 게 할머니신데요."

할아버지, 이왕 나올 거면 다른 사람들을 저주해줘요! 보쿠는 얼굴에 들러붙는 파리를 쫓는 듯한 손짓을 하면서 작게 웃었다. '할아버지는 암을 앓다가 병원에서 세상을 떠나셨으니 집에 붙은 귀신은 되시지 않았을 거다……'라고 할머니에게 말하려다 그만뒀다.

"수미 짱도 무슨 일 있으면 알려주렴. 이 할미는 요즘 어쩐지 기분이 찜찜하구나."

"응, 알았어요……. 너무 신경 쓰지 마세요."

보쿠는 할머니가 준 2천 엔을 지갑에 넣고 집을 나섰다.

귀신이라니, 말도 안 되는 소리다.

✦×

할머니는 언제나 저녁 8시에는 잠자리에 든다.

밤 10시에 보쿠는 2층에 있는 자기 방을 살그머니 빠져나와 1층으로 내려갔다.

할머니는 거실에 있는 리클라이너 소파에서 잔다. 등받이를 180도로 눕히고, 베개 대신 방석 세 개를 겹쳐서 벤다. 원래 침실로 쓰던 방을 할아버지가 독점했기 때문에 할머니는 그동안 쭉 이렇게 주무셨다. 이제 할아버지가 없으니까 그 방에서 주무셔도 되지만, 할머니는 몸에 밴 습관을 바꾸려 하지 않았다.

보쿠는 빈집털이범처럼 숨을 죽이고 재빨리 복도를 나아가 할아버지가 생전에 쓰던 방의 문을 천천히 열었다.

그러고는 자기 방에서 들고 온 스마트폰용 마이크, 스타킹과 철사로 직접 만든 노이즈 억제용 팝 가드를 꺼냈다.

가비지가 보내준 반주 음악을 틀어놓고 공책에 적은 가사를 흥얼거렸다. 랩을 녹음하고 싶은데 거실에 가까운 보쿠의 방에서 할 수는 없는 노릇이고, 그나마 녹음이 가능한 곳이라고는 여기밖에 생각나지 않았다. 어차피 데모곡이니까 괜찮겠지.

이것이 할머니가 겁내는 '귀신'의 정체였다. 깊은 밤 슬그머니 나타나 속삭이는 목소리다. 할머니의 심정을 생각하면 죄송하지만, 뭐, 할머니는 총명하시니까 나중에는 말도 안 되는 생각이었다고 받아들이고 넘어가시겠지. 보쿠는 대수롭지 않게 생각하며 마이크에 대고 랩을 했다.

"결국 다들 요령 없으니까 ^{부키요다카라}, 그 칼을 버려 무기여 안녕 ^{부키요사라바}……."

곡의 후렴구에 해당하는 부분이다. '부키요다카라'와 '부키요사라바'로 약간 억지 라임을 맞췄다. 요즘 유행하는 3연음 리듬으로 빠르게 쏟아내는 플로우다.

✦✗

이와쿠마는 만약 지금 같은 일이 일어나면 손가락질하고 크게 비웃으며 실컷 기뻐할 생각이었다. 하지만 그 장면을 실제로 목격하자 너무나 끔찍했다. 그런 상상을 했던 자기 자신까지도 포함해서 말이다.

야구치는 며칠 전 선반 실습을 하다 사고를 당했다. 딴생각을 하고 있었는지 몰라도 기계에 손가락이 끼어서 크게 다쳤다. 지금은 오른손에 붕대를 감고 왼손으로 생활한다. 손가락을 절단하느니 마느니 그런 이야기까지 나오는 모양이다. 기계 틈새에 손가락이 낄 때 들렸던 소름 끼치는 소리와 뿜어져 나온 피로 꼭 스플래터 영화 같은 장면이 연출되었는데 너무 참혹해서 도저히 서슴없이 꼴좋다고 비웃을 수가 없었다.

점심시간에 보쿠는 이어폰을 한쪽 귀에 꽂고 교실 벽에 기대어 필립 K. 딕의 『유빅』을 읽고 있었다. 보쿠는 눈길을 책에 주면서도 혼자 새빨간 용기에 담긴 컵라면을 우물우물 먹는 야구치(원래 이런 광경은 있을 수 없다. 야구치 같은 애들은 혼자 점심 먹는 사람을 구더기 끓는 돼지 사체처럼 여기니까)를 몹시 신경 쓰는 눈치였다. 보쿠가 도저히 못 참겠는지 옆에 있는 의자에 앉아 있던 이와쿠마에게 귓속말을 했다.

"야구치가 혼자 밥을 먹어. 별일이네."

"사고로 충격을 받았을지도 모르지. 피가 엄청 났으니까."

그때 실습실은 아비규환의 수라장이었다.

이와쿠마가 쓴웃음을 지으며 답하자 보쿠는 작게 혀를 찼다.

이와쿠마는 갑자기 왜 그러지 싶어 눈살을 찌푸렸다.

"아, 미안. 그게 아니라."

보쿠가 갑자기 혀를 찬 건 이어폰에서 들리던 음악이 랜덤 재생되는 도중에 끼어든 체험판 스포티파이의 광고 내용에 짜증이 나서였다. 보쿠가 광고 내용을 간추려 설명하자 이와쿠마는 입을 다문 채 코웃음을 짧게 내쉬었다.

"그거 성질 벅벅 긁지. 분명 광고 없는 유료 서비스에 가입시키려고 일부러 병맛 광고 내보내는 걸 거야."

"아, 그렇구나. 이와쿠마 짱 똑똑하네."

보쿠는 진심으로 감탄한 듯 문고본을 든 채 손뼉을 쳤다. 표지가 손바닥에 퍼석 부딪치는 소리가 났다.

"조금만 생각해보면 알지. 세상은 너처럼 사고가 정지된 사람들을 쭉쭉 빨아먹으면서 돌아간다는 걸."

"하하하…… 너무하네." 보쿠는 책에 눈길을 떨어뜨리면서 웃었다. 이와쿠마는 도시락에 젓가락을 가져가며 보쿠를 힐끔 올려다보았다. 대화하고 책을 읽으면서 동시에 음악을 듣는 건가. 그러고 보니 점심시간에 얘가 뭘 먹는 모습을 본 적이 없다. 살 빼려고? 심술궂게 물어보려다가 마음을 바꾸었다. 대신에 사쿠라덴부*를 뿌린 식은 밥을 입에 넣었다.

• 찌거나 삶은 생선을 잘게 부숴서 양념한 음식.

"그런데 배 안 고파?"

보쿠는 웃는 표정으로 "뭐라고?"라며 고개를 들었다.

"그게, 점심시간에 뭘 먹는 걸 못 봐서······. 도시락을 일찍 까먹는 거야?"

"아, 뭐, 음······."

보쿠가 그게 말이지, 하고 손가락을 세웠다. 뭔데, 하고 이와쿠마는 고개를 기울여 이야기를 듣겠다는 시늉을 했다.

"식사라는 행위 자체에 관심이 없다고 할까······."

"엥? 허세 쩌네. 중2병이냐?"

"아니, 그게 아니라."

그때 교실 창문 쪽이 약간 술렁거렸다. 야구치가 작게 지른 소리가 이와쿠마와 보쿠에게도 들렸다.

"앗, 아이고."

이와쿠마는 재미를 찾는 구경꾼처럼 고개를 빙글 돌렸다. 야구치가 왼손으로 힘겹게 컵라면을 먹다가 엎은 모양이었다. 책상에 면이 쏟아지고 빨간 국물이 교실 바닥을 물들였다.

야구치는 천천히 의자에서 일어나 가방에서 휴대용 티슈를 꺼냈다. 근처에 있던 학생도 정리를 도와준 듯했다. 나뭇결무늬가 있는 바닥 타일에 라면 냄새가 나는 얼룩이 남긴 했지만, 쏟아진 면은 즉시 휴지통에 버려졌다.

"내 의자 등받이에도 국물 묻었는데······ 거기도 좀 닦지."

야구치 앞은 보쿠 자리다. 보쿠는 그 상황에서 눈을 돌리고서 어디까지나 작은 목소리로 한탄했다.

"그나저나 쟤들도 너무하네."

이와쿠마는 교실 뒤쪽에 모인 그룹을 슬쩍 눈짓했다. 며칠 전만 해도 야구치가 그 중심에 있었는데, 이제는 한 명이 빠지거나 말거나 마치 처음부터 다섯 명이었다는 듯 변함없이 시끌벅적하게 떠들고 있다.

"야구치 미루쿠를 무시하는 걸까? 설마 사고를 당했다는 이유로?"

"그렇겠지. 저런 애들의 우정은 얄으니까."

"그래? 오늘만 우연히 그런 게 아니고? 무슨 옛날 소녀만화도 아니고……."

이와쿠마는 흠, 하고 짐짓 헛기침을 했다.

"네가 옛날 소녀만화를 뭘 안다고 그래?"

"……어, 하기오 모토 정도? 미안, 적당히 말해봤어."

"뭐, 쟤들도 이 망할 촌구석 꼴통 고등학교라는 환경의 희생자에 불과할지도 몰라. 순간순간 떠들고 장난치는 것 말고는 다른 재미를 모르는 거야."

"어? 아아, 그렇겠지?"

이와쿠마 짱, 말이 엄청 맵네. 보쿠는 쓴웃음을 지었다.

보쿠는 점심시간이 끝날 때까지 서서 『유빅』을 20페이지 읽고, 타일러 더 크리에이터의 음악을 네 곡 듣다가, 스포티파이의 광고에 두 번 짜증을 냈다.

"있잖아."

이와쿠마는 불쑥 말했다.

"왜?"

"화장실 안 갈래?"

"아아, 그래. 가자."

둘은 함께 교실을 나서서 화장실로 향했다. 본관은 1층에만 여자 화장실이 있으므로 2학년인 이와쿠마와 보쿠가 볼일을 보려면 계단을 내려가야 한다.

✦×

방과 후 본관을 나선 이와쿠마는 교문이 아니라 반대쪽 동아리 건물로 향했다. 등에는 교과서가 든 백팩을, 어깨에는 보스턴백을 메고 있어서 걷기만 해도 피곤해졌다. 동아리 건물의 맨 꼭대기 층인 3층에 도착하자 빈 교실에서 연극부원들의 목소리로 짐작되는 소리가 들렸다.

"……맥베스는 존재 자체가 비극이야."

내용이 띄엄띄엄 귀에 들어왔다. 귀에 쏙 들어오게 억양을 강조한 말투라 '대사'라는 건 알겠는데, 문득 의문이 들었다.

우리 학교에 연극부가 있었나? 몰랐다. 입학하고 동아리 활동 소개서를 봤을 때 연극부는 없었던 것 같은데. 연극이라면 조금 흥미가 있는데.

연극부는 제쳐놓고, 목적지는 옥상이다. 장마철인 지금, 비가 내리기 전에 목적을 달성하고 싶었다. 옥상으로 통하는 문에 매직 펜으로 '출입금지'라고 쓴 테이프가 붙어 있었지만 문은 잠겨 있지 않았다. 이와쿠마는 주변에 아무도 없다는 걸 꼼꼼히 확인하고 나서 문손잡이를 돌렸다. 낡은 경첩에서 불쾌한 소리가 나면서 문이 열렸다.

옥상으로 나갔다. 옥상에 발을 들여놓는 건 처음이었다. 크기는 교실만 하고, 바닥은 낙엽이며 비닐봉지 같은 쓰레기와 비둘기 똥으로 몹시 지저분했다. 그런 오물을 통틀어 보여주는 상징처럼, 관리하지 않아 연갈색으로 더러워진 비닐하우스가 떡하니 자리 잡고 있다. 이와쿠마는 실내화 밑바닥이 더러워지겠다는 생각에 인상을 찡그리며 지저분한 바닥을 걸어갔다.

원예부는 담당 교사가 불미스러운 사건을 일으켜 퇴직당하면서 사실상 폐지됐다.

원예부 담당은 1학년 국사 교사였다. 그는 무슨 생각이었는지 어느 날 디자인과 교실에서 아동 포르노 사진을 프로젝터에 큼지막하게 띄웠다(멍청하게도 수업 자료용 USB와 음란물 저장용 USB를 착각했을 것이다……라는 게 통설이지만, 이와쿠마는 그 우스갯소리를 곧이 듣지 않았다. 오히려 놈은 의도적으로 은밀한 가해 욕구를 충족시키려고 그런 짓을 했을 것이다. 디자인과에는 여학생이 비교적 많으며, 올해는 열 명이나 된다). 그 소문은 순식간에 퍼져서 곤노라는 그의 이름에서 유래한 로리콘노라는 말이 한동안 유행했다. 이 말은 곤노 자체를 가리키는 것 이외에도 곤노 같은 행동을 한 사람, 예를 들면 비밀을 누설한 사람을 두고 "이거 로리콘노네"라고 놀리는 식으로도 사용된다. 더 나아가 교실에서 일부러 프로젝터로 자신의 창피한 사진이나 동영상을 공개하는 '로리콘노 챌린지'를 하는 학생들도 있었다.

곤노가 퇴직한 뒤 그에게 성추행당한 여학생 몇 명이 피해 사실을 고발한 것도 기억에 생생하다. 그리하여 안 그래도 나쁜 이 학교의 평판은 땅에 떨어졌다. 짜자잔.

이와쿠마는 이상한 냄새가 감도는 비닐하우스로 다가갔다. 비닐을 들추고 안에 들어갔다. 옥상 크기의 절반쯤 되는 비닐하우스에 들어가자 숨 막힐 듯한 열기가 들러붙었다.

비닐하우스에는 시든 식물이며 곰팡이가 슨 화분이며 물뿌리개 따위의 원예 도구가 방치되어 있었다. 이와쿠마는 인상을 찡그린 채 안쪽으로 나아갔다.

비닐하우스 구석에 마체테가 든 보스턴백을 가만히 내려놓았다. 이와쿠마는 고등학생이 되어서도 언니와 방을 같이 써야 하는 연립주택에 마체테를 안전하게 보관할 곳은 없다는 사실을 최근에 깨달았다. "이 가방 뭐야?"라는 언니의 질문에 시치미를 떼는 것도 한계에 다다랐다. 도서실에서 본 더러운 비닐하우스. 폐지된 원예부의 부정적인 이미지도 한몫해 아무도 접근하지 않는 여기에 놓아두면 들키지 않겠지. 후지키도 처음부터 이랬으면 됐을 것을.

이와쿠마는 자신의 총명함을 자화자찬하며 동아리 건물을 나섰다.

'도카이촌 사이퍼'는 매주 목요일 오후 7시에 시작된다.

보쿠는 평소처럼 집에 돌아가자마자 자기 방으로 들어갔다. 사복으로 갈아입고 허리 파우치를 차고 뉴에라 모자를 쓴다. 집을 나서기 직전에 마당에 있던 할머니가 말을 걸었다. 하잘것없는 대화를 나눈 뒤 할머니가 "향 피워 올리고 가렴"이라고 했다. 보쿠는 빨리 나가고 싶었지만 "알았어요"라며 미소 지었다.

1층에만 있는 다다미방에 모신 할아버지의 불단 앞에 앉아 캔들 라이터로 양초에 불을 붙였다. 향을 피우고 막대로 좌종•

•   책상이나 탁자 따위에 올려놓게 만든 자명종.

가장자리를 두드려 땡, 하고 울렸다. 소리의 여운이 사라질 때까지 기다리지 않고 입으로 후 불어서 촛불을 껐다.

보쿠는 한시라도 빨리 집을 나서려는 생각에 불을 붙일 때 사용한 캔들 라이터를 들고 나오고 말았다. 이제 와서 돌려놓으러 갈 마음은 안 들어서 일단 허리 파우치에 넣어두기로 했다. 도중에 허기를 채울 간식과 긴장을 풀어줄 츄하이 큰 캔을 사서 공원으로 향했다.

보쿠는 사이퍼가 시작되기 한 시간 전에 공원에 도착했다. 10분쯤 기다리자 어제 연락한 가비지가 손을 흔들며 종종걸음으로 다가왔다. 보쿠도 손을 흔들었다.

"아, 가비지 씨, 수고 많으십니다."

"요."

두 사람은 오른손으로 하이파이브를 하고 주먹을 가볍게 부딪쳤다.

이야, 하고 가비지가 먼 곳을 바라보듯 눈을 아련하게 떴다.

"데모곡 들었어. 센스 있더라."

보쿠는 완성한 곡의 데이터를 가비지에게 미리 보냈다. 자기가 사는 도카이촌을 주제로 원자력 발전소 이슈를 담아, 현 상황에서 탈출하고 싶다는 심정을 딴에는 진지하게 노래한…… 그런 랩이었다. 제목은 「센스 오브 원더Sense of Wonder」.

"정말입니까, 감사합니다! 어느 부분이 좋았는데요?"

가비지는 쓴웃음을 머금고 잠시 생각했다.

"음…… 그게, 어, 전체적으로. 가사도 잘 만들었고 플로우도 좋고."

가비지는 데미지 가공한 청바지 호주머니에서 담뱃갑을 꺼내더니 자, 하고 보쿠에게 내밀었다.

보쿠는 담배 한 개비를 뽑아서 입술 사이에 끼웠다. 얼굴로 향한 라이터 불에 담배 끄트머리를 댔다.

후, 하고 천천히 연기를 내뿜었다. 가비지는 담배를 만지작거리며 그런데, 하고 말을 꺼냈다.

"이번 주 토요일에 시간 괜찮아?"

연기를 빨아들이던 보쿠는 목이 메어 캑캑거리다가 네, 하고 대답했다.

가비지가 스마트폰을 꺼내 조작했다.

"친구랑 연락했더니 본격적으로 녹음하고 싶은데 볼 수 있느냐길래."

보쿠는 어깨가 떨렸다. 몸이 무의식중에 쑥 솟아오르는 듯한 기분이 들었다.

"정말입니까!"

가비지가 약속 장소와 시간을 알려주기에, 보쿠는 가슴이 아플 만큼 심장이 요동치는 걸 느끼며 고개를 끄덕였다.

"그리고."

"네."

마침내 내 인생이 본격적으로 다시 시작되는 건가? 보쿠는 시야가 훨씬 밝아지는 듯한 느낌이었다.

"교복을 입고 오래."

네? 가비지의 말이 이해가 안 돼서 보쿠는 표정이 굳었다.

"녹음도 믹싱도 공짜지만 그게 조건이라나."

"아, 네……."

뺨에 차가운 것이 뚝 떨어졌다. 보쿠는 하늘을 올려다보았다. 이슬비가 내리기 시작했다. 이 정도 비로 사이퍼는 중지되지 않는다. 가비지가 가지고 오는 스피커는 방수가 된다.

"아, 걱정은 말고. 변태는 아니야. 뭐, 녀석의 집에 스튜디오가 있으니까 좋은 설비를 사용하는 값이라고 생각해. 허튼수작은 안 부릴 거야. 착한 놈이거든."

보쿠는 심경이 약간 복잡했지만 마음은 변하지 않았다. 츄하이 캔을 따서 입에 댔다.

"알았어요. 감사합니다."

약속 장소와 시간을 스마트폰에 메모하고 각오를 다졌다. 어쨌거나 힙합은 깨끗하지만은 않……은 모양이니까.

"아직 시간이 남았지 다들 올 때까지 사이퍼를 해볼까."

가비지는 백팩에서 스피커를 꺼내 전원을 켰다.

비트가 흘러나오자 보쿠 마음속의 불안도 사라졌다.

"시작하죠."

배가 아프지만하라가이타이케도 저항하고 싶어아라가이타이,

그래서 꾸며내고 싶은 시안.

마치 시체시타이 같은 눈으로 보는 시야시카이,

그래도 기대키타이하는 미래미라이.

보쿠가 자기 랩에 라임을 넣거나, 변함없이 유창한 가비지의 랩을 꼼꼼히 분석하고 있으니 점차 멤버가 모여들었다.

"안녕하십니까. 오늘은 일찍 왔네, 뉴로맨서."

재키가 국내 힙합 그룹인 니트로 마이크로폰 언더그라운드의 이름이 새겨진 티셔츠로 빗물이 묻은 스마트폰 화면을 닦으며 사이퍼에 참가했다.

"아, 재키, 왔네."

재키는 보쿠와 동갑이고, 현 남쪽에 있는 고등학교에 다닌다. 보쿠는 프리스타일 랩을 들으며 문득 생각했다. 이 녀석은 재키. 옆에는 주최자인 가비지. 지금 랩을 하고 있는 건 지난번부터 참가한 중학생 카페오레.

"……결코 넘겨버릴스토리 수 없는 부조리후조리, 자아내는 스토리를 새기는 플로피."

그리고 자신은 여기서 뉴로맨서다. 그들은 어디까지나 랩 네

임으로 통할 뿐 서로 본명도 모르는 사이다. 자신은 이렇게 절묘한 거리에서 편안함을 느끼는지도 모른다.

이슬비가 내려서 그런지 오늘는 사람이 별로 많지 않았다.

하지만 어쩐지 컨디션이 좋다. 보쿠는 비에 체온을 빼앗기면서도 적절하게 라임을 넣었다.

"기록해나가는 플로피디스크, 리듬리즈무 위에 말을 쌓지. 겁먹지히루무 말고 필름휘루무을 돌리는……."

플로피디스크가 기억매체의 일종이라는 건 알지만, 실제로 본 사람은 이 중에 아무도 없다.

✦×

야구치는 JR선 도카이역 플랫폼에 내려섰다. 왼손으로 토트백에서 스이카* 카드를 꺼내 개찰구에 댔다.

참 아이러니하다 싶었다. 원래 야구치는 왼손잡이로 태어났다. 하지만 어린 시절에 오랫동안 엄마에게 훈련을 받아 오른손잡이로 교정했다. 오른손으로 연필을 쥐고(엄마가 손을 위에서 꾹 눌렀다) 부들부들 떨며 자기 이름을 몇 번이고 쓰던 것이 기억난다. 엄마가 열심히 '예절 교육'을 시킨 보람이 있어, 이

---

* 버스, 철도, 편의점 등에서 사용 가능한 일본의 IC카드.

제는 왼손으로 젓가락도 잘 못 쓴다.

야구치는 역 계단을 내려와 밖으로 나갔다. 역 앞의 이온마켓**을 지나쳐 버스 정류장으로 향했다.

그때 지나가던 공원에서 음악 소리가 들렸다. 두둥, 두둥, 하고 간헐적인 리듬이 귀에 들어왔다. 딱히 관심이 있어서라기보다는 무심결에 소리가 나는 쪽에 시선을 주었다.

어? 쟤는…….

흥미로운 광경이 보였다. 젊은 사람 네다섯 명이 스피커를 둘러싸고 서서 몸을 흔들고 있었다. 목소리와 노랫소리 비슷한 것도 들린다. 랩인가? 어쩐지 의식을 치르는 것처럼 보이기도 하는 그 기묘한 집단에 여자가 딱 한 명 있었다. 교복 차림이 아니라서 단정은 못 하겠지만, 보쿠 히데미 아닌가? 반에서 내 앞자리에 앉는 애.

야구치는 그쪽으로 살그머니 다가갔다. 역시 보쿠 히데미였다. 마침 히데미가 스피커에서 흘러나오는 음악에 맞춰 뭐라고 빠르게 말하고 있었다.

"그렇구나 넌 동정에 포경호케이, 그래도 오케이라고 만사를 긍정코테이. 인생이라는 게임은 노 페인 노 게인, 고개를 숙여본들 걸리적거릴 뿐. 그냥 말없이 서 있기보다는 당장 중지를 세

** 이온 그룹에서 운영하는 일본의 대형 슈퍼마켓.

워. 자, 도망치지 말고 지금 여기서 말을 쏟아내.”

이야.

어쩐지 감탄이 나왔다. 보쿠 히데미, 이런 걸 하는구나. 평소 말을 한마디도 안 해봐서 어떤 앤지 전혀 몰랐다.

야구치는 펜스에 얼굴을 바싹 대고 그 집단을 잠시 바라보았다. 보쿠가 랩(?)을 마치자 오른쪽에 있던 남자가 이어서 리듬을 타기 시작했다.

아하, 압운을 만들면서 순서대로 주고받는 건가. 생각해보면 보쿠 히데미에 앞서 랩을 한, 중학생처럼 보이는 애가 난 동정이고 어쩌고 하는 자학적인 말을 리듬에 실었었다. 보쿠 히데미는 그 말을 이어받아 응답한 셈이다. 보쿠 히데미 다음 남자도 보쿠 히데미가 쓴 단어를 몇 개 인용했다.

야구치는 순수한 호기심이 발동했다. 공원을 가로질러 갈 겸 좀 더 가까이에서 들어볼까. 지금 스피커에서 흘러나오는 음악은 퍼블릭 에너미의 「하더 댄 유 띵크Harder Than You Think」일 것이다. 제이크 질렌할 주연의 영화 「엔드 오브 왓치the Curse」의 삽입곡이라 들어봤다. 사람들은 그 노래의 보컬을 뺀 반주에 맞추어 저마다 프리스타일 랩을 하고 있었다. 그러고 보니 야구치도 「8마일8Mile」에서 봤었다. 프리스타일 랩이라는 거.

야구치가 왼손에 든 스마트폰을 들여다보는 척하며 랩을 하는 사람들 옆을 천천히 지나치려 했을 때, 웬걸, 보쿠 히데미와 눈이 마주쳤다.

✦✕

결정적인 순간을 목격당했다! 보쿠는 온몸이 굳어버렸다.

눈에서 피가 배어 나오는 게 아닐까 싶을 만큼 얼굴이 급격히 화끈해졌다. 보쿠는 얼른 고개를 숙여서 얼굴을 감췄다. 그러고는 재키가 한창 랩을 하는 도중에 불쑥 말했다.

"아, 맞다. 내일 일찍 나가봐야 해서 이만 가겠습니다."

보쿠는 고개를 꾸벅 숙여 인사하고 사람들과 하이파이브와 주먹 터치를 한 뒤 달아나듯 자리를 떠났다. 야구치가 쫓아와서 야, 하고 말을 걸었다.

보쿠는 식은땀을 닦고 들고 있던 츄하이 캔을 반사적으로 입에 댔다. 그러나 내용물은 이미 다 마시고 없었다.

"아, 어…… 야구치, 안녕."

이 무슨 비극이람! 보쿠는 토할 것 같은 기분으로 어색하게 웃었다. 하필이면 얘한테 들키다니 이제 끝장이다! 왕따당해서 등교를 거부하고 있는 동생이 생각났다. 아무리 그래도 그 정도까지 가지는 않겠지만, 아싸가 학교 밖에서는 래퍼 흉내를 내며 놀더라고 비웃음당하는 전형적인 결말이 기다리고 있겠지. 학교생활 한번 엄청 힘들어지겠네.

"뭐 하는 거야?"

"어, 그게…… 랩."

보쿠는 머릿속으로『은하수를 여행하는 히치하이커를 위한 안내서』문고본을 세 번 뒤적여서 굵은 글씨로 '겁먹지 마세요'라고 적힌 부분을 찾았다.

"흐음."

보쿠가 야구치의 가슴께에 시선을 주자 티셔츠에 'BAD MOTHER FUCKER'라는 굵은 글씨가 큼지막하게 박혀 있었다.

✦×

보쿠는 무의식중에 걸음을 옮겼다. 1초라도 빨리 여기서 벗어나고 싶다는 마음이 본능적으로 몸을 움직였다. 어느 틈엔가 츄하이 캔을 꽉 쥐어서 찌부러뜨렸다.

야구치가 따라왔다. 둘은 공원을 나서서 인적 없는 골목으로 들어갔다. 차가 드문드문 주차된 주차장이 보였다. 하기야 이 주변에는 주차장 말고는 아무것도 없다.

"저, 저기!"

보쿠는 잽싸게 고개를 돌려 옆에 있는 야구치를 보았다.

"웅?"

"이거 애들한테…… 말하면 안 된다? 부탁이야."

보쿠는 당장이라도 울음이 터질 것 같았다. 캔을 버리자마자 양손을 모으고 마치 경건한 신자 같은 표정으로 말했다.

"술 마신 거?"

"그건 상관없어! 그러니까 그 랩……."

보쿠는 말과 함께 내장도 쏟아져 나올 것 같았다.

야구치는 웃겼는지 표정 변화 없이 작게 픽 코웃음을 쳤다.

"안 할게. 딱히 쪽팔리는 일도 아닌데 뭘 그러냐."

'관심도 없고 그렇게 재미있지도 않았지만, 놀라긴 했어. 혼자 책 읽는 것 말고 좋아하는 일이 있었네.' 야구치가 표정으로 그렇게 말하는 것 같아서, 보쿠는 그것대로 화가 났다.

"난 쪽팔려!"

어떤 행동이 놀림거리가 될지 몰라서 교실에 있는 내내 쭈뼛쭈뼛거리고 긴장하는 심정을 야구치가 이해할 리 없다. 보쿠와 이와쿠마 같은 사람에게 교실은 교도소나 텔레스크린*이 감시하는 디스토피아다.

"그렇구나. 하지만 멋있더라. 젊음을 즐기고 있잖아."

"젊음이라니?"

---

* 조지 오웰의 소설 『1984』에서 '빅브라더'가 집안과 거리에 텔레스크린을 설치하고 사회를 감시한다.

비꼬는 거야? 보쿠는 머리를 쥐어뜯거나 발을 구르고 싶은 마음을 억누르고 아랫입술을 깨물었다.

"나도 젊음을 즐기고 싶은데."

비꼬는 거 맞잖아! 보쿠의 짜증이 공포와 거북함을 한순간 웃돌았다.

"젊음을 즐기는 사람은 야구치 너 같은 애를 말하는 거지. 반에서 친구들과 신나게 떠들고, 동아리 활동을 하면서 사랑, 우정, 노력, 승리, 인연을 얻고, 흩날리는 벚꽃 아래서 졸업하기 싫다고 질질 짜면서 우리는 평생 함께하자고 다짐하고."

보쿠의 입에서 가시 돋친 말이 툭 튀어나왔다. 후회했지만 이미 늦었다.

야구치가 희미하게 미소 지었다.

"그런 건 표백되고 상투적인 이미지지. 전부 가짜야. 너처럼 하고 싶은 일을 하는 게 진짜 젊음 아니야?"

"지금 선심 쓰는 거야?"

지금 비트가 흐른다면 분명 죽을 때까지 쏟아붙일 수 있을 텐데. 느껴지는 것이라곤 옆구리의 통증과 갈증뿐이다. 그냥 혀나 깨물고 콱 죽어버릴까! 하지만 보쿠는 아무것도 할 수 없었다.

"랩 해봐."

야구치가 말했다. 도전적인 말투였다.

"뭐?"

"들려줘. 보쿠 히데미의 랩."

"시, 싫어……."

"아, 그래? 시시하네."

야구치는 무표정을 유지한 채 차갑게 대꾸했다.

여기서 사람 무시하지 말라며 야구치의 먹살을 잡으면 어떻게 될까. 야구치가 보쿠의 동태를 살피듯이 일부러 침묵하고 있다는 느낌이 전해져왔다.

"음악 틀어줄까?"

야구치는 토트백에서 스마트폰을 꺼내 유튜브에서 반주곡을 적당히 검색해 재생했다. 힙합 그룹 킹기도라의 「공개처형」 전주가 흘러나왔다.

"야!"

"자, 시작된다."

"……너한테 난 하찮은 쓰레기초카스, 혀짤배기소리 하는 촌스러운 오타쿠? 하지만 언어중추는 다자이 오사무, 이제 시작되는 나의 여름, 이 시간에 무슨 볼일이지. 듣기 싫은 네 상냥한 명령고타쿠. 약자를 괴롭히니 즐거워? 어떻게 된 거야 네 모랄모라루."

여덟 마디를 채웠다. 원래는 여기서 남에게 마이크를 넘기지만, 당연히 지금 곁에는 재키도 가비지도 없다. 야구치를 노려

087

보았지만 어쩐지 만족스러워하는 듯한 시선이 돌아올 뿐이었다. 음악이 계속된다. 보쿠는 자포자기하는 심정으로 손을 흔들었다.

"어, 뭐야, 계속해? 안 멈춰? 너한테 무슨 권리가 있길래? 확실하게 당했어 공개처형쇼케이, 날 봐 이렇게 우스꽝스러워콧케이. 이제 만족해? 돌아오는 건 침묵, 어쩔래? 마시지 않으면 못 서 있겠네, 상처 주고 싶어 하는 호사가."

야구치는 음악을 멈추지 않았다.

"……아이씨, 더는 못 해! 사람 갖고 장난치지 마!"

보쿠는 몸을 돌려 그 자리에서 달아났다.

"잠깐만."

야구치가 왼손으로 보쿠의 팔을 꽉 잡았다.

"좋은데. 멋있었어."

"시끄러워!"

보쿠는 어쩔 수 없이 숨을 씩씩 내쉬면서 펜스에 기댔다.

"음, 이바라기 사투리는 말이 빠른 데다 말끝이 올라가서 공격적으로 들리니까 랩에 잘 맞는 건가."

"그런 생각은 해본 적 없는데. 나 사투리 심해?"

보쿠는 화제를 바꾸고 싶다는 일념으로 붕대가 감겨 있는 야구치의 오른손을 응시했다.

"아, 손가락 괜찮아? 크게 다쳤잖아."

"곪아서 절단했어. 뭐, 나쁘지만은 않아."

"뭐? 잘라냈다고? 엄청 심각한 거잖아?"

'인간의 손가락은 도마뱀 꼬리와 달리 한번 잘리면 다시 돋지 않아. 알지?' 보쿠는 경계심 강한 작은 동물 같은 눈으로 야구치를 보았다. 야구치는 "뭐 새끼손가락이니까"라고 그다지 심각할 것 없다는 투로 대답했다.

"나 동아리 활동하고 있었거든, 육상."

"알아. 단거리 잘한다면서?"

그런데, 하고 야구치는 토트백에 왼손을 넣어 담뱃갑을 꺼냈다. 보쿠는 처음 보는 상표였다. 일반적인 담뱃갑보다 납작한 회색 담뱃갑이었다.

"뭐야, 그건?"

"더블해피니스."

뚜껑을 열고 왼손가락과 손목을 교묘하게 움직여 가느다란 리틀시가*를 손가락 사이에 끼웠다.

리틀시가라니. 보통 담배보다 2백 엔쯤 싸다. 고등학생이 담뱃값을 아껴서 어쩌자는 거야! 보쿠는 핀잔하고 싶었지만, 그런 말이 입에서 나올 리도 없어서 그저 묵묵히 바라보았다.

---

* 일반 담배와 비슷하게 생긴 엽궐련. 종이 대신 잎담배를 원료로 한 시트로 담배를 만다.

"한 대 줄까?"

"아, 고마워……."

손이 떨리는 걸 들키지 않도록 잽싸게 담뱃갑을 받았다.

야구치가 토트백에서 라이터를 꺼냈다. 불을 붙이려 했을 때 손이 미끄러졌다. 손에서 빠져나간 라이터가 발치에 떨어졌다. 거기엔 하필 덮개에 구멍이 뚫린 배수로가 있었다. 야구치는 앗 하고 작게 소리쳤다.

"배수로에 빠졌네."

"에이."

야구치는 리틀시가를 문 채 난감하다는 듯 허리를 구부려 배수로를 들여다보았다. 보쿠는 문득 생각이 나서 허리 파우치의 지퍼를 열었다.

"불, 있는데……."

보쿠는 캔들 라이터를 꺼내 딸깍딸깍, 스위치를 눌렀다.

"그건 왜 가지고 다녀?"

"어, 그냥 우연히?"

"웃긴다."

무표정으로 말하는 야구치에게 캔들 라이터를 건넸다.

이슬비 때문인지 야구치는 불을 붙이느라 애를 먹었다. 몸을 웅크려 비를 막고 나서야 겨우 불이 붙었다. 보쿠도 따라 했다.

야구치는 후우 하고 연기를 내뿜으며 한숨 돌리고 나서 그런데, 하고 이야기를 되돌렸다.

"나 동아리 때려치우고 싶었거든. 육상이 죽도록 싫어."

"아."

보쿠는 어색하게 대답했다.

"어떻게든 원만하게 동아리를 그만둘 방법이 없을까 고민하고 있었는데, 그러던 중에 사고가 났지 뭐야. 딱 좋은 핑곗거리잖아."

야구치는 붕대 감긴 오른손을 들어 보였다.

몇 번 안 빨아들인 것 같은데 보쿠의 리틀시가는 절반 가까이 타서 없어졌다.

"이렇게 다친 몸으로 운동은 도저히 무리잖아."

"음, 그야, 뭐…….'

동아리 탈퇴하고 싶다고 담당 교사에게 상의하면 어떻게 해주지 않나. 바보 아니야?

"하지만 손가락이 잘렸을 뿐이니 가벼운 연습은 할 수 있지 않겠느냐고 우길 것 같단 말이지. 그래서 마음에 병이 생긴 척이라도 해볼까 싶어."

"뭐?"

"갑작스러운 사고에 충격을 받아서 지금까지의 활발했던 성격을 잃고 말았다. 도저히 동아리 활동을 계속할 상태가 아니다. 그런 척하려고."

보쿠는 쓴웃음을 지었다. 뭐라고 말하면 좋을지 도무지 모르겠다.

"동아리 활동이 그렇게 싫었어? 피가 그렇게 철철 난 것도 괜찮게 느껴질 만큼?"

"인생은 노 페인 노 게인No Pain, No Gain이잖아. 공짜로는 아무것도 못 얻어."

보쿠가 사이퍼에서 프리스타일 랩을 했을 때 사용했던 문장을 야구치가 인용하길래 보쿠는 아랫입술을 깨물었다.

"아무리 생각해도 게인보다 페인이 너무 커! 동아리 활동이야 몰래 땡땡이치면 그만인데."

✛×

"우리 집에는 왜 아빠가 없어?"(실제로는 이렇게까지 틀에 박힌 '어린애 말투'는 아니었다)라고 싱글맘이 받는 질문 중에 가장 전형적인 질문을 던진 것이 애당초 문제였을까.

야구치의 자아가 형성된 뒤로 언제나 머릿속에 들러붙어 있는 생각이었다. 그 생각은 마치 칫솔이 닿지 않는 곳에 낀 음식 찌꺼기처럼 결코 빠지지 않는다.

야구치의 아빠가 없는 이유, 즉 아빠의 사망 원인을 명확하게 알게 된 것은 야구치가 열네 살이 됐을 무렵이었다.

1999년에 아빠는 도카이원자력발전소의 작업자였다. 그리고 세상을 뒤로했다.

하지만 사인은 방사능 오염 후유증이 아니라 익사였다. 이런저런 이유로 구지카와강 다리에서 뛰어내린 것이다.

다리 난간에 올라가 강에 몸을 던진 아빠가 죽기 직전에 본 건 근처 생활용품점 카인즈홈의 주차장이었을까? 주마등(만약 그런 게 있다면)에 세 살배기 나는 나왔을까?

"미루 짱."

"왜, 도키 짱?"

엄마는 이상하다. 영어로 말하자면 퍼니funny라기보다 이디어트idiot고, 가리지 않고 말하자면 돌았다고 생각한다. 30대 후반씩이나 돼서 틱톡을 하는 사람 중에 멀쩡한 인간은 없다.

야구치가 열두 살 때 엄마는 정신이 어떻게 되고 말았다.

야구치는 그 시절에 브라이언 드 팔마 감독의 「캐리」를 봤다. 학교에서 집단 따돌림을 당하고 집에서는 권위적인 어머니의 억압에 시달리던 내성적인 소녀 캐리는 파티에서 돼지 피를 뒤집어쓰게 되자 마침내 분노가 폭발해서 염력을 발동시켜 학생들을 몰살한다. 캐리는 복수의 마무리로 모든 일의 원흉이었던 어머니를 죽인다. 염력으로 집을 무너뜨려 엄마와 함께 건물의 잔해에 깔린다.

야구치는 그 영화 엔딩 크레디트를 보며 절실하게 생각했다.

이대로 가면 나는 캐리처럼 될지도 모른다.

뭐, 초능력을 사용할 수 있다면 그건 그것대로 좋을지도.

하지만 엄마는 야구치가 혼자 이런 영화를 보는 걸 질색했다. 15세 관람 불가 딱지를 지키지 않아서가 아니라, 어두운 내용의 영화를 혼자 묵묵히 보는 딸은 엄마가 품은 이상적인 딸이미지에 부합하지 않기 때문이다. 술도 담배도 무절제한 성관계도 용납할 수 있지만 음울한 말이나 행동을 하는 건 안 된다. 그게 야구치 엄마의 이데올로기다. 책을 읽는 건 당치도 않고, 스마트폰 이외의 전자기기에 해박하거나 사회 시스템에 의문을 드러내서도 안 된다. 안경을 쓰면 공부벌레처럼 보인다며야구치에게 콘택트렌즈를 사주기도 했다.

"오늘은 뭐 했니?"

"그냥 후 짱이랑 카페 들렀다가 노래방 갔었지."

"그렇구나. 도키 짱은 일하고 와서 이걸 만들었어."

엄마가 잘가닥잘가닥 소리가 나는 쿠키 통을 테이블에 내려놓았다. 엄마는 뚜껑을 열고 레진으로 만든 핸드메이드 액세서리를 꺼내서 보여주었다.

"예쁘네."

엄마의 손에서 열쇠고리에 달린 스트랩이 흔들렸다.

야구치는 엄마를 '어머니'나 '엄마'라고 부르지 못한다. 도키코라는 엄마의 이름에서 유래한 1인칭인 '도키 짱'이라는 호칭으로 불러야 한다.

옛날에는 가까스로나마 평범한 엄마였다. 적어도 왼손잡이
인 외동딸을 오른손잡이로 교정하고, 대형마트에 있는 문화센
터에 매주 보낼 정도로는 남의 눈을 신경 쓰는 아주 일반적인
엄마였다. 그런데 지금은 이렇게 중년의 가죽을 뒤집어쓴 어린
아이가 되고 말았다.

그 이유는 시간 순서에 따라 비교적 손쉽게 해명할 수 있다.

일단 배우자의 죽음. 그것도 부조리한 방식의 죽음이다. 아
빠가 죽은 뒤로 엄마는 방사능과 세간의 시선에 평범하지 않
은 공포를 느끼고 남들과 교제하는 걸 최대한 피하게 됐다.

이어서 2011년에 발생한 동일본 대지진. 도호쿠 지방에 가
까운 여기도 수도와 전기가 끊겨서 마을이 공황 상태에 빠졌
었다. 도키 쨩은 후쿠시마의 상황을 보도하는 뉴스에 겁을 먹
었고, 도카이원자력발전소에서 노심° 융해가 발생하면 우리가
사는 이곳도 피난 구역으로 지정된다는 사실을 알게 됐다.

도키 쨩은 어떤 사실을 깨달았다. 세상사를 알려주는 뉴스
는, 보면 볼수록 불안해진다. 다시 말해 새로운 정보를 받아들
이지 않으면 불안해지지 않는다. 도키 쨩은 신문 구독을 해지

° 원자로에서 연료가 되는 핵분열성 물질과 감속재가 들어 있는 부분. 핵
분열 연쇄 반응이 이루어지는 곳이다.

하고 텔레비전을 보는 것도 그만뒀다. 자, 이제 괜찮다.

요컨대 계기는 원자력발전소다. 방사능 때문에 탄생한 서글 픈 괴물이라는 점에서 보면 엄마는 넓은 의미에서 '고질라'다. 그렇게 웃어넘기는 것 말고는 답답함을 삭일 방법이 없었다.

도키 짱은 도카이촌의 문화 수준을 그대로 반영한 듯 '없는 것보다는 낫다'는 표현이 딱 들어맞는 구질구질한 역 앞 슈퍼 마켓의 반찬 코너에서 파트 타임으로 일한다. 툭하면 외가에 손을 벌리며 간신히 딸을 키우는 상황이다.

도키 짱은 정신이 이상해진 뒤에도 엄마로서의 '역할'은 잊 지 않았다. 야구치가 생각하기에 이건 아름다운 이야기가 아니 라 일종의 비극이다. 휴일이면 고양이 무늬가 들어간 원피스 차림으로 신나서 외출하고, SNS에서 열 살도 넘게 어린 사람 들과 즐겁게 대화를 나누는 '철없는 아줌마' 그 자체가 되었건 만 엄마 역할만은 버리지 못한 것이다.

조지 로메로 감독의 「시체들의 새벽」이라는 영화에서 좀비 로 변한 사람들이 살아 있을 때의 습관에 따라 쇼핑몰로 모여 드는 것과 똑같다. 차라리 엄마도 정신이 완전히 맛이 가서 입 원해야 할 상황에 이른다면 자신도 엄마도 좀 더 유연하게 살 수 있을지도 모르는데.

지금 갑자기 이 여자를 힘껏 때리면 어떻게 될까?

야구치는 도키 짱과 이야기할 때 자주 그런 생각을 한다. 그러면 정신을 차릴까? 아니면 공황에 빠져 더 이상해질까? 분명 후자일 것 같아서 실행하지는 않았다.

엄마가 "도키 짱은 있지" 하고 몸을 앞으로 내밀었다.

"오늘 직원한테 초밥 쿠폰을 받았어!"

엄마가 은접시*의 쿠폰이 붙은 꼬깃꼬깃한 광고지를 짠, 하고 보여주었다.

"진짜?"

"응, 오늘은 시켜 먹자!"

야구치는 눈을 크게 뜨고 테이블을 가볍게 두드렸다. 손끝에 닿은 비닐 테이블보가 끈적거렸다.

"우와, 좋아! 그럼 내가 전화할게!"

야구치가 스마트폰을 꺼내 광고지에 적힌 전화번호로 전화를 걸었다. 도키 짱은 덩실거리며 신난 목소리로 쿠폰 번호와 주소를 알려주었다.

야구치가 기껏해야 배달 초밥에 이렇게까지 들뜨는 건 평소 배를 주리며 살기 때문이 아니다. 이건 메소드 연기의 산물이다. 배역에 대한 철저한 몰입. 「분노의 주먹」에서 제이크 라모타를 연기하기 위해 30킬로그램 가까이 체중을 불렸다 줄였던 로버트 드니로나, 「다크 나이트」에서 조커에 너무 몰입한 나머

---

* 일본의 배달 초밥 체인점.

지 불면증에 시달리다 죽은 히스 레저처럼, 야구치는 도키 짱이 원하는 이상적인 역할로 변신했다. 밝고 활발하고 너무 깊이 생각하지 않고 언제나 행복하다.

그 결과 실제로 그렇게 됐다. 고등학교 진학을 계기로 야구치는 밝고 활발하고 너무 깊이 생각하지 않고 언제나 행복한 인격을 손에 넣었다. 그 결과로 반의 중심 인물이 됐다. 별 볼일 없는 반 아이를 비웃는 것도, 수업 시간에 책상에 발을 올린 채 스마트폰을 만지작거리며 선생님을 무시하는 것도 어디까지나 배역에 맞춘 연기였다. 그러다 보니 어느덧 배역을 '본성'으로 삼을 수 있게 됐다.

어느 날 야구치는 도키 짱의 스마트폰이 잠금 해제된 상태로 테이블에 놓여 있는 걸 우연히 봤다.

도키 짱은 화장실에 가고 없었다. 야구치는 화면을 들여다보았다. 인스타그램 홈 화면이 떠 있었다. 부모의 SNS 계정만큼 보기 싫은 건 또 없지만, 호기심이 이겼다.

으엑.

프로필 사진인 산리오의 리틀트윈스타 캐릭터와 사용자 이름이 낯익었다. 야구치가 게시물을 올리면 가끔 '좋아요'를 눌러주는 사람인데, 야구치는 상대의 게시물에 '좋아요'를 누르지 않지만 그 계정을 팔로우는 해놓았다. 저쪽에서 가끔 댓글을 남기기도 했고, 야구치가 다시 댓글을 달아서 짧게 대화를 나눈 적도 있었다.

야구치는 상해서 구더기가 끓는 고기를 본 것 같은 기분에 사로잡혔다. 온몸에 닭살이 돋았다. 알프레드 히치콕의 영화 「현기증」에서 고소공포증이 있는 주인공이 탑 위에서 아래를 내려다보았을 때 시야가 크게 흔들리며 배경이 멀어지는, 돌리 줌 기법을 맛보는 듯한 기분이었다.

머뭇머뭇거리며 조심스레 엄마가 올린 게시물을 클릭했다.

[오늘 저녁은 초밥이라고 깜짝 발표했더니 우리 집 꼬맹이가 좋아서 펄쩍펄쩍 뜀(땀 흘리는 이모티콘). 덩실덩실 춤추며 초밥을 주문했다(쓴웃음 이모티콘).]

실제로 '싹' 하고 소리가 난 게 아닐까 싶을 만큼 엄청난 속도로 야구치의 얼굴에서 핏기가 가셨다. 체온도 확 낮아졌다.

초밥을 배달시켜 먹은 날은 이 게시물이 올라온 지난주다. 그럼 여기서 꼬맹이는 나?

이거 상당히 중증인데. 이 여자는 날 어린애로 여기는 걸까? 아니면 딸이 열일곱 살이라는 사실을 알고 있으면서 일부러 '꼬맹이'라고 칭하는 건가?

어쨌거나 잘 알겠다. 요컨대 도키 짱은 내가 백치이기를 바라는 거다.

무구하고 우직하고 순수한. 「포레스트 검프」주인공 같은.

복잡한 일은 잘 몰라. 엄마가 무지무지 좋아. 우와, 초밥이다.

부모가 자식의 SNS 계정을 염탐하는 건 자식이 자위행위를 할 때 보호자가 입회하는 것과 다를 바 없는 행동이지만, 도키짱은 딸에 대한 편집증적인 과보호 욕구 때문에 감시하려는 것이 아니라 어디까지나 진심으로 딸과 '친구'가 되고 싶어 하는 마음일 것이다.

그게 더 싫어! 야구치는 손톱으로 윗입술을 긁적였다.

현재 상태에서 탈출하기 위해서는 뭔가 큼지막한 '이벤트'가 있어야 한다고, 그런 게 필요하다고 생각해왔다. 억지로라도 변화를 꾀하지 않으면 평생 이 모양 이 꼴이다. 멍청이들의 집단에서 조금 인기 있는 학생이라는 위치를 유지한 채 고등학교를 졸업하고, 운이 좋으면 집에서 다닐 수 있는 거리의 전문대에 입학하겠지. 운이 나쁘면 가까운 공장에 취직하고. 최악은 본격적으로 정신이 병들어 자기 한 몸 제대로 챙기지 못하는 엄마를 수발하며 제일 가까운 이온마켓에서 파트 타임으로 일하는 것이다. 그중 무슨 길을 걷든 고등학교 동창들하고만 내내 어울리다 고향에서 인생 좋 치겠지.

그렇게 생각하자 자신이 가장 경애하는 영화감독들의 사악하고 병적인 작품들을 볼 때와 비슷한 기분에 사로잡혔다.

교수형당한 비요크*의 모습을 볼 때마다(자신을 비요크에 대입하는 기만은 제쳐놓고) 걱정이 이만저만 아니다.

이 동네는 그야말로 라스 폰 트리에 감독이 만든 살풍경한 세트다.

야구치는 절단 수술을 한 오른손가락을 힐끗 보았다. 정신적 충격은 딱히 없었으며 「천황의 군대는 진군한다」에 출연한 무정부주의자 오쿠자키 겐조의 경례 자세(그도 오른손 새끼손가락을 잃었다)를 흉내 내 사진을 찍을 만큼 마음이 홀가분했다. 그래도 역시 더럽게 아팠고, 푹 파인 상처에서 피가 철철 흐르고 상처가 금세 곪아서 무서웠다.

그나저나 학교에서 실습하다 사고가 났으니까 보험금이 나오려나?

일단 손가락을 절단해야 할 수준으로 크게 다치는 '이벤트'를 겪었으니 여기서 탈출하기 위한 과정을 하나 마쳤다고 할 수 있지 않을까.

이슬비에 맞아 리틀시가의 불이 꺼졌다. 보쿠는 다시 불을 붙이려고 캔들 라이터를 딸깍거리며 말했다.

"야구치, 이 근처에 살아?"

• 아이슬란드의 가수. 라스 폰 트리에 감독은 「어둠 속의 댄서」의 주인공 셀마 역에 연기 경험이 거의 없는 비요크를 섭외했다.

"응."

"그렇구나. 같은 역 근처인데 전혀 몰랐네."

야구치는 리틀시가를 다 피웠는지 더블해피니스 담뱃갑에서 리틀시가를 한 개비 더 꺼냈다.

보쿠는 캔들 라이터의 스위치를 몇 번이나 눌렀지만, 가스가 얼마 남지 않았는지 좀처럼 불이 켜지지 않았다. 라이터 끝에서 빨간 불이 고개를 쏙 내밀었다가 바로 사라진다.

딸칵딸칵 소리만 거듭 울려 퍼졌다.

"줘봐."

아무리 기다려도 보쿠가 불을 켜지 못하자 야구치가 캔들 라이터를 가져갔다. 그러고는 토트백에서 휴대용 티슈를 꺼내 발치에 놓고 캔들 라이터를 댔다. 작은 불이 티슈에 붙자 나름대로 타올랐다.

야구치는 그걸로 리틀시가에 불을 붙였다.

보쿠는 성묘할 때 피우는 향불 같다고 농담을 하려다 그만뒀다. 야구치의 재촉에 쪼그려 앉아 불에 얼굴을 가까이 대고 리틀시가에 다시 불을 붙였다.

잠깐이었지만 뜨거워서 보쿠는 외마디 소리를 질렀다. 예상 외로 커진 불길이 바람에 흔들려 발끝에 닿았다. 티슈를 꾹꾹 밟아서 불을 끄고, 타고 남은 찌꺼기는 배수로에 버렸다.

그 뒤 야구치가 강해진 빗발에 인상을 찌푸리며 저기, 하고 말을 던졌다.

"이 도시…… 도시가 아니지. 이 촌 동네, 어떻게 생각해?"

"어떻게 생각하냐니?"

"그러니까, 보쿠 히데미는 이 촌 동네가 좋아? 여기서 평생 살고 싶어?"

"뭐? 사, 사람 무시하지 마. 그럴 리가 있어?"

여긴 쓰레기장인데! 보쿠는 짜증을 숨기지 않고 대답했다. 내가 이런 촌 동네에 안주할 인간으로 보여? 보이겠지! 이 촌 동네에 미래는 없다. 뭔가 줄기는 해도 더 늘어나지는 않는다.

"그렇겠지. 나도 그래. 이런 곳에 태어난 것부터가 죄야."

어느새 둘 다 비에 젖는데도 아랑곳없이 인도의 보도블록에 앉아 있었다.

"앗, 그래……."

무슨 소리를 하려는 거람. 보쿠는 의아한 눈으로 바라보았다. 야구치 같은 녀석이 무슨 생각으로 저런 염세적인 말을 늘어놓는 거지?

"우리 엄마는, 뭐랄까…… 좀 이상하거든."

아, 그런 거라면 이해가 간다. 보쿠는 공감한다는 걸 표현하기 위해 두 손가락을 가볍게 튕겨서 소리를 냈다.

"우리 아빠도 말이 안 통해. 요즘 세상에 자식 따귀를 때리는 게 말이 되냐? 그것도 손바닥으로 짝 하고 때려서 끝내는 게 아니라 여기 손 아래쪽 뼈로 꽉 누른다니까. 진짜 성질나."

보쿠는 손바닥으로 자기 뺨을 세게 누르면서 말했다.

"그리고 남동생은 등교 거부 중이야. 거기다 가족들이 전부 밥을 얼마나 지저분하게 먹는지! 더는 못 참아, 도저히 못 참겠다, 그런 기분이야."

야구치는 핫 하고 작게 숨을 내뱉었다.

"그래? 그럼 내가 나을지도 모르겠네. 우리 엄마는 폭력은 휘두르지 않으니까."

엄마? 하고 보쿠는 되뇌었다.

"아아, 응, 우리 엄마는 과부, 요즘 말로 싱글맘이거든."

"그렇구나……."

보쿠는 할 말을 찾을 수 없어서 고개를 숙였다.

"우리 아빠는 내가 철들기 전에 죽었는데, 이런저런 이유로 투신자살했어."

"진짜?"

보쿠는 깜짝 놀라 얼굴을 들자마자 고개를 갸웃했다.

"이런저런 이유라니, 무슨 이유인데?"

'민감한 문제니까 궁금해하지 마!' 야구치는 마치 그렇게 얼버무리는 듯한 표정으로 쓴웃음을 지었다. 보쿠도 더는 물고 늘어지지 않았다.

"아무튼 속박이 심하다고 할까. 난 바닥권이라도 좋으니까

대학에 가고 싶어. 도쿄에 가고 싶거든. 하지만 가능할지 모르겠네. 그럴 돈이 있느냐도 문제고."

"엄마께서 속박이 심하구나."

"나름대로. 엄만 꼭 어린애 같아. 이렇게 말하면 좀 그렇지만…… 철없는 아줌마 느낌?"

보쿠는 푸훗 하고 웃음을 터뜨렸다.

그러고는 필터만 남은 리틀시가를 발밑에 버리고 쓴웃음을 지으며 말했다.

"그러시겠지."

야구치는 짐짓 눈썹을 찡그려서 의사를 표시했다.

"그러시겠지? 그게 무슨 뜻이야?"

보쿠는 앗, 하고 겸연쩍은 듯 입을 벌렸다.

"알 만해. 자식한테 '미루쿠'라는 이름을 붙이다니 애초부터 부모의 인간성에 문제가 있다 이거지?●"

"어, 아니, 그게 아니라."

사실 그랬지만, 확실히 편견 어린 생각이었는지도 모른다. 보쿠는 사과하는 의미로 고개를 살짝 숙였다.

"사실 네 생각이 맞아."

"앗, 정말?"

●　미루쿠는 영어 '밀크'의 일본어 발음이다.

"하다못해 '구루미'나 '미쿠루'였다면 그나마 나았을 텐데 미루쿠라니. 아름답게 흐르는 다홍빛이라고 써서 미루쿠. 뭐야, 이게. 아무리 그래도 너무 센스 없잖아."

그런가, 하고 보쿠는 떨떠름하게 대답했다. 따지고 들면 구루미나 미쿠루나 그게 그거다.

"야, 미루쿠, 하고 부를 때마다 확 죽어버릴까 싶다니까."

"……그런데 왜 미루쿠라고 지으신 거야?"

야구치는 마치 물어볼 줄 알고 있었다는 듯이 재빨리 대답했다.

"하비 버나드 밀크°에서 따왔대."

"제법 문화적이잖아……."

"누가 물어보면 그렇게 대답하기로 정했어."

"실제로는 아니야?"

"우리 부모는 하비 버나드 밀크가 누군지도 모를걸."

"그렇구나……."

야구치는 상상했던 것보다 훨씬 흥미로운 아이였다. 보쿠는 야구치에게 품었던 경계심 비스무리한 것이 사라졌음을 문득 깨달았다.

"만약 내가 무난한 청춘소설이나 영화에 나오는 등장인물이

• 　1977년 미국에서 최초로 선출직 공직자에 당선된 성 소수자.

라고 치자."

야구치는 무표정한 얼굴로 말을 꺼냈다.

"어? 응."

보쿠는 참 거창한 가정이다 싶었지만 잠자코 고개를 끄덕였다. 서로 자기 부모를 험담하니까 청춘 느낌이 풀풀 풍기네.

"마지막에는 엄마와 마음이 통하고 자기 이름도 마음에 들겠지. 그리고 질색이었던 이 동네에서의 생활도 나쁘지만은 않다고 생각하기에 이르러."

"응, 뭐, 그렇겠지."

동의한다. 딱 이거였다 싶은 작품은 생각나지 않지만, 그런 장면은 쉽게 연상된다. 드라마라면 희망적인 피아노곡이 배경음악으로 흐르겠지.

"그런 건 진짜 쓰레기야!"

"어? 아아, 그치?"

청춘물 중에는 그런 내용이 아닌 것도 있으니까 꼭 단정하지는 말라고!

"그런 이야기는 이미 낡았어. 난 엄마를 버리고, 이 동네도 떠나서 다시는 돌아오지 않아. 내게는 그게 해피엔딩이라고. 가족애나 고향에 대한 사랑 따위 개나 주라지. 현재 상태를 받아들이는 게 미덕이라니 이상하잖아."

"역시 집이 제일이야."

보쿠는 초등학교 때 연기한 도로시의 대사를 농담처럼 따라했다.

"우리 인생은 중고서점에서 백 엔에 살 수 있는 그딴 이야기가 아니야."

언성을 높이면서도 표정은 그대로인 야구치를 보고 보쿠는 작게 웃음을 터뜨렸다.

너는 너대로 기구한 신세구나. 보쿠는 감상에 젖어 한숨을 내쉬었다.

"보쿠 히데미는 어쩔 거야? 역시 래퍼가 되는 게 목표야?"

빈정거리는 공격이 들어왔다고도 해석할 수 있었지만 보쿠는 굳이 고개를 끄덕였다.

"조만간 곡 만들 거야."

"이야, 대단하네."

야구치, 어쩐지 학교에 있을 때와는 느낌이 다르네. 보쿠는 그렇게 말하려 했지만 타이밍을 놓쳤다. 교실에서 듣던 비열한 웃음소리와 지금의 약간 시니컬한 말투. 야구치의 본질은 어느 쪽일까.

빗발이 거세졌다. 둘은 서로 눈을 마주친 뒤 보도블록에서 일어났다. 보쿠는 으, 추워라, 하고 인상을 찡그렸다.

"이제 뭐 해? 시간 있어?" 야구치가 물었다.

"응, 뭐……."

"어디서 비를 피해야겠네. 볼링 치러 안 갈래?"

"진심이야?"

설마 야구치와 같이 놀게 될 줄이야. 상관없긴 하지만 어쩐지 감개무량한 건 사실이었다. 하지만 야구치의 오른손이 저런데 볼링을 칠 수 있을까.

야구치는 보쿠의 시선에 담긴 의문을 알아차렸다.

"걱정하지 마. 왼손으로도 칠 수 있으니까. 오히려 평소 쓰는 손으로 치면 공이 너무 세게 나가니까 지금이 딱 좋아."

"앗, 그래?"

둘은 전철로 한 역 거리의 옆 동네로 옮겨서 외관이 허름한 '데라야마 볼링'에 들어갔다.

"나 볼링 쳐본 적 없는데……."

보쿠는 앞장서서 카운터로 향하는 야구치를 졸졸 따라가며 슬쩍 말했다.

"정말? 이런 곳에 살면서 볼링 아니면 할 게 뭐 있어?"

같이 칠 친구가 없어서 그렇다, 멍청아! 보쿠는 그런 뜻이 담긴 쓴웃음으로 답했다.

✦×

이와쿠마는 자기가 아르바이트하는 가게만큼 최악의 직

장은 없다고 확고하게 생각해왔지만, 오늘은 특히 근무 종료 30분 전에 나타난 손님 때문에 기분을 더욱 잡쳤다.

안경을 벗고 오른쪽 눈을 감으면 거의 아무것도 안 보일 정도로 시야가 흐릿하다. 쿵. 볼링공이 레인에 떨어지는 소리, 땅 콰랑캉. 볼링 핀이 넘어지는 요란한 소리, 삐용삐용. 게임 코너에서 넘쳐나는 시끄러운 효과음. 볼링장에 끊임없이 흐르는 모르는 밴드의 배경음악. 시야가 차단되면 시력에 사용되던 자원이 청력에 할당되는 건지, 들을 가치가 없는 소리까지 포함해서 다양한 소리가 더 선명하게 들리는 것 같다.

대학생으로 보이는 무리 중 한 명이 스트라이크를 때린 듯 친구들과 신나게 하이파이브를 했다. 감았던 오른쪽 눈을 뜨자 시야가 휘청하고 일그러지며 현기증과 비슷한 불쾌감이 밀려왔다. 이와쿠마는 안경을 도로 썼다.

이와쿠마의 안경은 오른쪽 렌즈에 도수가 없다. 왼쪽 눈만 시력이 심하게 나쁘기 때문인데, 옛날에 눈알을 심하게 다친 것이 원인이었다. 어린이집에 다니기도 전, 이와쿠마는 여러 개 겹친 면도칼을 실로 묶어서 장난감 삼아 놀았다. 실을 잡고 팔을 크게 휘둘러 면도날을 빠르게 회전시키면 씽씽, 하고 날카로운 소리가 났다. 그게 재미있어서 혼자 그 소리를 듣고는 했다.

지금 돌이켜보면 왜 그딴 짓을 했나 싶다. 그거 말고 더 재미

있는 놀이가 없었던 걸까?

그런 위험한 짓은 하지 말라고 아무도 말리지 않았던 걸까?

아니나 다를까, 원심력을 얻은 면도날이 이와쿠마의 작은 눈을 그어서 난리가 났다. 꽤 오랫동안 안대를 낀 채 생활했는데, 대부분의 아이들에게 그 모습이 놀림감이 되었던 건 말할 필요도 없다.

이와쿠마의 왼쪽 귀에 꽂은 이어폰에서 치칙, 하고 귀에 거슬리는 소음이 들렸다.

"무네타, 통신 가능합니까아."

길게 늘어지는 매니저의 목소리가 너무 큰 탓에 깨져서 들려왔다.

무네타가 응답했다.

"네, 무네타입니다."

"즉시 사무실로 오세요오."

"네, 알겠습니다."

매장 담당이 반드시 차고 다녀야 하는 무전기 또한 이와쿠마의 정신을 갉아먹는 요소 중 하나다. 뭔가 무네타의 실수를 지적하려고 지저분한 사무실로 호출하는 거겠지. 이처럼 정직원들이 늘 감시하고 있다는 압박감 속에서 일해야 한다. 무전을 '통신'이라고 칭하는 것도 어쩐지 싫다.

이바라기현 북부의 보잘것없는 동네 역 인근, 지붕 위의 녹과 새똥으로 더러워진 거대한 볼링 핀 오브제가 트레이드마크이고 인테리어도 꾀죄죄한 데라야마 볼링은 시골의 궁상맞은 오락 시설 주제에 서비스 질을 높이는 데에 여념이 없어, 한 달에 한 번 '우수한 점'과 '개선할 점'을 기입하는 용지를 나누어주고(고등학생부터 마흔 살이 넘은 중년까지 평등하게 모든 직원이 제출해야 한다), 손님에게 가장 많은 웃음을 안긴 직원을 아침 조회 때 '베스트 스마일 스태프'로 선정하는 그런 유의 가게였다. 이와쿠마는 집에서 가깝다는 이유만으로 여기서 일하기로 한 것이 진심으로 후회스러웠다. 굳이 따지자면 평일 근무는 편하다는 것이 장점이다.

입구 쪽 카운터에 서 있자니 자동문이 열리는 소리가 들렸다. 이와쿠마는 고개를 숙인 채 어서 오세요, 하고 소리쳤다.

"앗."

저도 모르게 목소리가 새어 나왔다. 같은 학교 학생이 손님으로 오면 모르는 척하며 천연덕스러운 표정으로 대응하는데, 이번에는 그러지 못했다.

어떻게……? 이와쿠마는 도무지 이해가 가지 않아서 입을 반쯤 벌린 채 멍하니 서 있었다.

"이와쿠마코잖아. 여기서 알바하는구나."

이와쿠마는 완전히 무시하고 영업용 미소로 담담히 대응할 만한 침착함이 자신에게 없다는 것을 깨달았다. 어, 아아,

응…… 하고 시원치 않게 대답하며 쓴웃음밖에 짓지 못하는 자신을 속으로 저주했다.

　그뿐이라면 다행이었겠지만(주로 쓰던 손을 다쳤는데 왜 볼링을 치려는 거냐는 의문은 일단 제쳐놓고), 야구치 뒤에 숨듯이 몸을 움츠리고 있는 일행이 보쿠라는 것을 알고 더욱 당황했다. 어, 뭐야. 너 야구치랑 친했어? 나랑 같이 야구치를 그렇게 실컷 깠으면서?

　뭐, 마음대로 하라지. 이와쿠마는 어쩐지 스스로도 이유를 모를 상실감을 느끼면서 볼링화 두 켤레를 꺼내러 물품실로 갔다.

　"돌아가실 때 카운터에 반납해주세요."

　이와쿠마는 일부러 과장된 동작으로 고개를 숙이며 카운터에 신발을 내려놓았다. 야구치는 신발을 집으며 고마워, 하고 가볍게 말했다. 보쿠는 거북한지 내내 이와쿠마를 외면했다.

　"볼링공은 어떻게 골라?"

　보쿠는 대여용 하우스 볼이 주르르 놓여 있는 볼링공 거치대에 시선을 주었다.

　"들었을 때 조금 무겁게 느껴지는 정도가 딱 좋아. 에이, 사실 뭐든 상관없으니까 적당히 골라."

야구치가 10파운드짜리 공을 드는 걸 보고 보쿠도 같은 공을 선택했다. 녹색 구체를 들어 올리자 상상했던 것보다 훨씬 무거웠다. 양손으로 공을 껴안고 한발 먼저 레인으로 향한 야구치의 뒷모습을 보았다. 용케 한 손으로 들고 있네.

"10파운드면 몇 킬로그램이야?"

"한 4.5킬로그램 정도일걸."

마음 불편하게도 빈 레인은 이와쿠마가 서 있는 카운터 바로 앞이었다. 보쿠는 이와쿠마가 일하는 동안 논다는 것, 그리고 하필이면 야구치와 함께 있다는 것이 몹시 마음에 걸렸다.

가족끼리 볼링을 치고 있는 옆 레인을 보자 양쪽 가장자리 도랑에 울타리 같은 것이 세워져 있었다. 다른 레인에는 그런 시설이 없다. 네댓 살로 보이는 어린아이가 도움닫기도 하지 않고 선 채로 공을 살며시 굴렸다. 공에 힘이 거의 실리지 않았다.

어린아이의 손에서 떠나자마자 왼쪽으로 방향이 꺾인 공은 레인 가장자리에 세워진 울타리에 부딪혀 반대쪽으로 튕겨나 갔다. 거터*를 막은 펜스가 어린아이가 던진 공을 정면으로 유

---

* 볼링에서 레인 양쪽 가장자리에 나 있는 홈. 공이 핀을 치기 전에 이 홈에 빠지면 득점이 되지 않는다.

도한다. 튕긴 공은 오른쪽 펜스에 부딪혀 다시 왼쪽으로 향했
다. 공은 지그재그를 그리며 천천히 볼링 핀으로 다가갔다.

공이 볼링 핀 열 개로 구성된 삼각형을 파고든다. 딱 절묘
한 위치를 때렸다. 처음으로 넘어간 볼링 핀 세 개가 옆에 있
는 볼링 핀을 튕겨냈다. 튕겨나간 볼링 핀이 다른 핀에 맞아서
연쇄반응을 일으켰다. 어린아이가 던진 공이 볼링 핀을 모조리
쓰러뜨렸다.

"저건 뭐야?"

"어린이를 위한 거터 없는 레인. 너도 펜스 쓸래?"

"뭐라고? 얕보지 마."

그럼 쳐볼까, 하고 야구치는 공을 던질 준비를 했다. 레인 앞
에 서서 공에 뚫린 세 구멍에 왼손가락을 끼우고 도움닫기를
한 뒤 팔을 휘둘렀다. 야구치의 손을 떠난 공이 바닥에 떨어져
큰 소리가 났다. 똑바로 나아간 공이 삼각형 모양으로 세워진
볼링 핀 열 개 중 아홉 개를 쓰러뜨렸다. 왼쪽 끄트머리에 있
는 한 개만 레인에 남았다.

"아깝다."

"와, 대단한데."

보쿠는 야구치가 쓰러뜨린 볼링 핀을 기계가 회수하는 과정
을 흥미롭게 바라보았다.

야구치가 던진 공이 자동으로 의자 근처 레일로 돌아왔다.

야구치는 즉시 스페어 처리에 도전했다. 발을 조금씩 옴쭉거리며 도움닫기 할 위치를 신중하게 결정한 뒤, 손에서 살짝 떼어놓듯이 공을 굴렸다. 하지만 공은 볼링 핀에 맞지 않고 레인 안쪽에 떨어졌다. 야구치는 아아, 하고 탄식한 뒤 볼링 핀이 다시 세워진 레인을 가리켰다.

"자, 이제 네 차례야."

"잘할 수 있으려나."

보쿠는 야구치를 흉내 내 공을 잡고 자세를 취했다. 한 손으로 공을 드는 것조차 쉽지 않았다. 비틀거리며 레인에 다가가 팔을 휘둘렀다. 발치에 떨어진 공이 느릿느릿 굴러갔다.

세로 방향으로 너무 둔하고 무겁게 회전하고 있는 공이 볼링 핀에 다다르기 전에 멈추지는 않을까 불안했다. 공은 간신히 오른쪽 끄트머리에 있는 볼링 핀 한 개만 튕겨냈다.

"생각보다 어렵네."

"아직 한 번 더 남았으니까 차분하게 해봐."

야구치는 의자에 비치된 재떨이에 리틀시가의 재를 떨었다. 보쿠가 가까이에 놓아둔 허리 파우치에서 멋대로 캔들 라이터를 꺼내 불을 붙인 모양이다.

"공이 너무 무거워."

커다란 눈깔사탕 같은 생김새는 귀엽지만 무게가 10파운드니 아무래도 버겁다.

"두 손으로 던져보지 그래?"

아하. 보쿠는 이번에는 양손으로 공을 받쳐 들고 레인에 서서 두 팔을 이용해 공을 내던졌다. 허리가 아팠지만 공은 아까보다 훨씬 빠르게 굴러갔다. 공이 삼각형 한가운데 부딪쳐 볼링 핀 여섯 개를 쓰러뜨렸다.

"제법인데."

야구치는 의자에서 일어나 보쿠에게 손바닥을 내밀었다.

보쿠는 한순간 당황했지만 무표정을 유지한 채 야구치의 손을 힐끗 본 뒤 손바닥을 내밀었다. 야구치의 하이파이브는 예상보다 힘차서 손바닥이 얼얼했다.

"세상은 대부분 쓰레기 같지만, 볼링은 참 좋아."

야구치는 연기를 내뿜으며 말했다.

"그렇구나."

"난 코엔 형제 영화 좋아하는데.「위대한 레보스키」라고 알아? 엄청 끝내줘."

야구치는 리틀시가를 재떨이에 눌러 끄고 레인으로 향했다. 야구치가 던진 공은 경쾌한 소리와 함께 볼링 핀 열 개를 쉽사리 쓰러뜨렸다. 점수가 표시되는 화면이 깜박이더니 레트로한 버니걸 일러스트와 함께 'strike!'라는 글씨가 떴다.

보쿠는 어쩐지 질 수 없다는 기분에 사로잡혔다. 야구치의 투구 자세를 떠올리며 2프레임에 나섰다. 야구치가 왼손을 시계추처럼 일직선으로 흔들던 게 떠올랐다. 몸의 중심축이 어긋나지 않도록 주의하며 살짝 미끄러뜨리듯이 레인에 공을 던졌다. 공이 쓸데없이 휘지 않고 보쿠가 노린 위치로 쭉 굴러갔다. 세로축으로 회전하던 10파운드짜리 공은 볼링 핀으로 이루어진 삼각형의 꼭짓점에서 왼쪽으로 약간 빗나간 곳에 명중했다. 튕겨나간 볼링 핀이 다른 핀을 휩쓸어서 오른쪽 끄트머리에 있던 하나를 제외한 아홉 개가 쓰러졌다.

야구치는 감탄한 듯 가볍게 손뼉을 쳤다. 보쿠는 아까처럼 야구치의 투구 자세를 기억하며 레인 가장자리에 남은 볼링 핀을 향해 공을 굴렸다. 거터에 빠질 듯 말 듯 아슬아슬하게 굴러가던 공이 마지막 볼링 핀 하나를 날려버렸다. 땅카랑, 하고 공과 볼링 핀이 부딪치는 경쾌한 소리가 들리는 것과 동시에 보쿠는 무의식중에 주먹을 쳐들며 뒤에 있던 야구치를 획 돌아보았다.

"좋은데. 소질 있어."

"이제 좀 알 것 같아."

무거운 공을 굴려서 핀을 넘어뜨리는 행위를 반복할 뿐인 이 게임의 재미를.

그 뒤로 야구치는 여러 번 스트라이크를 따내고, 커브를 구사해 스플랏*을 해결하거나 특징적인 스핀을 걸어 스페어를 처리하는 등 현란한 플레이를 선보였다.

주로 쓰지 않는 손으로 볼링을 쳤음에도 야구치의 최종 점
수는 백 점이 넘었다. 야구치는 오른손으로 쳤으면 에버리지
2백은 가뿐한데, 하고 쓴웃음을 지었지만 볼링을 잘 모르는 보
쿠는 그 말이 과장이라는 걸 이해하지 못했다.

"보쿠 히데미도 제법인걸. 초심자가 백 점 가까운 점수를 내
는 건 굉장한 일이라고. 빈말 아니야."

"아, 진짜?"

보쿠는 게임이 끝난 뒤 야구치가 사준 병 콜라를 후끈후끈
달아오른 어깨와 손목에 댔다. 화장실에 다녀오겠다며 볼링장
안쪽으로 향하던 야구치가 무심하게 말했다.

"이와쿠마코랑 이야기나 하지 그래? 둘이 사이좋잖아."

"……그러게."

그제야 생각났다. 보쿠는 게임에 열중해서 이와쿠마가 있다
는 걸 완전히 까먹고 말았다. 뒤에 있는 카운터로 눈을 돌렸더
니 이와쿠마 말고 다른 청년이 서 있었다. 슬며시 그쪽으로 다
가가며 볼링장을 둘러보았지만 이와쿠마의 모습은 어디서도
찾을 수 없었다. 근무 시간이 끝나서 돌아간 걸까.

보쿠는 착잡한 기분으로 레인에 돌아가서 의자에 앉아 직원

• 첫 번째 투구에 쓰러지지 않은 핀이 간격을 두고 남는 것을 가리키는 볼
  링 용어.

들의 모습을 눈으로 좇았지만 이와쿠마는 보이지 않았다.

야구치가 왼손으로 스마트폰을 조작하며 화장실에서 돌아왔다. 보쿠는 한 손으로는 볼일 보기도 고생이겠다고 위로하려다가 그만뒀다.

"이와쿠마 짱, 없더라."

"아, 그래?"

야구치는 별 관심 없는 듯 스마트폰을 들여다보며 대답했다.

"일 끝나서 돌아갔을지도 몰라."

야구치가 시선을 떨어뜨린 채 저기, 하고 말을 꺼냈다.

"평소 이와쿠마코랑 같이 있는 것 같던데, 정말로 재미있어? 달리 붙어 있을 사람이 없으니까 소거법으로 남은 애랑 친구처럼 지내는 거 아니야?"

보쿠는 아무 조짐 없이 별안간 따귀를 맞은 사람처럼 움찔한 뒤 차츰 쓴웃음을 짓는 게 고작이었다. 대답에 뜸을 들이는 것 자체가 일종의 대답 같은 인상을 주는 것 같아서 조바심이 났지만, 단번에 부정할 수도 없어서 또 속상했다. 결코 이와쿠마가 싫지는 않지만, 적나라하게 말하자면 야구치가(오늘 처음으로 짧은 시간을 함께 보냈을 뿐인데도) 인간적인 매력이 더 풍부한 건 확실했다. 아니, 사실…… 이와쿠마 짱은 입이 험하고 성격도 순하지 않고, 남보다 나은 점은 하나도 없으면서 뭐가 그리 대단한지 세상만사를 낮잡아보잖아. 이와쿠마 짱의 공격적인 험담은 그 사정거리가 광범위해서 가끔은 내게도 불똥이 튀는 바람에 스트레스를 받으며 맞장구친 적도 없지 않다. 무엇보다 이와쿠마 짱과 교실에서 함께 시간을 보낸다는 이유만으로 다른 애들이 거리를 두는 것도 솔직히 타격이 큰데……

아니, 그렇다고 여기서 이와쿠마 짱을 나쁘게 말하는 건 '아니지' 않을까. 아니라니 뭐가? 뭘까.

"무리할 것 없어. 나도 있잖아. 다른 애들도 보쿠 히데미가 먼저 말을 걸지 않으니까 상대해주지 않을 뿐 피하는 건 아니야. 보쿠 히데미가 말하기 시작하면 재미있다는 걸 다들 모를 뿐이라고."

우정에 대한 선문답이 기습적으로 날아들자 보쿠는 마음에 여유가 없어진 나머지, 야구치가 그저 우스갯소리로 그런 말을 했을 뿐이라는 걸 알아채지 못했다.

"어, 아아, 하지만……"

보쿠는 병에 맺힌 물방울과 땀으로 젖은 오른손을 닦으며 콜라를 꿀꺽꿀꺽 마셨다.

화제를 바꾸고 싶어서 실내에 흐르는 음악에 귀를 기울였다.

"아, 푸 파이터스네. 좋아하는 밴드야."

"뭐야, 그건?"

야구치는 여전히 스마트폰을 만지작거리며 대꾸했다.

"지금 나오는 노래, 푸 파이터스의 「베스트 오브 유Best of You」

라는 곡인데 가사가 엄청 열정적이야!"

데이브 그롤이 더 베스트, 더 베스트…… 하고 반복해서 외치는 소리가 들렸다.

"응응."

"어, 그러니까, 너바나라는 전설적인 밴드가 있었는데……."

야구치는 스마트폰 자판을 연타하며 작게 숨을 내쉬었다.

"나도 너바나 정도는 알아."

"그렇구나. 푸 파이터스는 너바나의 드러머가 만든 밴드야."

보쿠는 이와쿠마였다면 왜 너바나는 알면서 푸 파이터스는 모르냐고 따졌을 거라고 생각하면서 애매하게 미소 지었다.

야구치는 스마트폰 화면을 노려보며 뭔가 고민되는 듯이 눈살을 찌푸렸다.

"저기."

시선은 스마트폰 화면에 고정한 채 야구치가 말했다. 보쿠는 "왜?" 하고 코카콜라를 입에 대며 대답했다.

"질내사정에 7만 엔…… 어떻게 생각해?"

보쿠가 야구치의 말을 이해함과 동시에 입안의 콜라가 뿜어져 나오려는 걸 참다가 캑캑거렸을 때 옆 레인에서 볼링 핀이 쓰러지는 소리가 크게 울려 퍼졌다.

"엥, 뭐라고? 갑자기 뭔 소리야?"

보쿠는 기침을 하면서 잠깐 기다리라는 의사를 표시하기 위해 손바닥을 내밀었다.

"올해 안에 돈을 모아두고 싶어서."

보쿠는 치아에 콜라병 주둥이를 탁탁 부딪치며 할 말을 찾았다.

"그래도 좀 더 좋은 방법이 있을 텐데……."

"예를 들면? 랩 실력을 길러서 오디션에 나간다든가?"

보쿠는 얼굴이 화끈 달아올라 야구치에게서 살짝 시선을 돌렸다. 옆 레인에 있는 가족이 눈에 들어왔다. 엄마가 거터를 막은 펜스를 활용해 공을 튕겨서 스페어를 처리했다.

"아니…… 아무튼 그런 짓은 위험하잖아. 뭐랄까…… 좀 더 안전한, 예를 들면 자전거를 훔쳐서 판다든가. 어차피 할 거라면 그게 낫겠어!"

그 정도는 이바라기현에서 다들 하는 짓이다. 남녀노소 모두에게 추천할 수 있는 전통적인 수단이지.

야구치는 스마트폰 화면을 끄고 작게 웃었다.

"하하, 농담이었는데. 그렇게 열심히 말릴 줄은 몰랐네."

"웃음이 나오냐? 돈이 그렇게 필요해?"

"여기서 탈출하려면 꼭 필요하지. 자유에는 돈! 어쨌거나 돈이 필요하다고! 난 알바를 해도 오래 다니질 못해서. 어디서 일해도 한 달을 못 버텨."

"더 좋은 방법이 분명 있을 거야. 맞다……. 슬롯머신으로 한

탕 하면 어때? 나도 전에 5만 엔쯤 딴 적 있어."

"우와."

보쿠는 어색하게 웃었다. 그런 짓만은 안 돼. 너무 구제불능이잖아. 인생 막장이라고.

거터를 막은 저 펜스 같은 것. 문득 저게 필요하다는 생각이 들었다. 누군가 굴러 떨어질 위기에 처했을 때, 살짝 튕겨내서 싫든 좋든 올바른 방향으로 이끌어주는 장치가.

야구치의 얼굴을 보고 있자니 두 사람이 떠올랐다. 밤에 고속버스 정류장 벤치에 누워 있던 엄마와 아들. 그 두 사람은 말하자면 거터에 빠지고 만 것이다. 펜스가 없었으니까. 반대로 말하면 그런 안전망만 있었다면 무사했을 것이다. 그때 그 역할을 자신이 했어야 했는데.

"범죄든 뭐든 탈 없이 빠르게 큰돈을 벌 수 있는 방법이 있다면 해볼 텐데. 하긴, 그렇게 쌈박한 방법이 어디 있겠냐."

보쿠는 아무 대답도 하지 못했다.

얼마 지나지 않아 보쿠는 그 방법을 찾아내게 되지만, 이때는 아직 알 도리가 없었다.

✦×

토요일 오후 2시, 보쿠는 미토역에 내렸다. 이 지역에서는 제일 번창한(어디까지나 결국 간토 지방 북부 중에서도 북부인 이 지역에서는) 도시의 역 안에 서서 가비지가 알려준 주소를 스마트폰 지도 어플에 입력했다. 도시 중심부에서 벗어나 한 시간 가까이 헤맨 끝에 간신히 목적지에 다다랐다.

누구인지는 모르지만 어쨌거나 그가 사는 주택을 찾아내 초인종을 눌렀다. 혼자 사는 건가? 그런 것치고는 제법 큰 단독주택이다.

문이 열렸다. 현관에 머리를 길게 기른 젊은 남자가 서 있었다. 그는 교복 차림의 보쿠와 눈이 마주치자 "오, 안녕" 하고 명랑하게 입매를 올렸다.

"앗."

보쿠는 무심코 외마디를 흘리며 눈을 동그랗게 떴다. 저도 모르게 검지로 그를 가리켰다.

남자는 보쿠가 왜 그렇게 놀랐는지 짐작이 간다는 듯 웃더니 "자, 들어와" 하고 재촉했다.

보쿠는 현관에서 신발을 벗으며 말했다.

"저어, 혹시 노스페라투 씨 아니세요?"

"어, 맞아. 나 알아?"

"그럼요. 요전에 열린 이벤트에도 갔었는걸요!"

이건 우연이라 해야 할까 서프라이즈라 해야 할까. 보쿠는 가슴을 쓸어내리면서도 들뜬 기분을 감출 수 없었다. 노스페라

125

투는 미토의 클럽에서 활약하는 유명한 DJ다. 그가 공연하는 이벤트에도 여러 번 갔었다.

"이야, 영광이네."

이게 노스페라투의 '진짜 모습'인가. 보쿠는 감개무량했다. 교복을 입고 오라길래 무슨 짓을 당하지는 않을까 가슴이 조마조마했는데. 노스페라투가 가비지의 지인이고, 더구나 곡을 녹음해줄 줄이야. 살다 보면 좋은 일이 가끔은 생기는구나!

"이쪽이야. 들어와."

보쿠는 노스페라투의 안내를 받아 거실로 들어갔다.

거실을 둘러보았다. 다섯 평이 넘어 보였다. 새빨간 카펫이 바닥에 빈틈없이 깔려 있고, 소파와 테이블 같은 가구 외에도 거대한 오디오 세트와 오르간, 고풍스러운 주크박스가 놓여 있는 게 눈에 띄었다.

네 귀퉁이에는 알로에 화분이 있다. 오른쪽 벽에는 영화 「애니 홀」과 「아멜리에」 포스터를, 왼쪽 벽에는 수많은 힙합과 클래식의 LP의 재킷을 타일처럼 붙여놓았다. 잡다하면서도 통제되어 있어서 기묘한 균형 감각이 느껴지는 방이라고, 보쿠는 공간 전체에 감도는 방향제의 라벤더 향을 맡으면서 생각했다. 어쩐지 시야가 불그스름한 건 카펫뿐만 아니라 조명도 붉은 색채로 설정해놓았기 때문일 것이다. 영국 록 뮤직비디오에 그대로 나와도 될 만큼 예술적이면서 강렬한 분위기가 전해져

온다.

천장에도 스피커가 있는 모양이다. 천장에서 작게 흘러나오는 음악에 귀를 기울이자 비발디의 「봄」이라는 것을 알 수 있었다. 보쿠는 선곡에 감탄하면서도 힙합이 아니네, 라는 생각을 했다.

"이야, 교복 근사하네."

노스페라투가 보쿠의 교복 차림새를 품평하는 듯한 눈빛으로 훑어보아서 쓴웃음으로 답했다.

그가 소파에 앉으라는 듯 눈짓하기에 보쿠는 시키는 대로 했다.

노스페라투는 거실 안쪽에 있는 주방으로 향했다. 보쿠가 앉은 소파에서도 그가 뭘 하는지 보였다. 냉장고도 새빨간 색이었다. 노스페라투는 냉장고를 열고 오렌지 슬라이스를 담은 붉은색 상그리아*가 담긴 유리병을 꺼냈다. 그러고는 식기 세척기에 들어 있던 잔을 주방의 스테인리스 테이블로 옮겼다.

보쿠는 뽕, 하고 병마개를 뽑는 경쾌하면서도 어쩐지 싱거운 소리와 잔 두 개에 상그리아를 따르는 소리를 유심히 들었다. 벽 때문에 사각이 생겨서 노스페라투가 마실 것을 준비하는 모습이 보쿠에게는 보이지 않았다.

• 와인에 과일, 과즙, 소다수를 섞어서 만든 음료.

잔을 양손에 들고 돌아온 노스페라투는 테이블을 사이에 두고 보쿠의 맞은편에 있는 소파에 앉았다. 그는 자신과 보쿠 앞에 잔을 하나씩 내려놓고 이야, 하고 반쯤 웃는 얼굴로 말을 꺼냈다.

"여고생 래퍼라. 굉장해, 뉴로맨서."

이미 가비지를 통해 곡은 들어봤을 것이다. 황송함과 긴장이 뒤섞여 밀려왔다.

"……어땠어요?"

이런 장면에서 랩 네임으로 소통하다니 이상했지만, 자신의 본명을 가르쳐주지 않았으니 어쩔 수 없을 것이다. 하기야 보쿠도 지금 마주 보고 앉아 있는 이 남자가 활동명이 노스페라투라는 것밖에 모른다.

"뉴로맨서는 윌리엄 깁슨의 소설에서 따온 거야?"

"맞아요! SF를 좋아하거든요."

유명한 작품의 제목을 인용해서 뉴로맨서라고 지었지만, 이름의 원조인 그 소설은 보쿠 주변에서 의외로 인지도가 없다.

"괜찮네. 그런데 프리스타일도 잘한다면서?"

"아니요, 전혀요. 딱 한 번 랩 배틀 이벤트에 참가해봤는데, 처참할 만큼 엉망진창이어서…….'

"앞날이 창창한데 뭐. 우리 지역에서 힙합 문화를 무럭무럭 키워보자고."

보쿠는 비위를 맞추듯 웃으며 짐짓 머리를 긁적였다. 노스페라투가 상그리아를 마시라고 권했지만, 좀 있다 마시겠다고 슬쩍 돌려서 거절했다.

끊임없이 흐르던 비발디의 「봄」이 끝나는가 싶더니 「여름」이 흘러나왔다. 「사계」가 순서대로 나오도록 해둔 걸까.

노스페라투는 화장실에 다녀올 테니 잠깐만 있으라며 다시 자리를 떴다. 노스페라투가 거실을 나서자마자 보쿠는 자신의 잔과 그의 잔을 바꿔치기 했다.

발소리가 들려왔다. 노스페라투는 몇 분 뒤에야 거실로 돌아왔다.

"스타일로 따지자면 어떤 걸 지향해?"

"역시 블루 허브* 같은 스타일이랄까요, 진지한 분위기의 리리시스트** 뭐 그런……."

"흠! 그럼 진심으로 제일 좋아하는 래퍼는 누구야?"

바로 답할 수 없었다. 떠오르지 않는 게 아니라 진심으로 원픽을 뽑으라면 아무래도 망설여진다. 여러 후보 중에서 '주스 월드'라고 대답한 건 어디까지나 그 래퍼가 노스페라투의 디제잉 세트 리스트에 자주 들어간다는 타산적인 이유에서였다.

---

*   일본 홋카이도를 근거지로 활동하는 힙합 그룹.
**   lyricist. 작사가.

보쿠는 녹음에 별 지장을 주지 않는 대화에 불과하다는 걸 알면서도 대답할 때마다 온몸에 긴장이 몰려왔다. 무의식중에 발가락으로 카펫을 잡고 있었다.

"뭐랄까, 어떻게 랩을 하면 잘 풀린다든가 그런 건 알겠어?"

"어, 아니요. 아직 잘 모르겠어요. 곡을 쓴 것도 이번이 처음 이라서요."

"흐음. 뭐, 시행착오를 겪으면서 성장하는 거지……. 상그리 아 안 마셔?"

노스페라투가 손끝으로 잔을 밀었다. 보쿠는 그럼, 하고 살짝 고개를 끄덕이고 입술을 적시듯이 한 모금만 마셨다. 노스페라투가 그 모습을 가만히 지켜보는 것이 느껴졌다.

"그건 그렇고."

노스페라투가 소파에 앉은 자세로 몸을 내밀었다. 보쿠는 반응을 보였다.

"네."

"나, 조금 있으면 결혼하거든. 그래서 이제 이 일은 그만둘 생각이야."

"어, DJ는……."

"나이도 먹을 만큼 먹었으니 촌구석 클럽에서 놀 상황이 아니지. 앞으로는 정신 차리고 착실히 일하려고."

보쿠는 눈을 세게 깜박거렸다.

"그렇군요……."

상그리아로 입술을 적셨다.

"그러니까, 네 곡을 녹음하는 게 내 마지막 작업이 될지도 몰라."

"가, 감사합니다."

보쿠는 어색하게 웃었다. 노스페라투는 보쿠의 눈을 가만히 바라보았다.

"그래서 말인데, 막상 말을 꺼내려니 민망하지만 나랑 자지 않을래? 한 번이면 돼. 딱 한 번만 자주면 곡 작업을 전부 공짜로 해줄게."

노스페라투가 눈을 감고 양손을 모았다. 보쿠는 그의 그 우스꽝스러운 얼굴을 보자 역시라고 해야 할까, 실망했다고 해야 할까, 허무해졌다. 유명 DJ도 결국 이런 수준인가. 아니, 치러야 할 대가로 이 정도면 적당하다고 해야 하는 건가?

"그래서 교복을 입고 오라고 한 거예요?"

보쿠는 일부러 농담처럼 말했다. '여고생'과의 성관계와 고성능 기계를 사용한 녹음 작업. 그게 등가교환이라고 생각하는 거야?

"너, 아직 경험 없지?"

"……하아."

'여고생'의 교복에 처녀성을 기대하고, 그 환상을 믿어 의심

131

치 않는 유형인 이 남자의 본명이 궁금해졌다. 지금 이 순간부터 이 인간은 더 이상 DJ 노스페라투가 아니라 어디에든 있는 상스럽고 졸렬한 범죄자 중 하나에 불과했다.

애당초 여기를 찾아온 것 자체가 몰염치한 짓이었는지도 모른다. 곡을 만드는 게 절실하다면 사비로 스튜디오를 빌려서 직접 녹음하면 된다.

"죄송해요. 오늘은 좀 위험한 날이라서요……."

어떻게 반응할까? 벌컥 화를 내려나? 보쿠는 미안하다는 표정을 지으며 노스페라투를 힐끔 보았다.

"그렇구나. 그럼 어쩔 수 없지. 대신 입으로 해줘도 돼."

"어, 아아, 그런가요. 죄송합니다."

무슨 타협안을 꺼내고 자빠졌어! 보쿠는 반사적으로 사과가 나와서 약간 자기혐오를 느꼈지만 마음을 정했다.

보쿠는 앞에 놓인 잔을 들었다. 노스페라투가 호응이라도 하듯 잔을 기울여 단숨에 상그리아를 들이켰다.

보쿠는 그 모습을 보며 느긋하게 상그리아의 풍미를 혀로 음미했다.

"그나저나 맛있네요, 이거. 상그리아는 처음 마셔봐요."

대답은 돌아오지 않았다. 소파에 앉은 노스페라투가 잔을 든 채 상체를 이리저리 흔들기 시작했다. 그는 입을 뻐끔뻐끔대다 중력을 받아들이듯 허리를 구부리고 고개를 축 늘어뜨리더니,

이마를 테이블 가장자리에 대고 그대로 움직임을 멈추었다.

"이게 누굴 등신으로 아나."

보쿠는 일부러 소리 내 내뱉었다. 노스페라투가 주방 안쪽에서 상그리아를 따를 때 어쩐지 몹시 찜찜한 예감이 들었다. '여고생'과 성관계하기를 갈망하는 인간에게 양심이 있을 것 같지는 않았지만, 그는 리스펙할 만한 DJ이기도 했다. 설마, 설마 허튼짓이야 하겠어?

잔을 뒤바꿔도 아무 일도 없을 거다, 아무리 그래도 음료에 수면제를 타서 미성년자를 욕보이는 추악한 성범죄자는 아닐 거다, 그렇게 믿고 싶었는데.

백팩을 메고 얼른 떠나기로 했다. 다시는 노스페라투의 디제잉에 맞추어 몸을 흔들지 않을 것이다. 최악의 기분이었다.

주방에 노스페라투의 차 키와 지갑이 있었다. 지갑에 든 3만 엔을 챙기고 면허증을 꺼냈다. 검은 머리에 생기 없는 눈으로 이쪽을 쳐다보는 노스페라투의 사진. 그의 본명은 사토 고이치였다. 별다를 것 없는 아주 평범한 남자에 불과하다.

수면제는 효과가 얼마나 지속될까. 한동안 깨어나지 않는다면 집을 뒤져서 그밖에 쓸 만한 걸 찾아봐도 되지 않을까.

거실을 나서서 2층으로 올라갔다. 다시 둘러보니 혼자 살기에는 약간 과하게 느껴질 만큼 거창한 단독주택이었다. 아마도 작업실인 듯한 약 세 평 크기의 방에 들어갔다.

133

그러자 뭔가 부스럭부스럭 움직이는 소리가 들렸다. 보쿠는 눈을 부릅뜨고 얼른 주위를 살폈다. 방구석에 널빤지 받침대가 깔린 우리가 있었다. 우리 안에 동그스름한 작은 동물이 있다. 토끼. 네덜란드 드워프다. 토끼는 입을 오물오물거리며 보쿠와 눈을 마주쳤다.

보쿠는 토끼 우리에서 시선을 돌려 신시사이저가 연결된 책상 위의 맥 컴퓨터를 들여다보았다. 별생각 없이 키보드의 엔터키를 누르자 잠자기 모드가 해제됐지만, 당연히 잠금 화면은 풀 수 없었다. 책상 아래에 놓인 묵직해 보이는 상자로 관심을 돌렸다. 비디오 게임, 「파이널 판타지」에 나올 법한, 뚜껑에 경첩이 달린 상자다. 뚜껑을 살짝 열자 그냥 공구함이었다. 뚜껑을 연 김에 상자에서 장도리를 꺼내면서 보쿠는 쓴웃음이 새어 나왔다.

1층에서는 여전히 비발디의 「여름」이 들려왔다. 수납장에 든 수많은 CD를 보자 마음이 동했지만, 싹 털어갈 만큼 욕심에 눈이 멀지는 않았고 그럴 상황도 아니었다.

옷장을 열자 옷걸이에 걸린 재킷으로 가린 듯한 금고가 눈에 들어왔다. 쪼그려 앉아 금고를 살펴보았다. 세 자릿수 다이얼 자물쇠는 '420●'에 맞추어져 있었다. 밑져야 본전이라는 마음으로 뚜껑을 들어 올리자 자물쇠는 잠겨 있지 않았다.

금고 안에는 빵빵한 지퍼백이 세 개 들어 있었다. 지퍼백의 내용물은 식물 씨앗 같았다. 지퍼백마다 마커 펜으로 '그린 헤이즈', '스노우 화이트', '노던 라이트'라고 적어놓았다. 이건, 분명 대마 씨앗이다.

보쿠는 잠깐 망설이다가 지퍼백을 백팩에 넣었다.

방을 뒤로하고 1층으로 내려가려 했다.

열 개쯤 되는 계단 밑에서 사토가 이쪽을 올려다보고 있었다. 부석부석한 얼굴과 달리 살의마저 느껴지는 눈으로.

사토는 난간을 잡고 한 발짝 한 발짝 계단을 올라왔다.

"이것 참, 눈치가 제법인걸. 하지만 선은 넘으면 안 되겠지? 약속은 지키라고."

사토가 하품 섞인 목소리로 말했다. 큰일 났다 싶었던 순간, 보쿠는 의식의 끈이 툭 끊겼다.

✦×

그곳은 남자의 인체에서 가장 단단한 부분이고, 현재 그 바로 근처에 남자의 가장 큰 약점인 부위가 있다.

• 대마초를 뜻하는 은어 중 하나. 1970년대 미국 캘리포니아의 어느 고등학생 무리가 4시 20분에 만나 대마초를 피우기로 한 데서 유래했다는 설이 있다.

성범죄, 특히 구강성교를 강요한 사건을 뉴스 같은 데서 접할 때마다 보쿠는 궁금했다. 피해자는 왜 가해자의 성기를 물어뜯지 않은 걸까?

그래, 이제 알겠어, 이래서는 그럴 수가 없네. 보쿠는 의식이 몽롱한 데다 세게 얻어맞은 탓에 아직도 옆구리가 욱신거리는 가운데, 입안을 폭력적으로 지배하는 이물감 때문에 숨을 헐떡이며 무력함을 실감했다.

혀를 부자연스럽게 움직일 때마다 얼굴 위에서 사토가 숨통이 막힌 노인처럼 신음소리를 냈다.

더는 안 되겠다고 생각하자마자 배 속에서 위산이 솟구쳤다. 목구멍에 타는 듯한 통증이 느껴지자 참을 수가 없어서 사토의 성기를 문 채 토했다.

사토가 허둥지둥 몸을 뒤로 뺐다. 그때 포피가 앞니에 걸렸지만 아랑곳하지 않았다.

보쿠는 입안에 들러붙은 찝찝한 불쾌감 때문에 과호흡을 일으킬 듯 가쁜 숨을 내쉬며 오른손으로 입술을 눌렀다.

"하하, 좀 심했나. 세면실 저기 있어. 다녀와."

보쿠는 사토가 가리킨 쪽을 향해 본능적으로 달렸다. 문을 열고 물을 틀었다. 정신없이 수십 번 입을 헹궜다. 구역질이 그치지 않아 결국 배 속의 것을 세면대에 모조리 게웠다.

거울에 비친 자신의 얼굴이 너무 비참해 보였다. 이대로 살아서 돌아갈 수 있을까? 모르는 남자의 집에 겁도 없이 찾아가서 꼴좋게 성폭행당한 멍청한 여자. 그런 뉴스가 연상됐다. 인터넷에서 화제 좀 되겠네.

보쿠는 옷깃에 묻은 토사물을 젖은 손가락으로 닦고 나서 비틀비틀 거실로 돌아갔다. 이대로 달아날 기력은 없었다.

사토는 이미 바지를 입고 소파에 앉아 있었다. 카펫에 묻은 토사물도 이미 치웠다. 비발디의 사계는 「가을」로 바뀌어 있었다. 사정하지 못했을 텐데도 사토는 어쩐지 후련한 표정이었다. 보쿠가 거실로 돌아오자 사토는 미안하다는 듯이 상냥한 미소를 지었다.

"……미안해. 확실히 너무 무리하게 밀어붙였어. 미리 말해둘걸 그랬네."

보쿠는 테이블 밑에 내던져진 백팩에 시선을 주었다.

"부탁하면 그냥 해줄 거라고, 가비지가 그랬었거든. 고생 많았어."

사토는 고개 숙인 보쿠의 등을 문지르며 페트병을 내밀었다.

"미안해. 목마르지?"

사토는 자, 하고 보쿠의 얼굴 옆에 페트병을 다시 들이댔다. 손으로 쳐낼 힘도 없었던 보쿠는 페트병을 받아서 뚜껑을 열었다.

수작을 부리지 않은 것으로 보이는 그 물을 마신 뒤, 보쿠는 저도 모르게 소파에 털썩 주저앉았다. 사토가 보쿠의 머리를 다정하게 톡톡 두드렸다.

"정말 미안해. 좀 쉬었다가 돌아가. 이 일은 우리만의 비밀로 하자."

물을 마신다. 호흡을 가다듬는다. 물을 마신다.

✦×

보쿠는 소파가 빙글 도는 걸 느꼈다. 회전목마처럼 오른쪽으로 빙글빙글. 시야 안에 있는 것들이 아주 빠르게 움직인다. 그럴 리 없지만, 그렇게밖에 느껴지지 않았다.

끙끙대며 소파에서 발버둥 치는 보쿠를 보고 사토가 웃음을 흘렸다. 사토는 인공지능 스피커에 명령해 거실에 흐르는 비발디의 음량을 높이더니, 스마트폰을 꺼내 미친 듯이 날뛰는 보쿠의 영상을 촬영했다.

보쿠는 소파에서 벌떡 일어났다. 소파의 등받이가 쩍 벌어지고 침이 줄줄 흐르는 야수의 엄니가 모습을 드러냈다. 소파가 으르렁거리며 보쿠에게 덤벼들었다. 보쿠는 쓰러지다시피 몸을 웅크려 소파를 피했다. 남자의 상스러운 웃음소리가 비발디에 섞여 울려 퍼졌다.

정신 차려! 보쿠는 자기 자신에게 명령했다. 어느덧 바닥에 깔린 카펫이 강으로 변해 발목을 적셨다. 보쿠는 강의 흐름을 거슬러 벽을 향해 달렸다. 벽에 붙은 포스터 속의 오드리 토투가 폭포 같은 기세로 피를 토해내서, 보쿠는 절규하며 거실 반대편으로 달아났다.

"야, 야, 뭐 하는 거야."

사토는 기가 찬다는 얼굴로 동영상을 촬영하며 이만큼 재미있는 광경은 또 없다는 듯 이죽거렸다.

흡혈귀는 개뿔! 차라리 진드기라고 그래라!

보쿠는 그렇게 외쳤지만, 실제로 목소리가 나왔는지는 확실치 않았다. 보쿠는 뒤쪽 벽에 LP 재킷이 붙어 있다는 게 생각났다. 재빨리 그중 한 장을 떼어냈다. 붓다 브랜드의 「인간발전소」. 재킷뿐만 아니라 LP도 들어 있는 것 같았다. LP를 꺼내 손목에 스냅을 주면서 프리스비처럼 던졌다.

가로축으로 회전하며 날아간 LP가 사토의 목을 정확하게 베었지만, 그건 어디까지나 환각에 불과하다는 것을 보쿠는 눈치 챘다. 아무래도 약을 먹은 듯하다.

보쿠는 LP 재킷을 한 장 더 떼어냈다. 나스의 「일매틱Illmatic」 LP를 던졌다. LP는 절단됐을 목이 부활한 사토의 몸에 박혔다. 사토는 소리 내어 웃을 뿐 타격을 입은 낌새가 없었다. 보쿠는 기죽지 않고 런 디엠씨의 「킹 오브 록King of Rock」, 드 라 소울의 「쓰리 피트 하이 앤드 라이징3 Feet High and Rising」, 런치 타임 스픽스의 「소울 다이버 Soul Diver」를 연달아 던진 뒤 깜짝 놀라 멈췄다.

"뭐 하냐? 야, 뭐 하냐고?"

자기 자신의 기행에 간담이 서늘해졌다. 보쿠는 자기 정신이 완전히 엉망이 됐다는 걸 실감했다. 그럴 리 없다는 걸 분명히 자각하고 있는데도, 바닥에 깔린 카펫은 여전히 빨간색 강으로 보인다. 테이블 밑에 있는 백팩이 빛났다(비유가 아니라 실제로 전구처럼 빛을 번쩍 뿜어내는 것으로 보였다).

보쿠는 백팩을 집으러 가려다 발이 걸려 카펫이 깔려 있지 않은 마룻바닥에 얼굴을 찧고 말았다. 아주 손쉽게 발을 걸어 보쿠를 쓰러뜨린 사토가 신나게 낄낄거렸다. 바닥에 몸을 댄 채 팔을 뻗자 백팩에 손이 닿았다.

시끄럽게 울려 퍼지는 비발디가 「겨울」로 바뀌었다.

보쿠는 백팩에 손을 넣어 뭔가를 찾았다. 그러자 사토가 들여다보았다.

비발디의 빠른 바이올린 소리가 들린다. 보쿠는 백팩 안에서 손끝으로 그걸 끄집어냈다. 마지막까지 붙들고 있던 눈곱만큼의 이성을 끌어모아 장도리 자루를 움켜쥐었다.

돌아보자 바로 옆에 사토의 얼굴이 있었다.

보쿠는 장도리를 쥔 오른손을 쳐들었다.

못뽑이가 달린 쪽으로 사토의 입을 때렸다. 앞니를 박살낸 것 같은 손맛이 확실하게 느껴졌지만, 과연 정말로 일어난 일일까? 확신은 없다.

보쿠는 장도리를 쥔 채 백팩을 멨다. 대마 씨앗이 들어 있는 건 확인했다. 온 힘을 다해 현관으로 달려가 신발을 신고 밖으로 뛰쳐나갔다.

분명히 그랬건만, 정신을 차리자 여전히 2층 사토의 작업실에 있었다. 신발도 없고 양말만 신고 있다. 어떻게 된 거지? 혼란스러운 정신을 가다듬으며 방에서 나갔다. 그 직후에 발에 밟힌 건 2층 복도가 아니라 침실로 보이는, 이부자리가 깔린 전통식 방의 다다미였다.

"이런 망할!"

보쿠는 오른손에 쥔 장도리로 벽을 때렸다. 뚫린 구멍에서 거미 같은 검은색 벌레가 우르르 기어 나오길래 남김없이 때려잡았다.

계단을 올라오는 소리가 들렸다. 방을 나섰다.

입가에서 피를 흘리고 있는 사토가 눈에 쌍심지를 켜고 양손으로 보쿠의 목을 졸랐다.

"이 쌍년이, 봐주니까 기어오르고 지랄이야."

사토의 침이 보쿠의 얼굴에 튀었다. 보쿠는 눈을 꼭 감았다.

아무것도 보이지 않는 상태에서 아래에서 위로 장도리를 휘둘렀다. 둔탁하고 묵직한 진동이 팔에 느껴진 뒤 천천히 눈을 떴다. 사토의 몸이 뒤로 젖혀졌고 보쿠의 목을 잡고 있던 손에서 힘이 빠져나갔다.

보쿠는 재빨리 물러나 정신없이 작업실로 도망쳤다. 토끼 우리에 손을 넣어 토끼의 귀를 움켜잡았다. 바로 사토가 쫓아왔다. 보쿠는 축 늘어진 토끼를 번쩍 처들었다.

"오지 마! 한 발짝만 더 다가오면 토끼 머리를 깨부숴서…… 다진 가다랑어처럼 만들어버릴 거야!"

보쿠는 그렇게 외쳤지만, 정신이 혼탁한 와중에 그렇게 긴 말을 제대로 발음했을지는 의심스럽다. 아니나 다를까, 사토에게는 그 말이 미친 짐승의 포효로밖에 들리지 않은 모양이었다. 그래서인지 그는 더욱 위축됐다.

보쿠는 토끼를 내던졌다. 한순간 사토가 겁을 먹었다. 보쿠는 발끝으로 방바닥을 차며 움켜쥔 장도리를 치켜들었다. 이미 이가 부러진 사토의 얼굴에 더욱 치명적인 손상을 입혔다.

그걸 끝으로 사토는 시야에서 사라졌다.

안녕, 지금까지 디제잉해준 거 고마워.

투팍, 노토리어스 B.I.G부터 TOKONA-X, 릴핍까지. '죽은 래퍼'만을 모은 플레이리스트는 흥미롭고 재치가 넘쳤다. 하지만 그런 거, 지금 생각해보니 경박하고 최악이야.

비발디의 「겨울」이 흐르는 가운데 현관으로 향했다. 이번에는 잘 도착했다. 뭐가 내 신발이었더라? 보쿠는 한 시간쯤 고민한 뒤 결론을 내리고 밖으로 나갔다.

하늘 색깔이 어쩐지 이상했지만, 아무튼 나는 살아남았다. 보쿠는 백팩에 터무니없는 물건이 들어 있다는 걸 아무에게도 들키지 않도록 주의하며 느릿느릿 움직여 역으로 향했다.

트위터에 들어가서 노스페라투의 계정을 언팔로우하고 블락하자. 그렇게 마음먹었을 때 스마트폰 배터리가 다됐다는 사실을 알아차렸다.

하지만 그런 데 신경 쓸 상황이 아니라는 걸 알았다. 뒤에서 거대하고 거무튀튀한 뭔가가 이쪽으로 꿈틀꿈틀 다가오고 있었다. 보쿠는 느닷없이 뜀박질을 했다.

보쿠는 장도리를 꽉 쥔 채 뒤에서 다가오는 시커먼 어둠의 집합체로부터 달아나기 위해 질주했다. 숨을 헐떡이고 다리를 거의 무의식적으로 내뻗으며 뒤를 돌아보았다.

아스팔트를 침식하며 보쿠를 추적하는 부정형의 그것은 오염된 폐기물처럼 보이기도 했고, 음식물 쓰레기에 몰려드는 수많은 까마귀처럼 보이기도 했다. 꿈틀거린다. 그것이 내는 질척질척한 소리는 천박하게 음식 씹는 소리를 연상시킨다.

경찰차의 사이렌 소리가 들렸지만, 현실인지 환청인지 판단이 되지 않았다. 사실 그 소리는 환청이었고, 애당초 꿈틀거리는 어둠 자체가 보쿠에게밖에 보이지 않는 환각이었다. 보쿠는 현실과 공상을 판별하기가 어려운 상태였다.

얼마나 도망치면 될까. 지금까지 전혀 써먹지 않던 육체를 과도하게 혹사시킨 탓에 갑자기 심장이 멈춰서 죽지는 않을까. 보쿠는 과장되게, 한편으로는 아주 진지하게 고민하며 오로지 앞으로 달려 나갔다.

불현듯 어린 시절의 불쾌한 기억 중 하나가 떠올랐다. 운동회 때 달리기에서 꼴찌를 하고도 실실거리기나 한다고 버럭 화를 낸 아빠가 보쿠를 해변 공원으로 끌고 가서 온종일 올바른 달리기 자세를 폭력적으로 훈련시켰다. 주먹을 가볍게 쥐어. 팔을 뒤로 흔들어. 체중을 앞에 실어. 발끝으로 땅을 차. ……아니야. 그게 아니라고.

지금의 보쿠에게는 무익하다 못해 해를 끼치는 기억이다. 정신이 혼탁한 와중에 그런 기억이 떠오르자, 이미지가 육체에 물리적으로 영향을 끼쳤다.

기억이 통각을 자극했다. 아래턱에 둔한 통증이 느껴졌다. 한순간 비틀거렸지만, 그래도 간신히 균형을 유지하고 본능적으로 몸을 전진시켰다.

하기야 보쿠는 이 통증에는 익숙했다. 아빠는 딸이나 아들의 따귀를 갈길 때 손바닥이나 손끝으로 짝, 하고 건조한 소리가 나도록 때리지 않는다. 반드시 손바닥 아래쪽, 손목 부근의 딱딱한 뼈 부분으로 세게 밀듯이 때린다. 그 부분으로 턱을 공략하면 적확하게 고통을 줄 수 있을 뿐더러, 신경질적으로 손찌

검을 하다가 생기는, 피부가 벌겋게 붓거나 손톱에 눈이 긁혀 다치는 사고도 생기지 않는다. 오랫동안 써먹을 수 있는 숙련된 체벌법이다.

꿈틀거리는 어둠은 다가오기를 멈추거나 속도를 늦추지 않았다. 보쿠가 돌아볼 때마다 어둠은 점점 커지는 것처럼 느껴졌다. 원근법 때문이 아니라 실제로 어둠은 시간이 흐를수록 부풀어 올랐다(보쿠 눈에는 그런 것처럼 보였다).

꿈틀거리는 어둠의 속도는 일정했다. 점점 피로가 쌓여가는 보쿠가 어둠을 뿌리치고 달아날 길은 없다. 허망하게 따라잡혀 주변에 있는 가로등과 전신주와 함께 잡아먹힐 것이다.

귓가에 울려 퍼지는 건 역시나 음식 씹는 소리였다. 쩝쩝짭짭, 하고 들리다 말다 하는 그 소리가 견딜 수 없이 무서웠다. 숨도 잘 쉬어지지 않았다. 보쿠는 국도 245호선이 꿈틀거리는 어둠에 뒤덮이는 광경을 본 직후에 의식이 뚝 끊겼다.

보쿠는 왼팔이 몹시 아픈 걸 느끼고 눈을 떴다. 심한 갈증으로 콜록거리며 일어나서 모래 섞인 침을 퉤 뱉었다. 유리가 뿌예진 손목시계를 들여다보자 자정이 다 된 시간이었다. 흠칫 놀라 메고 있던 백팩을 벗고 지퍼를 열었다. 아무것도 없어지지 않은 걸 확인하고 일단 가슴을 쓸어내렸다.

꿈틀거리는 어둠은 사라졌다. 즉, 보쿠는 넘어진 충격으로 정신이 다시 멀쩡해졌고, 애초에 그런 어둠은 존재하지 않았다는 사실을 깨달았다.

그렇지만 가슴이 조마조마한 건 변함없다. 현재 고등학교 교복을 입고 있으니(게다가 까진 상처와 모래 때문에 몹시 구질구질하다. 왼팔이 아픈 것으로 알 수 있듯이 아스팔트에 호되게 넘어졌겠지) 순찰 중인 경찰관에게는 딱 좋은 표적이다. 백팩에 뭐가 들었는지 들키면 말 그대로 인생 종 칠지도 모른다. 왜 이런 걸 가져오려고 한 거람?

그리고 심상치 않은 왼팔의 통증. 어떻게 넘어졌는지 모르겠지만, 손등부터 팔까지 피부가 물결 모양으로 들쭉날쭉 까져서 속살이 드러나 있었다. 보쿠는 그걸 보자 조이 디비전이 떠올랐다. 티셔츠로도 나온 조이 디비전의 앨범 「언노운 플레저 Unknown Pleasure」 재킷 일러스트. 그것과 똑 닮은 상처가 팔에 가득하다. 무서움과 우스꽝스러움이 동시에 느껴졌다.

✦×

집 현관까지 왔지만 당연히 문은 잠겨 있고, 가족은 모두 잠들었다. 창문의 덧문도 내려져 있다. 보쿠는 온몸이 쑤셔서 인상을 쓰며 손톱을 깨물었다.

사토의 집에서였을까, 아니면 길거리에서였을까. 어디서 떨어뜨렸는지는 모르겠지만 집 열쇠를 잃어버렸다. 보쿠는 새파랗게 질린 얼굴로 온몸을 양말 속까지 구석구석 뒤졌지만 결국 찾지 못했다.

"골 때리네, 웃고 싶음 웃든가……."

알딸딸한 약 기운이 아직 완전히 가시지 않았다. 보쿠는 내내 움켜쥐고 있었던 장도리를 마이크 삼아 랩을 중얼중얼하며 마당에 발을 들여놓았다.

"그야말로 도굴꾼. 다정하게 어깨를 두드리는 것처럼, 아픔을 대신해……."

1층에는 부엌으로 통하는 뒷문이 있다. 보쿠는 집 뒤로 돌아가서 그 작은 문 앞에 섰다. 할머니의 불안정한 정신상태가 반영된 건지, 다행스럽게도 자물쇠는 잠겨 있지 않았다. 문손잡이를 돌리고 세게 당겼지만, 금속 도어체인 때문에 열리지 않았다. 살짝 열린 문틈으로 불 꺼진 실내를 들여다보았다.

시험 삼아 팔을 넣어보았지만 당연히 몸은 통과할 수 없어서 막막한 기분에 사로잡혔다. 별 의미 없이 문틈에 넣은 손을 잠시 쥐었다 폈다 하고 있자니 문득 다른 손에 쥐고 있는 장도리가 생각났다.

앗, 이걸로 해보자. 보쿠는 재빨리 마음을 정했다. 못뽑이를 체인에 걸고 힘껏 비틀었다. 몇 번 반복하자 안 그래도 낡은 체인이 쉽사리 끊어졌다.

완전히 나락까지 떨어졌구나. 헤헤헤……

보쿠는 신발을 벗고 슬그머니 부엌으로 들어갔다. 할머니가 귀신이 된 할아버지의 저주 때문에 체인이 망가졌다고 해석해주면 고맙겠다. 그렇게 생각했을 때 발끝으로 뭔가를 걷어차고 말았다. 어두운 방에서 시선을 맞춰보니 소금을 쌓아둔 작은 접시였다.

이 시간대에 할머니가 잠에서 깨는 일은 거의 없다.

보쿠는 부엌을 살금살금 나아갔다. 부엌에서는 할머니가 잠자는 거실이 보인다. 부엌에서 복도로 가려고 최대한 조심스럽게 발을 내딛었다.

그때 요란한 소리가 울렸다. 귀청이 떨어질 듯한 소리에 저도 모르게 몸이 굳어버렸다.

곧바로 발밑이 몇 초간 미세하게 흔들렸다.

긴급 지진 속보였다. 불안감을 부추기는 단조의 경보음이 거실 전체에 울려 퍼졌다. 평소 느릿느릿하게 움직이던 할머니가 평소와는 정반대로 소파에서 몸을 벌떡 일으켰다.

할머니는 늘 머리맡에 놓아두는 리모컨을 들고 버튼을 눌렀다. 거실에 불이 켜졌다.

보쿠는 쪼그리고 앉아 머리를 끌어안았다. 필사적으로 머리를 굴린 끝에 1층 부엌 바닥 밑에 수납고가 있다는 것을 떠올렸다. 재빨리 수납고 손잡이를 잡고 문을 열었다. 바닥 밑 수납고는 보쿠가 아빠에게 처음으로 아래턱 공격을 당한 계기였다. 어렸을 때 장난으로 동생을 여기 가뒀다가 죽일 뻔했다. 수납고 문은 안쪽에서는 열리지 않는다.

어쨌거나 보쿠는 수납고로 뛰어들려고 했다.

그러다가 할머니와 눈이 마주쳤다.

둘 다 보존 상태가 좋지 않은 영상처럼 굳어버렸다. 실은 1초도 채 흐르지 않았지만, 그 시간이 보쿠에게는 몇 분처럼 길게 느껴졌다.

다시 시간이 흐르자마자 할머니는 온 힘을 짜내 소리를 꽥질렀다. 도, 도둑이야! 그렇게 전형적인 소리를 내지른 뒤, 할머니는 거실을 뛰쳐나가 2층으로 뛰어 올라가려고 했다.

도둑이라니. 할아버지 귀신은 어쩌고?!

보쿠는 엉겁결에 할머니의 팔을 잡으려고 했다. 할머니는 노인답지 않게 민첩한 몸놀림으로 보쿠의 손을 피해 2층 계단으로 부리나케 달려갔다.

지진 속보 경보음을 듣고 깨어난 건 2층의 가족들도 마찬가지였던 모양이다. 보쿠는 재빨리 할아버지 방으로 들어가서 빈 옷장에 몸을 숨겼다.

계단을 뛰어오르는 소리와 할머니의 고함소리가 들렸다.

1층과 2층을 연결하는 계단은 열 단도 넘고 경사도 아주 급해서 할머니는 여간해서는 2층에 올라오지 않는다. 볼일이 있으면 대부분 가족이 1층으로 내려간다.

"할머니!"

그렇게 외친 것은 동생이었다. 좁은 옷장에서 몸을 바짝 웅크린 보쿠는 밖에서 들리는 목소리에 귀를 기울였다.

✦×

밤이 늦었는데도 누나가 집에 들어오지 않는 건 흔한 일인지라 스구루는 별생각이 없었다. 그런데 지금 뭔가 심상치 않은 일이 벌어졌다. 스구루는 재빨리 침대에서 일어나 할머니의 목소리가 들린 쪽으로 달렸다.

할머니는 2층으로 올라오는 계단 마지막 단에 발을 디딘 참이었다. 얼굴이 벌겋게 상기된 할머니는 입가에 거품을 문 채 "도둑이야 도둑" 하고 거듭 소리쳤다.

스구루는 새파랗게 질린 얼굴로 할머니를 달랬다.

"할머니, 왜 그러세요. 진정하세요!"

"아빠 불러와! 도,"

할머니의 목소리가 도중에 끊겼다. 할머니가 양말을 신고 있던 탓에 마루와 발 사이의 마찰이 약했고, 노쇠한 육체로는 미끄러졌을 때 다리에 힘을 꽉 주어 균형을 바로잡을 수 없었다. 게다가 할머니는 혼란에 빠진 터라 침착한 판단이 전혀 불가능했다.

"아! 할머니!"

할머니는 마지막 한 단 남은 계단을 오르지 못하고 뒤로 벌렁 넘어갔다. 머리를 좁은 좌우 벽에 핀볼처럼 부딪히며 지그재그로 1층까지 굴러 떨어졌다.

비명을 듣고 가족들이 허둥지둥 나왔다.

"하, 할머니가, 계단에서 굴러 떨어지셨어……."

스구루는 어쩔 줄 몰라 떨리는 목소리로 말했다. 아빠가 즉시 스구루를 밀쳐냈다.

아빠는 계단을 뛰어 내려갔다. 그런 다음 축 늘어진 채 이마에서 피를 흘리는 할머니를 흔들며 "구급차 불러!"라고 외쳤다. 엄마가 얼른 집전화로 119에 신고했다. 스구루는 그 모습을 지켜보며 안절부절못했다. 설마 돌아가시지는 않겠지. 스구루의 호흡이 가빠졌다.

결과적으로 그 '설마'의 상황이 발생하지만, 그건 나중에야 알게 된다.

20분쯤 지나서 구급차가 도착했다. 그동안 아빠는 할머니를 거듭 부르고 어설픈 인공호흡을 시도했지만, 할머니의 상태는 전혀 호전되지 않았다.

"어머니, 들려요? 정신 좀 차려요, 어머니. 엄마……? 제발!"

아빠는 마룻바닥에 쓰러진 할머니에게 연신 말을 걸었다. 아빠는 입고 있던 셔츠를 벗고 이로 소매를 찢어서, 상처가 쩍 벌어진 할머니의 이마에 감았다.

방금 저 인간, 엄마라고 했지. 스구루는 멍하니 생각했다.

1층 현관으로 들것이 들어왔다. 구급대원들은 물 흐르는 듯한 움직임으로 할머니를 들것에 싣고, 아빠와 대화하며 구급차로 이동했다. 엄마는 잠자코 우두커니 서 있었다. 구급대원들의 젖은 옷을 보고서야 지금 밖에 비가 내리고 있다는 걸 알았다.

"이게 웬 날벼락이니."

엄마가 푸념을 하더니 "동네에 소문나겠네"라고 힘없이 덧붙였다.

"할머니 괜찮으실까?"

아빠가 이를 악물고 속상함을 표출하듯 일부러 발을 크게 쿵쿵 구르며 계단을 올라왔다. 아빠는 2층에서 멀뚱히 상황을 지켜보던 엄마와 스구루를 밀치고 거실로 가더니 소파에 주저앉아 양손에 얼굴을 묻었다. 그야말로 '비극에 젖은 자세' 그 자체였다. 할머니를 지혈하느라 셔츠를 벗는 바람에 상반신은 알몸이었다.

동태를 살피던 보쿠는 이쯤이면 괜찮겠다 싶어 옷장에서 나왔다. 방에서 살그머니 복도로 나갔다가 1층으로 내려온 동생과 마주쳤다. 둘 다 어깨를 움찔했다.

"누나?"

보쿠는 눈이 동그래진 동생을 보고 조용히 하라는 뜻으로 입술에 검지를 댔다.

"엄마랑 아빠는 지금 뭐 하고 있어?"

"내려올 거야."

동생은 어떻게 된 건지 이해가 잘 안 된다는 표정으로 대답했다.

"숨어야겠다. 어떻게 좀 잘 둘러대줘. 부탁할게."

"뭐?"

"잔말 말고! 부탁이야! 알았지? 부엌 바닥 밑 수납고에 있을 테니까, 상황이 진정되면 열어줘!"

보쿠는 그렇게만 내뱉고 부엌으로 향했다. 바닥 밑 수납고를 열고 안으로 들어가서 문을 닫았다.

부모님이 1층으로 내려왔다. 아빠가 거실을 돌아다니며 뭐라고 말하는 소리가 들렸다.

"도둑이라니. 무슨 소린지, 참."

"내가 말했잖아."

엄마의 대답에 아빠가 발끈한 투로 대꾸했다.

"말했다니, 뭘?"

"어머님이 이상하시다고. 이런 불상사가 벌어지기 전에 조치를 취했어야 했어!"

"이제 와서 그런 소리를 한다고 무슨 수가 생겨? 부질없는 소리 집어치워!"

보쿠의 머리 위에서 부모님이 전에 없이 격하게 말다툼하는 소리가 들려왔다. 쿵, 하고 뭔가를 때리는 소리가 들렸다. 보쿠는 아빠가 그냥 홧김에 벽을 때린 소리이기를 바랐다.

보쿠는 뒷문 체인이 끊어진 걸 부모님이 알면 일이 아주 골치 아파지겠다 싶어 간이 쪼그라들었지만, 다행히도 두 사람은 눈치채지 못한 모양이었다.

"그런데 히데미는? 오늘도 외박이야?"

지금 꺼낼 이야기는 아닐 텐데. 느닷없이 아빠가 그렇게 말해서 수납고에 있던 보쿠는 잔뜩 긴장했다.

"걔는 됐어. 그냥 내버려둬."

"이럴 때 어디서 뭘 하고 싸돌아다니는 거야."

켁, 내 험담으로 흘러가잖아. 보쿠가 수납고에 숨어 있는 줄도 모르고 아빠는 한숨을 섞어 업신여기듯이 내뱉었다.

"걔는 어쩐지 애가 기분 나빠. 무슨 생각을 하는지 모르겠다니까."

엄마가 말했다. 으앗! 이런 상황에서 자기 딸이나 흉보지
마! 보쿠는 밑에서 바닥을 두드리고 싶었지만, 물론 그런 짓은
하지 않았다.

"분명 우릴 깔보고 있겠지."

그야 확실히 그렇지만! 그런 식으로 대놓고 말할 건 없잖아!

부모님은 거실에서 나간 것 같았다. 계단을 올라가는 두 사
람의 발소리가 들렸다. 그 뒤에 아빠는 구급대원을 따라 병원
으로 간 모양이었다.

그로부터 몇 분쯤 지난 뒤 동생이 수납고 문을 열어주었다.
보쿠는 어처구니없다는 듯한 동생의 눈빛을 받으며 느릿느릿
수납고 밑 바닥에서 기어 나왔다.

"미안해. 그리고 고마워, 스구루. 덕분에 살았어."

동생은 보쿠가 엉망이 된 꼴을 이제야 제대로 보았는지 눈
살을 찌푸렸다.

"누나, 정말이지 뭐가 어떻게 된 거야?"

"열쇠를 잃어버려서 뒷문으로 들어왔는데, 할머니가 깜짝
놀라는 바람에……."

보쿠는 일단 비굴하게 웃었다.

"웃을 일이 아니야. 할머니가 돌아가시면 어쩔 거야?"

"재수 없는 소리 하지 마! 아무튼 상황 봐서 현관으로 들어

갈 테니까, 잘 부탁해."

얼마 뒤 그 '재수 없는 소리'가 실현될 줄도 모르고 보쿠는 동생의 까까머리를 장난스럽게 쓰다듬었다.

✦×

머리를 심하게 부딪힌 할머니는 병원에 실려 들어갈 무렵에 숨을 거두었다. 쩍 갈라진 이마에서 피가 철철 흐른 탓에 과다 출혈로 돌아가신 것이다.

장례식을 주말에 치렀기 때문에 보쿠는 학교를 쉴 수 없었다. 수의(일본식이 아니라 한국식 저고리와 치마 차림 수의였다. 할머니는 재일조선인 2세다)를 입은 관 속 할머니 얼굴을 관에 달린 유리창으로 바라보자, 보쿠는 돌이킬 수 없는 엄청난 짓을 저지르고 말았다는 기분에 사로잡혔다.

할머니, 죄송해요!

보쿠는 슬픔보다 머쓱한 감정이 앞섰다. 그래서인지 반야심경을 들을 때도, 분향할 때도 전혀 눈물이 나지 않았다. 할머니와 쌓은 여러 추억을 기억 속 깊은 곳에서 끄집어내봐도, 화장로에 들어간 시신이 불타서 뼈만 남는 모습을 상상해도 소용없었다. 나한테 그렇게 잘해주셨는데.

화장이 끝나기를 기다리는 동안 제공된 다 식어빠진 식사는 아무 맛도 없었다. 플라스틱으로 만든 정교한 식품 샘플을 억지로 먹는 느낌에 가까웠다. 옆자리에서 감자 샐러드를 작은 새처럼 깨작깨작 먹는 동생을 보았다. 등교 거부 중인데도 중학교 교복을 상복 대용으로 입어야 한다는 게 아이러니해서 조금 웃겼다.

대기실의 긴 테이블에는 장례식 조문객이 서른 명 정도 있었다. 테이블 안쪽 우리 가족 반대편에 앉은 할머니 친척들 사이에서 한국어도 드문드문 들렸다. 그러고 보니 평범할 것이라 믿어 의심치 않았던 우리 집 족보가 다른 사람들과는 약간 다르다는 사실을 안 것은, 어릴 적에 왜 할머니만이 히데미가 아닌 수미 짱이라고 부르냐고 물어봤을 때였다. '히데미秀美'는 한국어로 수미라고 읽는다.

"얘."

테이블 맞은편에 앉은 엄마가 불렀다. 보쿠는 상복 차림의 엄마와 눈을 마주쳤다.

"응?"

"히데미, 할머니가 돌아가셨는데 넌 슬프지도 않니?"

엄마 입속에서 씹히는 데리야키 치킨이 실시간으로 보였다.

"슬프지 않다니, 그럴 리가 있어?"

가슴이 뜨끔했다.

보쿠는 거듭 눈을 깜박였다. 동생은 슬쩍 시선을 돌리고 젓가락을 입에 물었다.

"그렇다기에는 한 번도 울지도 않고. 안 슬픈 거지? 아무 생각이 없는 거야?"

왜 갑자기 이런 소리를 하는 거야. 여기서 어떻게 항의한다 해도 불에 기름을 끼얹는 결과밖에 상상되지 않았다.

"그야 슬프지……."

"그럼 뭔가 반응이 있어야 할 것 아냐. 전혀 슬퍼 보이지 않는데. 히데미 너 정말 매정하다. 마음이 아예 없는 것 같아. 요전에도……."

'그럼 뭐 어쩌라고! 으앙, 할머니! 하고 관에 매달려서 울고 불고 난리라도 쳐야 해?' 그렇게 반박하지 않을 정도의 분별력은 보쿠에게도 있다. 엄마는 불만스럽다는 듯 고개를 갸웃하며 엉덩이를 들고 큰 접시에 담긴 미트볼을 젓가락으로 집으려고 했다.

"저, 저기, 엄마."

그때 동생이 몸을 바들바들 떨며 말했다. 이를 악물고 기어드는 목소리로.

"누나도 당연히 슬플 거야. 아까처럼 그런 식으로 말하면 아…… 안 돼."

보쿠는 눈이 휘둥그레져서 살짝 고개를 들었다. 주변을 감싼 공기가 한순간 따끔거리는 듯한 느낌이었다. 잠시 침묵이 흐른 뒤 엄마가 대답했다.

"……그렇겠지. 미안해."

보쿠는 "아니야, 괜찮아" 하고 두피가 훤히 들여다보이는 엄마의 정수리에 대고 쓴웃음을 지었다. 부모에게 사과를 받는 것만큼 낯간지러운 일은 또 없다.

보쿠는 '고마워'라는 뜻으로 동생에게 눈짓으로 인사했다. 엄마가 동생에게 "넌 학교에도 안 가는 주제에 입만 살아 가지고!"라는 조커 카드를 꺼내면 완패였을 텐데도 보쿠를 도와주다니. 동생은 제법 든든한 구석이 있다. 어쩌면 상주를 맡은 아빠가 사람들에게 인사할 때 꾸벅꾸벅 졸았던 걸 지적받을까 봐 회피책을 쓴 건지도 모르지만.

그러다 보쿠는 '어, 잠깐' 하고 생각했다.

내가 할머니를 간접적으로 돌아가시게 한 셈인가?

안 그래도 반쯤 허물어진 상태였던 우리 가족은 이번 일을 계기로 완전히 붕괴됐다.

완전한 파괴다. 반쯤 무너졌다면 재건이 가능하겠지만, 완전한 붕괴다! 완전히 짓뭉개져서 공터가 되고 말았다.

장례식장에서 돌아오는 내내 아빠가 운전하는 차에서는 누구도 말 한마디 꺼내지 않았고 조용했다. 보쿠는 끊임없이 흘러나오는 하마사키 아유미의 노래가 이 상황에 몹시 어울리지 않게 느껴졌다. 음악에 관심이 없는 부모님은 이 가수의 CD 한 장만 오디오에 넣어둔 채, 가족 공용 경차 '무브'를 타고 다닌다.

할머니 유품을 정리하고 1층의 방들이 모조리 빈 뒤부터, 보쿠 가족들 사이의 불화는 더욱 심해졌다.

할머니가 언급했던 그 '귀신'이 실제로 나타나기 시작한 것이다.

식탁에 둘러앉은 가족들은 덜커덕거리는 흐릿한 소리를 듣고 움직임을 멈추곤 했다.

봐, 또야. 아무도 없을 아래층에서 소리가 났다.

요즘 한동안 이와쿠마는 지금까지보다 더 불편한 심정으로 학교생활을 하고 있었다. 출입구 쪽 맨 앞자리에 앉으며, 창가에 모여 있는 아이들을 힐끗 보았다. 이와쿠마가 아르바이트하는 볼링장에 보쿠와 야구치와 함께 온 이후로(아니면 원래부터 그랬는데 그저 자기가 몰랐을 뿐인지도), 보쿠는 반에서 가장 중심이 되는 그룹의 일원으로 합류해 야구치 패거리와 함께 책상에 둘러앉아 신나게 대화를 나눈다.

남학생 한 명(이와쿠마는 그의 이름을 모른다)이 보쿠에게 말했다.

"보쿠, 「프리스타일 던전*」봤어?"

"봤어. 솔직히 그 판정은 이해가 안 되더라."

"맞아. 나도 뭐? 하고 소리쳤다니까."

"까놓고 말해서 심사원 이토 세이코는⋯⋯."

평소 같으면 재빨리 이쪽으로 도망쳐서 아침 조회 시간이나 쉬는 시간을 보낼 보쿠가, 놀랍게도 인기인이 되었다. 보쿠와 이와쿠마에게 야유 혹은 공포의 대상에 불과했던, 야구치를 필두로 하는 저 그룹과 대등하게 지내고 있다.

어떻게 된 일일까. 이와쿠마는 시간차를 두고 두 눈을 깜박거리며 생각했다.

오늘은 오전에 실습이 있었다. 여자 탈의실이 따로 없으므로 여학생들은 본관 밖 동아리 건물의 빈 교실에서 교복을 작업복으로 갈아입는데, 이때 보쿠는 자신이 아니라 야구치에게 생리대를 빌렸다. 반에서 웃음거리가 되는 이미지와 달리 나는 실제로는 '성격이 못돼먹은 여자'가 아니니까 그걸 배신행위라고 해석하거나 보쿠에게 "역시 나보다는 잘나가는 애와 노는 편이 여러모로 이득이겠지. 지금까지 놀아줘서 오히려 고마

• 도전자가 프리스타일 랩으로 다른 래퍼와 대결해 상금을 획득하는 방송.

161

워"라고 비꼬는 소리를 줄줄 늘어놓지는 않겠지만, 그래도 객관적으로 봐도 좀 심하잖아. 야구치 패거리와 어울린 뒤로 아침에도 점심시간에도 방과 후에도 나랑 눈조차 마주치려 들지 않는 건.

그와 동시에 '뭐, 그럴 만도 한가' 하고 툭 털어버릴 수도 있었다. 원래 보쿠는 이와쿠마에게 친구도 뭐도 아니었고, 그냥 소거법의 결과로 함께 지냈을 뿐이다. 이제부터 조를 짜는 수업에서 어떻게 할지 생각하면 가슴이 답답해졌지만, 자신의 인생에 보쿠의 유무가 그렇게까지 중요하다고는 생각지 않는다.

이와쿠마는 방과 후에 도서실로 향했다. 일단 도서실에 가면 더는 존엄성을 잃을 일이 없으니 안심이 된다.

후지키는 이와쿠마가 들어온 걸 알아차리지 못했다. 도서실에 있던 몇 안 되는 학생들 중 이와쿠마를 제외한 남학생 네 명은 긴 테이블에 둘러앉아 대화와 주사위 굴리기로 맡은 역할을 수행하는 게임을 즐기고 있었다.

후지키는 도서실 카운터에 서서 신서 판형*의 책을 손에 들고 들여다보는 중이었다. 활자에 완전히 집중한 저 눈빛, '분명 멋진 책을 읽나 보다……'라고는 도저히 생각할 수 없다. 책등

---

* 103×182mm 크기의 책으로, 일본에서는 주로 만화책 단행본 등에 사용된다.

에 적힌 제목이 눈에 들어왔기 때문이다.

『일본인만 모르는 세계에서 존경받는 일본인』

이런, 아주 품격이 결여된 서적을 읽고 계신 것 같은데…….

이와쿠마는 그대로 모르는 척 도서실을 빠져나갈까 싶었다.

독서를 방해하면 실례잖아.

보쿠가 없는 지금 이와쿠마가 학교 안에서 유일하게 마음을

열 수 있는 사람인 후지키가 이런 책을 즐겨 읽는 놈이었을 줄

이야. 인생은 실망의 연속이다.

그때 마침 얼굴을 든 후지키와 눈이 마주쳤다. 앗, 하고 후지

키가 미소를 짓길래 이와쿠마는 어쩔 수 없이 그에게 다가가

서 양손으로 카운터를 짚었다.

"야!"

이와쿠마가 별안간 소리 지르자, 후지키는 한순간 뒷걸음질

치면서 카운터에 붙은 '도서실에서는 조용히'라는 종이를 눈

짓했다.

"왜, 왜, 왜 그러세요? 서, 선배."

"……너 넥타이 삐뚤어졌어."

후지키는 느닷없이 무슨 소리냐는 듯한 시선을 이와쿠마에

게 던지며 넥타이를 바로잡은 뒤 다시 책을 읽으려 했다.

"너도 읽는구나, 그런 책……?"

말할까 말까 했지만 아무래도 신경이 쓰여서 말해버렸다. 후지키는 겸연쩍은 듯 쓴웃음을 지었다.

"앗, 아, 이, 이거 친구가 비, 빌려준 책인데…… 재, 재, 재미있으니까 읽어보라고 해, 해서요."

"아, 그러셔."

"네, 화학부의……."

후지키는 고개를 끄덕였다. 이와쿠마는 그만 하, 하고 숨을 내뱉고 말았다.

"그거 차별주의자가 쓴 책이잖아."

네? 하고 후지키의 눈이 휘둥그레졌다. 이와쿠마는 '그렇다고 네가 차별주의자라는 건 아니고. 사상은 자유 아니겠어?'라고 서둘러 덧붙이려 했지만 그보다 먼저 후지키가 거북하다는 듯 입을 오므렸다.

"어, 제, 제, 제가 차, 차, 차별주의자라는 말씀이세요?"

"그런 말은 안 했는데. 뭐, 됐어. 그만두자."

이와쿠마는 후지키가 지닌 차별주의자로서의 측면을 확인하는 것도, 후배에게 설교를 늘어놓는 꼰대 선배로 전락하는 것도 견디기 힘들었다. 이야기를 끝맺으려고 했지만 뜻밖에도 후지키가 불만스러운 듯 대꾸했다.

"그, 그냥 치, 친구와 함께할 이, 이, 이야깃거리를 찾으려고 읽, 읽, 읽는 것뿐인데요!"

"이런 책을 읽지 않으면 이야깃거리가 없다니, 그런 친구가 필요할까?"

이와쿠마는 말이 끝날 즈음에야 자신의 말이 좀 심했나 싶었다.

"걘 조, 조, 조, 좋은 애예요!"

"오시마 유미코의『별의 솜나라』를 읽는 사람이 넷우익*이라 건 말도 안 돼. 그 둘은 양립하지 않아. 한쪽만 선택해!"

"사, 사, 사상은 자, 자, 자유잖아요."

"하긴 일본군 복장으로 야스쿠니 신사에 가서 설치는 것도, 역 앞에서 욱일기를 흔들며 반일하는 외국인은 꺼지라고 소리치는 것도 사상의 자유지."

그 빈정거림은 이와쿠마가 예상한 것보다 후지키에게 깊숙이 박힌 것 같았다.

"오, 오, 올바름이라는 가치를 가, 가, 가, 강요하지 마세요."

후지키는 바퀴 달린 의자를 끌고 가며 이와쿠마를 외면했다.

이와쿠마는 오기가 생겨서 카운터 위로 몸을 내밀었다.

"실은 내가 일본을 전복시키기 위해 파견된 중국 스파이라

---

* 인터넷상에서 주로 활동하는 국수주의 성향의 일본 우익 네티즌을 가리키는 말. 한국을 혐오하고 한국인을 비하하는 경향이 강하다.

면 어떡할래? 친구랑 같이 죽창으로 찔러 죽일 거야?"

후지키는 머리를 쥐어뜯더니 책을 발치에 내팽개쳤다. 펼쳐진 책이 바닥에서 튀어 올랐고, 벗겨진 띠지가 카운터 틈새로 미끄러져 들어갔다.

"아, 아, 알았어요. 이제 됐나요!"

이와쿠마는 눈을 깜박인 뒤 이마에 맺힌 진땀을 손등으로 닦았다.

"아, 미, 미안. 그런 의도는 아니었어……."

어색한 침묵이 찾아왔다. 주사위 눈을 보고 일희일비하는 오타쿠들의 목소리가 귀에 거슬렸다. 이와쿠마는 카운터로 들어가서 바닥에 떨어진 책을 주웠다. 접힌 페이지를 반대쪽으로 살짝 접어서 접힌 자국을 없애려고 했다. 띠지는 찾지 못했다.

후지키가 이와쿠마의 손에서 책을 받아 들었다. 먼지가 묻지는 않았지만 후지키는 오른손으로 표지를 싹싹 문질렀다.

"미안해."

이와쿠마는 한 번 더 사과했다. 후지키는 "괜찮아요"하고 힘없는 목소리로 표정 변화 없이 대답했다.

"……미안. 오늘 아르바이트하는 날이라서. 이만 갈게."

도망치듯 도서실을 나서자 한기가 온몸을 감쌌다.

으아, 사고 쳤네. 내면의 자신이 어처구니없다는 듯이 말했다. 너, 은근히 이런 면이 있더라. 대인관계에 서툴러서 농담으

166

로 '살살 때리기' 같은 건 도무지 할 줄 모르고 무의식중에 힘껏 후려쳐서 상대가 정색하게 만든다고.

✦×

야구치는 교무실 문을 두드렸다. 커피 향기가 풍기는 가운데, 야구치는 아는 체를 하는 교사들에게 꾸벅꾸벅 인사하며 자리에 앉아 있는 육상부 담당 교사에게 다가갔다.

"저어, 하세가와 선생님."

서류를 들여다보고 있던 하세가와는 "오, 미루쿠, 어쩐 일이야?"라며 화들짝 놀란 것처럼 고개를 번쩍 들어 야구치의 눈을 빤히 쳐다보았다.

"상담하고 싶은 일이 있어서요."

야구치는 의식적으로 나직한 목소리를 냈다. 교무실에 들어오면서 야구치는 머릿속으로 슬레이트를 쳤다. 카메라, 조명 좋고, 레디 액션. 이제부터 '일찍이 활발하고 영리했지만 불의의 사고를 당해 정신적으로 피폐해진 운동부원'을 연기하는 것이다.

"뭔데? 아…… 그거 참 고생이구나."

하세가와는 웃음을 지으며 붕대가 감긴 야구치의 오른손을 가리켰다. 시선은 야구치의 얼굴에 고정된 상태다. 하세가와는 오즈 야스지로 감독의 영화처럼 대화 상대를 정면으로 가만히 바라본다. 그것이 올바른 의사소통 방법이라고 믿어 의심치 않는 모양이다.

야구치는 고개를 숙여 자신의 실내화 발끝을 보았다.

"저, 육상부를 그만둘 수 없을까요?"

절박한 심정으로 간신히 목구멍에서 짜낸, 당장이라도 울음을 터뜨릴 것처럼 희미하게 떨리는 목소리. 하세가와는 으음, 하고 크게 앓는 소리를 내더니 팔짱을 꼈다.

"왜 그런 생각을 했니? 이번 대회까지는 무리라 하더라도 재활하면 복귀할 수 있잖아. 손가락을 다쳐도 트랙 경기라면 할 수 있어."

야구치는 자신의 눈꼬리에 의식을 집중했다. 몇 초 뒤 눈이 서서히 젖어들었다. 헤르페스 때문에 물집이 생긴 윗입술을 혀로 살짝 핥았다.

"아니요……. 솔직히 말씀드리자면 제가 지금까지 너무 까불었다는 걸 깨달았어요. 팀을 우선으로 생각하지 않고 제멋대로 행동하고……."

여기서 코를 훌쩍여준다. 하세가와의 시선을 받으며 다음 대사를 읊었다.

"제가 진지한 태도로 착실히 생활했으면 애초에 손을 다치지도 않았겠죠. 수업을 완전히 건성으로 들은 거예요. 이대로는 안 된다는 생각에……."

가까이 있는 다른 교사들의 시선이 느껴졌다. 야구치는 하세가와가 끼어들기 전에 얼른 말을 이었다.

"이대로 육상부에 남아 있으면 다른 동아리원들에게 민폐예요. 솔직히 말해 선후배들의 배려를 받으며 지내는 것도 이제 한계고요."

야구치는 어디로 튈지 종잡을 수 없는 말투로 구체적인 내용은 한마디도 꺼내지 않으면서 현실감을 연출했다.

하세가와는 아주 고민스러운 듯 목을 돌리더니 스읏, 하고 이를 다문 채 입으로 숨을 들이마셨다.

"그렇구나. 네 생각은 잘 알겠다. 하지만 넌 전혀 민폐가 아니야. 남자 육상부원들 사이에서 열심히 하고 있고, 고등학교 때 육상을 시작했다는 게 믿기지 않을 만큼 소질도 뛰어나. 실제로 좋은 결과도 냈잖니. 미루쿠. 난 널 드라이아이스 같은 인간이라고 생각한단다."

"드라이아이스요……?"

야구치는 그 말을 되뇌었다. 예상치 못했던 말이었다.

"그래, 얼음같이 차가운 성질과 화상을 입을 만큼 뜨거운 성질을 동시에 지니고 있지. 그리고 다른 물건을 부패시키지 않고 신선함을 유지시켜 주고. 넌 그런 선수야."

하세가와의 책상에 놓인 데스크톱 컴퓨터가 눈에 들어왔다.

아베베 비킬라*의 흑백사진을 배경화면으로 설정한 것에서 알 수 있듯 하세가와는 기계적으로 육상부를 담당하고 있는 사람이 아니다. 얼룩 한 점 없이 신실한 마음으로 진지하게 육상을 사랑하는 사람이다.

"하지만 저는 더 이상…… 못 달리겠어요."

하세가와는 "그렇구나" 하고 천천히 고개를 끄덕였다.

"그렇게 활달하던 네가 이렇게까지 우울하다니 정말 많이 힘든가 보구나. 하지만 꼭 동아리를 탈퇴해야 하는 건 아니잖니. 마음이 안정되면 언제든지 돌아오렴. 가벼운 스트레칭에만 참여해도 상관없어. 정 안 되겠거든 매니저로서 팀을 뒷바라지하는 것도 한 가지 방법이고."

야구치는 눈을 깜박이면서 고개를 푹 숙였다. 눈에 힘을 주어 바닥에 눈물을 몇 방울 떨어뜨렸다.

"감사합니다……. 그렇지만 시간이 꽤 걸릴 거예요. 그래도 괜찮을까요?"

"물론이지. 나도 다른 아이들도 언제까지나 기다릴게. 모두 너와 함께 달리고 싶어 해. 넌 우리 동아리에 꼭 필요하단다."

"죄송해요. 그리고 정말 감사합니다."

• 　올림픽 사상 최초로 마라톤 2연패를 달성한 에티오피아의 마라토너.

야구치는 교무실을 나서서 본관 출입구에서 기다리고 있던 보쿠와 합류했다. 기다렸지, 하고 야구치는 새끼손가락이 없어진 오른손을 들어 경례 자세를 취했다.

얼굴이 빨갛게 부은 야구치를 보고 보쿠는 한순간 몸을 움츠렸다.

"어, 어땠어……?"

"탈퇴 신청서는 끝까지 안 내주더라. 그래도 당분간 쉬어도 된다니까, 실컷 쉬면서 이대로 적당히 유령 동아리원이 되어야겠어."

수십 분에 걸친 롱테이크 연기는 아주 힘들었다. 야구치는 하품하며 천천히 기지개를 켰다.

"이야, 잘됐네."

"담당교사가 나더러 드라이아이스같은 인간이래."

야구치는 진심으로 하세가와의 연설이 제법 감동적이었다고 생각했다.

드라이아이스? 보쿠는 작게 중얼거리며 그 비유가 무슨 뜻인지 고민하는 듯했다.

잠시 후 보쿠는 알았다는 듯이 손뼉을 쳤다.

"다루기 힘들고 독성이 있어서 처분하기 곤란하다는 뜻?"

"……그래!"

야구치는 보쿠의 코끝에 집게손가락을 척 들이댔다.

어제 보쿠의 집에서 작은 폭발이 일어났다. 가족 간 말다툼을 비유한 말이 아니라, 날달걀을 전자레인지에 돌려서 말 그대로 수증기 폭발이 일어났다는 뜻이다. 문제는 누가 그랬는지 확실치 않다는 것이었다. 아빠는 일단 한 대 맞고 시작하자는 듯이 보쿠의 따귀를 갈겼지만, 평소보다 힘을 조절해서 때린 건 본인도 어떻게 된 상황인지 이해가 가지 않았기 때문이었다. 늦은 밤에 뭔가가 터지는 소리를 듣고 제일 먼저 깨어난 사람은 아빠였다. 아빠는 부엌에 감도는 이상한 냄새를 따라갔다가 달걀 네 개의 잔해와 망가진 전자레인지를 발견했다.

보쿠는 가족 중에서 제일 늦게 부엌으로 갔다. 갑작스러운 사태에 놀란 다른 셋과 합류했을 때 들고 있던 스마트폰이 진동했다. 아이폰에 에어드롭 기능으로 사진 파일이 송신된 것 같았다.

보쿠는 그게 프란시스 베이컨의 그림 「디에고 벨라스케스의 '교황 인노첸시오 10세의 초상'에서 출발한 습작」인 줄 몰랐기에, 어둠 속에서 입을 떡 벌린 채 부르짖는 남자를 그린 유화가 뜬금없이 스마트폰 화면에 뜨자 깜짝 놀랐다. 보쿠는 동생의 장난인가 싶어서 어쩐지 안절부절못하며 앞장서서 달걀 껍데기를 줍는 동생의 뒷모습을 보았지만, 아무리 생각해도 스구루는 이런 짓을 할 녀석이 아니었다.

군이 따지자면 이 정체 모를 악의는 사토를 연상시켰다. 문득 사토의 집에서 도망쳤을 때 집 열쇠를 잃어버렸다는 게 생각났다.

설마?

보쿠는 찜찜한 예감에 이끌려 방으로 돌아갔다. 책상 서랍에 채워둔 다이얼 자물쇠를 '2001'에 맞춰서 열었다. 서랍에 지퍼백 세 개가 들어 있는 걸 확인하고 다시 자물쇠를 채웠다.

보쿠는 사토가 자신의 집 주소를 알아내 도둑맞은 대마 씨앗을 되찾으러 오지는 않을까 상상했지만 바로 픽 웃어넘겼다. 지나친 생각이야.

부엌으로 돌아가자 깨진 달걀을 다 치우고 싱크대에서 손을 씻고 있던 동생이 물었다.

"최근에 일어나는 현상, 어떻게 생각해?"

요 며칠 동안 발생한 괴현상 때문에 동생은 완전히 진이 빠진 것처럼 보였다. 할머니 유품을 정리한 뒤로, 보쿠네 가족은 아무도 없는 방에서 소리가 나거나 가전제품이 느닷없이 오작동하는 등의 괴현상에 시달리고 있었다.

"그야 귀신이 된 할머니 짓이겠지. 우리를 저주해 죽이시려는 거야."

그 말에도 동생이 눈 하나 깜짝하지 않아서 보쿠는 창피해졌다.

"요전에 냉장고에서 음식 없어진 적 있잖아."

"그랬지. 근데 그거 내가 그런 거 아닌데."

그 사건 또한 불가사의했지만, 보쿠가 누명을 뒤집어씀으로써 일단은 원만히 수습됐다.

"그거…… 내가 그랬어."

"어, 진짜?"

동생은 고개를 숙인 채 젖은 손을 수건에 닦으며 대답했다.

"그거 말고도 이상한 소리나 다른 소동도 전부 내 짓이야."

보쿠는 입이 반쯤 헤 벌어졌다.

"그럼 아까 달걀도?"

"응, 좀 놀래켜줄 작정이었어. 이렇게까지 요란하게 터질 줄은 몰랐지만."

왜 그런 짓을 해? 보쿠가 묻기 전에 동생이 설명했다.

"아빠도 엄마도 할머니가 돌아가신 뒤로…… 생기가 돌기 시작했어. 할머니에 대한 존중이고 존경이고 없었던 거지. 그걸 보니 어쩐지 성질이 나더라고. 그 사람들, 자기밖에 몰라. 왜, 요전에 할머니가 귀신이 어쩌고저쩌고 했었잖아, 그래서."

"아, 그렇구나. 이해했어."

보쿠는 동생의 사소한 범행을 눈감아주기로 했다. 아주 치밀해서 재미있었다. 부모님이 '귀신'에 대한 할머니의 경고를 대수롭지 않게 여겼으니 그 경고를 대신 실현하겠다는 속셈이었다. 제법인걸.

보쿠는 자기 방에 돌아가는 동생의 구부정한 뒷모습을 힐끗 보며 생각했다. 저 녀석은 뭐랄까, 살아가는 게 서툴달까. 애당초 성이 남자를 가리키는 1인칭 대명사인 '보쿠'인 것만 해도 그랬다. 동음이의어라 우스워질 것이 불 보듯 뻔한데, 동생은 그런 데서 생겨날 장난을 잘 받아쳐서 유머로 승화할 만큼 요령이 좋지 못하다. 그 결과가 제모 크림 사건에서 비롯된 등교 거부였다. 동생이 초등학생이던 시절 처음으로 생긴 별명은 '좀비'였고, 중학교에 올라가서 생긴 별명은 이름의 발음을 조금 비튼 '폭탄마*'였다.

등교 거부의 결정적 계기였던 제모 크림 사건은 동생이 당한 괴롭힘 중에서도 가장 심각했다. 하지만 그전에도 동생은 새카매진 얼굴을 푹 숙인 채 집에 온 적이 있었다. 누가 검은색 페인트를 뒤집어씌웠다는데, 고등학교 1학년이었던 보쿠는 그 모습을 보고 인상을 팍 썼다. 하필이면 검은색 페인트라니 악질이다. 검게 칠해진 동생의 얼굴이 차별적인 민스트럴 쇼**

- 일본어로 폭탄은 '바쿠단'이다.
- 얼굴을 검게 칠한 백인이 흑인의 말투나 동작을 흉내 내 노래하거나 춤을 추는 쇼. 19세기 중후반에 미국에서 유행했다.

를 연상시켰다. 그저 괴롭힐 의도였다면 다른 색깔이었어도 상관없었을 텐데, 굳이 검은색을 선택한 건 모멸감이라는 플러스알파 효과를 노린 게 틀림없다. 동생을 괴롭힌 놈들은 분명 감수성이 더럽게 천박할 것이다.

동생의 오른손이 심하게 베인 적도 있다. 동생은 어느 날 학교의 자기 신발장에서 하트 모양 스티커가 붙은 봉투를 발견했다. 고전적이랄까, 이제는 클리셰라고 하기에도 진부한 일이 실제로 일어나겠느냐고 생각하면서도 동생은 들뜬 마음으로 봉투를 가방에 넣고 돌아왔다. 그러나 봉투 입구에 면도날이 붙어 있어서 동생은 손에 피를 봤다. 고전적이랄까, 이제는 클리셰라고 하기에도 진부한 괴롭힘에 정통으로 당한 것이다. 다음 날 두 손가락에 피가 밴 반창고를 붙인 채 등교한 동생은 당연히 새로운 구경거리가 되고 말았다.

요컨대, 보쿠는 추론한다. 인간적으로 딱히 이렇다 할 결점이 없는 동생이 왜 이렇게까지 심하게 공격당하는가 하면, 체질 탓이다. 아우라 같은 건지도 모른다. 동생에게는 온갖 악의와 폭력 충동을 피뢰침처럼 끌어 모으는 경향이 있다. 그 성질을 잘만 다루면 능력자로서 다른 슈퍼 파워를 지닌 사람들과 한바탕 힘을 겨룰 수도 있었겠지만, 공교롭게도 동생은 자신의 부정적인 측면을 거꾸로 활용할 줄 아는 인간이 아니었다.

보쿠는 옛날에 동생이 버려진 고양이를 발견했던 때를 떠올렸다. 열 살 무렵에 이미 고지식한 성격이 고착된 동생은 일단 집에 돌아온 뒤, 부모님께 고양이를 주웠는데 집에 데려와도 되겠느냐고 굳이 허락을 받으려고 했다. 부모님은 당연히 고개를 끄덕이지 않았고 동생은 고양이를 놔주는 수밖에 없었다. 훗날 빈터에 버려진 낡은 케이지 속에서 야윈 모습으로 죽어 있던 고양이를 보고 동생이 고개를 떨구자 보쿠는 이렇게 말했다.

"굳이 엄마아빠한테 물어보니까 그렇지. 데려와서 방에서 몰래 키우는 거야. 들키면 어떻게 할지는, 들켰을 때 생각해."

보쿠는 여기까지 생각이 미치자 앗, 하는 소리를 흘렸다. '부모님에게 반항하려고'라는 이유는 사실 나를 속이기 위한 핑계다. 보쿠는 방에 돌아가려는 동생의 어깨를 두드려서 불러 세웠다.

"알았다."

보쿠는 오른손 가운뎃손가락과 엄지손가락을 튕겨서 소리를 내려고 했지만 잘 되지 않았다. 동생은 어쩐지 거북한 듯 보쿠의 시선을 이리저리 회피했다. 보쿠는 말을 이었다.

"고양이 같은 걸 주워 와서 아래층에서 기르는 거지?"

스구루는 원통했던 옛날 일을 만회하려는 것이다. 부모님은 1층에 좀처럼 오지 않으니 안성맞춤이다. 늦은 밤에 소리가 나고 냉장고에서 음식물이 사라지는 것도 그렇게 생각하면 앞뒤가 맞는다.

동생은 잠시 음, 음, 앓는 소리를 내면서 깊이 생각하는 표정을 짓다가 마지못해 "아, 응, 맞아" 하고 인정했다.

"어, 가능하면 비밀로 해줬으면 하는데."

"물론이지. 엄청 잘됐네. 나도 협조할게."

고양이와 함께 있으면 학교 따위에 안 가도 된다. 훨씬 많은 걸 배울 수 있으니까…….

"진짜?"

"그럼, 아무튼 고양이 좀 보여주라. 종류가 뭐야?"

보쿠는 낌새가 어쩐지 수상한 동생의 가슴을 장난스럽게 팍 때렸다. 동생은 콜록콜록 기침을 했다.

"아, 지금은 좀 어려울 것 같은데. 조금만 기다려. 낯선 사람을 보면 놀라서 흥분할 거야."

"에이, 잠깐만 보여줘"라고 보쿠가 졸라도 동생은 한사코 거부했다.

보쿠가 하는 수 없이 물러나자 동생은 이때가 기회라는 듯이 다른 부탁을 했다.

"맞다, 누나. 아무거나 책 좀 빌려줄래? 뭐든지 상관없어."

"책? 왜? 고양이는 책 안 읽잖아."

"내가 읽을 거야."

"앗, 그래? 네가 『소드 아트 온라인』이나 『마법과고교의 열등생』 말고 다른 책을 읽을 줄이야."

"『마법과고교의 열등생』에는 흥미 없어. 내가 좋아하는 건 『변변찮은 마술 강사와 금기 교전』이야."

"뭐가 다른데?"

"완전히 달라!"

보쿠는 기분 좋게 자기 방으로 돌아가 책장에서 문고본 다섯 권을 가져왔다. 『무반주 소나타』와 『앨저넌에게 꽃을』, 『나를 보내지 마』, 『여름으로 가는 문』 그리고 『마지막으로 할 만한 멋진 일』을 모아서 들고 동생의 정수리를 가볍게 때렸다.

"SF소설을 잘 모르는 사람이 읽어도 페이지가 잘 넘어가고 눈물을 펑펑 쏟을 만큼 감동적인 책이야. 이 다섯 권 정도면 네가 읽기에 제격이지."

"그렇구나. 고마워."

동생은 무뚝뚝하게 답했다.

보쿠는 만족스럽게 고개를 끄덕인 뒤 마침 생각이 나서 스마트폰 화면을 동생에게 보여주었다.

"그런데 이건 무슨 생각으로 보낸 거야? 아무리 장난이라도 너무 악질이잖아."

느닷없이 전송된 프란시스 베이컨의 으스스한 그림이었다.

"이게 뭔데?"

동생은 스마트폰 화면을 빤히 들여다보았다. 무슨 일인데 그러느냐고 시치미를 떼는 게 아니라 정말로 뭔지 모르는 것 같았다.

"네가 보낸 거 아니야?"

"응, 난 모르는 일이야."

하긴 동생이 이런 짓을 할 이유가 전혀 없다.

방과 후에 보쿠는 동아리 활동을 그만둘 권리를 얻은 야구치와 함께 나카시의 작은영화관으로 향했다. 현에서 유일하게 대형 프랜차이즈의 자본이 들어가지 않은 영화관으로, 개장한 지 얼마 되지 않았다.

이번 달은 장 뤽 고다르의 영화를 재개봉한다고 한다. 보쿠는 늘 가방에 넣어두는 학생수첩을 찾지 못해 보여주지 못했지만, 직원의 호의로 천 엔만 내고 입장했다(애당초 교복 차림이기는 했다).

객석이 서른 개 정도인 조그만 상영관으로 들어갔다. 야구치는 신난 눈치지만, 파업과 슈퍼마켓에서 일어난(실패한) 폭동을 그린 이 영화의 어디가 「만사쾌조*」인지 보쿠는 아무래도 이해가 가지 않았다. 영화가 끝난 뒤 "길기도 길다"라고 말하며 피곤한 목을 돌리고 여전히 찜찜한 기분으로 자리에서 일

---

* 원제는 Tout va bien. 한국 번역명은 '만사형통'이다.

어나자 야구치가 "이 당시 고다르는 상업 영화와 결별했던 상태였어서 가볍게 보기에는 재미없는 게 당연해……"라고 변명했다. 같은 고다르라도 로비에 붙어 있던 다음 주 상영작이 더 재미있어 보였다. 미치광이 피에로가 나오나?

"이 빈곤한 나라는 영화표가 더럽게 비싸다니까. 천 엔으로 볼 수 있는 고등학생 시절에 최대한 많이 봐두는 게 좋아. 어른이 되면 천8백 엔이니까."

역으로 가는 버스는 한 시간쯤 기다려야 온다. 보쿠와 야구치는 근처 세이코마트 앞 재떨이를 둘러싸고 시간을 보냈다.

"있잖아."

세이코마트는 교복 차림으로도 나이 확인 없이 술과 담배를 살 수 있는 체인점이라고 공고 학생들에게 정평이 난 곳이다. 보쿠는 막 산 담배를 야구치와 나누면서 말을 꺼냈다. "왜?"라고 야구치가 반쯤 웃으며 대답했다.

"야구치 너, 돈 필요하다고 했지?"

보쿠가 손에 밴 땀을 바지에 닦으며 말했다. 곧 봄도 끝난다. 해가 완전히 졌는데도 기온이 꽤 높다. 그러나 단지 더워서만 손바닥에 땀이 밴 건 아니다.

"응, 그런데?"

야구치는 담배 연기를 내뿜으며 대답했다. 팔에 건 비닐봉지를 왼손으로 부스럭부스럭 뒤져서 커피 맛 아이스크림을 꺼냈다. 야구치는 두 개가 붙어 있는 빠삐코를 똑 떼어내서 둘 다 혼자 먹었다.

"돈벌이가 있다고 하면 낄래?"

하하. 야구치는 어린아이가 형편없는 만들기 작품을 자랑했을 때처럼 사근사근하게 웃었다.

"돈벌이라니? 은행 강도? 사기?"

"같은 카테고리에 들어가긴 하겠네."

"오, 범죄라는 거야? 그거 괜찮은데."

보쿠는 야구치가 어디까지나 비아냥거리는 뜻에서 호의적인 반응을 보였다는 걸 이해하고 고개를 끄덕였다.

"대마." 보쿠는 말했다. 야구치는 '댐아'라고 잘못 알아들은 듯 "무슨 뜻이야?"라며 재떨이에 재를 털며 눈썹을 찡그렸다.

"대마라고, 마리화나! 우연히 씨앗을 입수했어. 그러니까 그걸 키워서…… 팔자."

"취했어? 아니면 힙합병이 심하게 들었나?"

"진짜라니까!"

보쿠는 대마 씨앗이 담긴 지퍼백 사진을 스마트폰에 띄워서 야구치에게 보여주었다.

"보쿠 히데미."

야구치는 사진을 물끄러미 들여다보며 말했다.

"농담을 이렇게까지 공들여서 할 만큼 머리가 좋진 않지?"

"그럼."

야구치는 깔깔 웃었다. 교실에서 짓는 가식적인 웃음과는 달리 진심에서 나온 폭소였다. 야구치는 저도 모르게 왼손에서 담배가 빠져나간 듯, 아스팔트에 떨어진 담배를 운동화로 비벼 껐다. 야구치는 바로 다른 담배를 보쿠에게 요구했다.

"그렇다면 최고인걸. 당장 하자!"

야구치는 비아냥거리는 게 아님을 증명하듯 이를 보이며 웃었다.

"진심이야?"

"응, 너 최고야. 그 씨앗이 진짜인지 아닌지는 모르지만 그래도 최고야."

"진짜야. 믿을 만한 곳에서 입수했거든."

"이야, 역시 보쿠 히데미, 보통 인물이 아니야."

보쿠가 두 대째 담배에 불을 붙였을 때 야구치는 '앗' 하고 목소리를 냈다.

"저기, 다른 이야기인데."

"응."

"취직할 곳이라고는 없는 깡촌 양아치가 일할 수 있는…… 마지막 선택지가 뭐게?"

"응?" 보쿠는 되물었다. "퀴즈야?" 야구치는 즉시 정답을 말했다.

"경찰이야. 그런데 저기 몇십 미터 앞에 자전거에 걸터앉은 그 깡촌 양아치가 교복 차림으로 편의점 앞에서 담배 피우는 두 멍청한 년을 발견했네. 입맛 다시면서 운전대 꺾어서 이쪽으로 온다."

보쿠는 야구치가 보고 있는 쪽으로 시선을 홱 돌렸다. 자전거 전조등으로 보이는 동그란 불빛이 흔들리며 다가온다. 바퀴가 회전하는 소리도 들렸다.

"버스 올 시간에 정류장에서 만나자. 거기서 얘기해."

야구치는 말을 마치기가 무섭게 쌩하니 달려갔다. 스플린터로서의 실력을 최대한 발휘해 가로등도 별로 없는 어둠 속으로 잽싸게 사라졌다. 보쿠도 야구치 반대편으로 달렸다.

아스팔트로 포장된 길은 아담한 세이코마트를 기점으로 갈라진다. 야구치는 길 오른쪽으로, 보쿠는 왼쪽으로 각자 달려갔다. 인도를 가로질러 덤불 속으로 들어가도 되겠지만, 그랬다가는 되돌아올 자신이 없다. 보쿠는 와이셔츠가 땀에 젖어 살에 달라붙는 불쾌한 감각을 참으며 자전거 바퀴 소리가 들리지 않을 때까지 헐레벌떡 달렸다.

실력 있는 연출가라면 지금 이 모습을 두 사람의 결별을 암시하는 장면으로 써먹겠지만, 이건 드라마가 아니다. 두 사람은 경찰관을 잘 따돌리고 버스 정류장에서 다시 만나 무사히 돌아온 걸 축하했다.

"달리면서 생각해봤는데."

버스에 탄 지 한참 지났지만 보쿠는 여전히 숨이 찼다. 머리를 옆으로 창문에 대고 몸을 기댄 채 숨을 헉헉거리며 "뭘?" 하고 옆에 앉은 야구치에게 물었다.

"어디서 기를 거며, 도구는 어떡해?"

"음…… 우리 집은 2세대 주택이라 마당이 엄청 좁아서…… 힘들 텐데."

야구치는 좋은 생각이 있는 걸까? 뇌에 가는 산소가 모자라서 보쿠는 머리가 잘 돌아가지 않았다.

"학교에 작년까지 원예부가 있었던 거 기억나?"

"아, 응, 담당 교사가 문제를 일으켜서 없어졌잖아."

"동아리 건물 옥상에 비닐하우스가 있잖아?"

"있지."

그래서 어쩌자는 거지? 보쿠는 고개를 갸웃거린 뒤 야구치의 꿍꿍이를 이해하고 웃음을 터뜨렸다.

"끝내주는 아이디어인걸."

버스기사가 급브레이크를 밟는 바람에 보쿠는 앞좌석에 머리를 박았다. 몸이 탄탄한 야구치는 등받이에 등을 댄 채 버스의 관성을 버텨냈다. 너구리인지 백비심인지는 모르겠지만 작은 동물이 차도를 지나간 모양이었다.

보쿠는 여벌 열쇠를 잃어버렸다는 걸 부모님에게 밝힐 생각이 없었다. 동생의 여벌 열쇠로 현관문을 열고 들어가 2층으로 올라가기 전에 1층으로 향했다. 완전히 생활감이 없어진 1층(아무도 생활하지 않으니까 당연하다) 복도를 통과해 예전에 할아버지가 쓰던 방의 문을 열었다. 동생이 몰래 기른다는 고양이를 한번 보고 싶었지만, 고양이는커녕 고양이를 기를 때 남을 법한 흔적조차 전혀 눈에 띄지 않는다.

보쿠는 단념하고 2층에 올라가기 전에 할아버지 할머니의 영정사진 앞에서 두 손을 모았다. 좌종을 울렸을 때 할아버지 방에서 뭔가 움직이는 소리가 난 것 같았다.

방과 후 보쿠와 야구치는 동아리 건물로 향했다. '출입금지'라고 적힌 접착테이프가 붙어 있는 문을 무시하고 옥상으로 나가자 지저분한 비닐하우스가 눈에 들어왔다.

"엄청 더럽네."

"계속 방치해둔 건가?"

야구치는 인상을 찡그리며 비닐하우스로 들어갔다. 보쿠도 뒤따랐다.

"플랜트박스니 뭐니 이것저것 있네. 이 정도면 될 것 같기도 하고.”

보쿠는 방치된 채 더러워진 비품과 썩은 식물을 만져보며
중얼거렸다.

“대마는 엄청 빨리 자라지 않나? 닌자가 매일 대마 잎을 뛰
어넘는 훈련을 하다가 결국 점프력이 어마어마하게 좋아진다
는 이야기가 있잖아.”

“간자*와 닌자, 비슷하네.” 야구치가 우스갯소리를 했다.

“비슷하기는 개뿔.”

“「틴에이지 뮤턴트 간자 터틀스**」도 있잖아.”

“뭐라고? 적당히 하셔.”

보쿠는 비닐하우스 안쪽에 놓여 있는 보스턴백을 발견했다.
별생각 없이 쪼그려 앉아 지퍼를 열었다가 속에 든 물건을 보
고 두 눈을 의심하며 놀라움에 외마디를 내뱉고 말았다. “왜?”
라며 야구치가 다가왔다.

보쿠는 그 물건의 손잡이를 잡고 눈앞으로 들어 올렸다. 새
것 같은 마체테의 날에 시선을 주며 입을 작게 벌렸다.

“뭐야, 이건?”

- 재배삼을 원료로 한 대마는 간자, 야생삼을 원료로 한 대마는 마리화나
  라고 부른다.
- 닌자 거북이가 주인공인 액션 게임. 닌텐도 게임보이용으로 출시되었다.

187

"이거 제이슨*이 쓰는 무기인데."

"이런 게 왜 여기 있지?"

"음, 너무 길게 자란 식물의 줄기를 자르는 용도 아닐까?"

그 말을 듣고 보쿠는 마체테를 아래로 내려쳐보았다. 야구치가 헉, 하고 놀라며 뒤로 물러났다.

야구치는 "그건 그렇고"라며 화제를 바꾸었다. 보쿠는 마체테를 쥔 채 야구치를 쳐다보았다.

"여름방학까지 한 달도 안 남았잖아."

"응."

보쿠는 마체테를 붕붕 휘둘러서 바람을 가르며 고개를 끄덕였다.

"그럼 동아리 건물에 들어올 수 있는 핑계가 필요한데. 게다가 누가 여기 들어올지도 모를 일이고."

"확실히 그러네."

"동호회를 만들자. 원예 동호회 어때? 비닐하우스 사용 허가도 얻을 수 있고, 동호회는 동아리와 달라서 담당 교사도 필요 없어."

"그렇구나."

• 영화 「13일의 금요일」 시리즈의 주인공인 살인마 제이슨 부히스를 가리킨다.

188

우리 학교에 그런 시스템이 있는 줄 몰랐다.

"동호회 활동 장소라고 하면 다른 아이들과 선생님의 접근도 어느 정도 막을 수 있을 거야."

확실히 그렇다. 이 학교 학생들이 접착테이프에 적힌 '출입금지' 지시에 따르거나, 애당초 문에 붙은 작은 접착테이프에 신경 쓸 것 같지는 않다(그만한 지성이 있다면 애당초 이 학교에는 입학하지 않는다). 그리고 여기는 수업을 째고 담배를 피우기에 딱 알맞은 장소다.

"자물쇠도 있어야겠네."

"응, 세 명만 있으면 동호회 만들 수 있는데……. 나머지 한 명은, 걔 있잖아?"

걔라니? 보쿠의 질문에 야구치는 오히려 이상하다는 듯이 눈을 깜박거렸다.

"엥, 이와쿠마코 말이야."

"이와쿠마 쨩?"

"보쿠 히데미, 너 걔 말고 달리 친한 사람 없잖아."

당연하지 않냐는 듯한 야구치의 말에 보쿠는 머뭇거렸다.

"으음, 친한가? 어째 요즘 날 피하는 눈치던데. 눈도 안 마주치고……."

보쿠가 시원치 못하게 대답한 순간, 문이 난폭하게 열리는 소리가 들렸다. 시끄러운 발소리가 다가왔다. 너무 갑작스러운 사태에 보쿠와 야구치는 도망칠 생각도 못 하고 그 자리에 우두커니 서 있었다.

누군가 비닐하우스에 들어왔다. 이와쿠마였다.

보쿠는 이와쿠마와 눈이 마주치자 어쩔 줄 모르고 눈만 휘둥그레 떴다. 이와쿠마도 숨을 헐떡이며 뭔가 말하려는 듯이 입을 달싹거렸지만, 결국 어떤 말도 꺼내지 않고 부모의 원수라도 앞에 둔 것 같은 표정으로 보쿠에게 덤벼들듯 달려왔다. 이와쿠마는 보쿠의 손에서 마체테를 빼앗자마자 조급함이 느껴지는 발소리와 함께 옥상에서 나갔다.

"쟤는 또 왜 저래?"

보쿠와 야구치는 서로 눈을 마주쳤다.

✦×

이제 하복을 입을 시기라 교복 외투를 입지 않아도 된다. 그래도 이와쿠마의 마음은 가벼워지지 않았다. 오히려 지금까지보다 더 크고 무거운 뭔가가 등에 얹혀 있는 기분이었다.

도서실에 들르지 못하게 된 것이 큰 원인이다. 하지만 '아니, 딱히…… 별일은 아니다'라고 스스로에게 말한다. 후지키에게 요전에는 미안했다고 짐짓 가볍게 사과 한 마디만 하면 무마될 것을. 그런데 그 정도도 제대로 못 하는 자신의 자의식 과

잉 또는 겁 많음이 짜증났다.

방과 후, 이와쿠마는 누구보다도 빠르게 교실을 나서서 본관 출입구로 향했다.

교문을 나설 때 본관으로 연결되는 복도에 있는 후지키가 있는 게 보였다. 내면의 자신이 지금이 말 걸 기회라고 재촉했다. 하지만 이와쿠마는 후지키가 자신을 못 알아봤다는 핑계로 눈을 슬쩍 돌렸다.

웃음소리가 들렸다. 이와쿠마는 밖으로 향하던 걸음을 멈추고 후지키가 있는 쪽을 슬그머니 보았다. 교문에 몸을 숨기고 몰래 살핀다. 후지키 뒤에서 다가온 삼인조 중 한 명이 후지키가 멘 가방을 툭 떠밀었다. 후지키는 살짝 비틀거렸지만 돌아보지 않고 걸음을 옮겼다. 동아리 건물로 향하는 것 같다. 그 학생은 "예이"인지 뭔지 모를 소리를 지르며 다시 똑같은 짓을 했다. 삼인조 모두 공격적으로 웃고 있지만 후지키도 어이 없다는 듯 쓴웃음을 지을 뿐인지라, 괴롭힘을 당하는 건지 그저 같이 장난치는 건지 이와쿠마로서는 판단하기가 어려웠다.

그 학생이 후지키의 어깨에 손을 얹자 이번에는 후지키도 돌아보고 손을 뿌리쳤다. 후지키가 거부했다는 걸, 삼인조가 큰소리로 "하, 하, 하, 하지 마, 마"라고 후지키의 말더듬 증상을 과장되게 흉내 낸 덕에 알아차릴 수 있었다. 여기서는 후지키의 표정이 보이지 않지만 그의 귀가 새빨개진 건 잘 보였다.

취주악부의 연주가 희미하게 들린다. 야구부 응원을 앞두고 연습하는 것이리라. 브라스밴드풍으로 편곡한 지터린 진의 「여름 축제」가 지금 이 상황에 전혀 어울리지 않아 이와쿠마는 더욱 짜증이 났다.

더는 못 참겠다고 생각한 순간, 이와쿠마는 땅을 박차고 그쪽으로 달려갔다. 일단 후지키가 먼저 이와쿠마가 달려오는 걸 알아차리고, 삼인조가 한 박자 늦게 알아차렸다. 그와 동시에 이와쿠마는 후지키를 떠민 학생의 등을, 그가 완전히 돌아보기 전에 콱 떠밀었다. 그는 비틀거리며 앞으로 기울어지는가 싶더니 금속 난간에 미간을 정확하게 부딪쳤다. 텅, 하고 둔탁한 소리가 났다. 후지키는 갑작스러운 사태에 놀랐는지 멍한 표정으로 우두커니 서 있기만 했다. 이와쿠마는 그런 후지키에게 빨리 도망치라고 눈짓했다. 남은 두 명이 화를 내며 이와쿠마에게 덤벼들었지만, 아드레날린이 분비된 덕분인지 이와쿠마는 재빨리 공격을 피했다.

……여기까지 상상한 뒤 이와쿠마는 허튼짓하지 말자며 한숨을 쉬었다. 히어로가 되는 상상에 너무 빠져들면 곤란하다. 무엇보다 낯선 상급생이 느닷없이 하급생들의 일에 끼어들어 소동을 벌였다는 소문이 퍼지면 후지키에게도 좋지 않은 결과를 불러일으킬지 모른다. 초등학생 시절에 이와쿠마가 조그만 장난만 당해도 곧바로 달려오던 언니와 엄마가 떠올랐다. 그때

이와쿠마는 언니와 엄마가 쓸데없는 짓을 하지 않았으면 하는 생각밖에 들지 않았다. 아이들에게 괴롭힘당하는 것보다 그런 상황에서 가족에게 도움받는 것이 몇 곱절은 더 굴욕적이고 거북했다. 그렇기는 하지만.

삼인조는 후지키에게 장난을 치고, 후지키가 반항하면 손뼉을 치고 후지키를 흉내 내면서 재미있어한다. 마치 버튼을 누르면 먹이가 나오는 걸 학습한 침팬지처럼 단조로운 놈들이다. 하지만 그런 따끔한 일침도 저 녀석들에게 직접 던지지 않으면 의미가 없다.

요즘은 유치원생도 하지 않을 법한 진부한 장난이다. 그들과 후지키는 같은 반일 테고 그렇다면 1학년일 테니, 내가 나서서 으름장을 놓으면 물러가지 않을까.

그 정도의 작은 용기라면 짜낼 수 있다. 그 정도쯤은 자신을 과대평가해도 되지 않을까. 어차피 학교에 내 편은 없다. 한번 나섰다가 사람들 눈 밖에 난들 제로는 제로다. 어차피 망한 거, 하다못해 올바른 일을 했다는 사실이라도 남기고 싶다.

아니지, 제로에서 마이너스로 떨어질 수도 있지 않나? 이와쿠마는 그렇게 스스로 찬물을 끼얹기 전에 입을 꾹 다물고 한 발짝 앞으로 나섰다. 속으로 "핍프 합프 기"라고 중얼거렸다. 『솜의 별나라』에서 새끼 고양이가 기적을 일으키기 위해 배운 주문이다.

결과적으로 이와쿠마가 나설 필요는 없을 듯했다. 동아리 건물 쪽에서 한 남학생이 무시무시한 기세로 달려왔다. 동작은 엉망진창이지만 어떻게 봐도 전력질주다. 그는 관성을 이용해 삼인조 중 한 명에게 몸을 날렸다. 그러고는 바로 자세를 가다듬고 어정쩡하게 가라테 흉내를 내는 어린애처럼 두 주먹을 얼굴 앞으로 쳐들었다.

그 애는 그 자세로 덤비라고 말하는 것 같았다. 고개를 살짝 돌리고 몸을 좌우로 약간 흔든다. 이와쿠마가 보기에도 우스꽝스러웠으므로 당연히 삼인조도 웃었지만, 후지키는 남학생 뒤에 의지하듯 몸을 숨겼다.

남학생은 팔이 나뭇가지마냥 가늘고 피부도 희멀건 것이 도저히 싸움을 잘할 것처럼 보이지 않았다. 그래서 이와쿠마는 다시 "핍프 합프 기"라고 주문을 외웠다.

삼인조가 새로 온 남학생을 넘어뜨리는 데에는 1초도 걸리지 않았다. 남학생이 비틀거리면서도 발차기를 날린 건 좋았지만, 발차기의 축이 되는 발을 살짝 걷어차였다. 도와주러 씩씩하게 달려오길래 기대했는데, 역시 생긴 대로 약한 거나!

이와쿠마는 남학생이 일어설 줄 알았다. 괴롭힘당하는 아이가 몇 번이고 일어선다. 『도라에몽』 마지막 화처럼. 직접 상대를 쓰러뜨리지 못하더라도 아랑곳 않고 불굴의 정신으로 몇 번이고 일어나서 결국은 상대를 위축시킨다.

"이제 됐어, 가자"라고 세 명 중 누군가가 말한 시점에 남학생의 승리다. 남학생은 분명 후지키에게 쓰레기 같은 책을 빌려준 넷우익일 것이다. 뭐야, 생각보다 기백 있잖아?

하지만 이와쿠마가 예상한 일은 일어나지 않았다. 남학생은 삼인조의 실내화 신은 발에 머리를 밟혀 일어서기조차 쉽지 않아 보였다.

후지키는 이 틈을 노려 달아날 수 있었겠지만 친구를 버릴 수 없는 건지 다리가 풀린 건지 고개를 숙인 채 가만히 서 있었다.

삼인조의 웃음소리만 들렸다. 이런 못된 녀석들은 어째서 가해 욕구가 충족됐을 때 이토록 유쾌한 일이 또 없다는 듯이 커다랗게 웃는 걸까. 폭력을 행사하고 싶다는 충동을 분출함으로써 몸속에 엔도르핀이 분비되기 때문일까.

"야, 친구가 얻어맞고 있는데 멍하니 서서 뭐 하냐!"

삼인조 중 후지키를 떠민 녀석과 지금 후지키의 친구를 걸어차고 있는 녀석 말고 남은 한 녀석이 야유를 퍼부었다. 후지키는 확실히 그렇다고 생각했는지, 고개를 번쩍 들고 주먹을 쥐었다. 그러고는 주먹이 무겁기라도 한 듯 팔을 쳐들다가 비틀거렸다.

이와쿠마는 냅다 달려갔다. 방금 후지키에 대한 야유가 마치 숨어서 방관하는 자신에게 하는 말로 들려서 더는 가만히 있을 수 없었다. 다만 그들에게 곧장 달려간 게 아니라 우회해서 동아리 건물로 향했다.

몇 주 전에 후지키가 맡긴 마체테가 떠올랐다. 그걸로 놈들의 팔을 싹둑 잘라버린다든가 그렇게까지 극단적인 짓을 할 생각은 아니다. 단지 조금 겁만 줄 생각이다. 처음 보는 사람이 느닷없이 커다란 칼을 들고 덤벼들면 약간은 겁먹겠지?

동아리 건물로 들어가 계단을 뛰어올랐다. 스스로도 놀랄 만큼 발이 가벼웠다. 친구를 위기에서 구할 수단을 찾아서 기쁜 걸까, 무기로 강한 악당을 해치울 수 있어서 신난 걸까. 어느 쪽이든 상관없었다.

이와쿠마는 문을 걷어차다시피 열고 옥상으로 나갔다.

비닐하우스에 뛰어들었을 때 이와쿠마는 심장이 멎을 만큼 놀랐다.

안에 누가 있다. 보쿠와 야구치다. 어쩐 일이지? 의문으로 머리가 가득 찼지만, 궁금증을 해소하기 위한 대화를 나눌 여유가 없었다. 이와쿠마는 어째서인지 보쿠가 쥐고 있던 마체테를 빼앗아 원래 있던 곳으로 돌아갔다. 다행히 다른 학생들과는 마주치지 않았다.

그들은 여전히 본관과 연결되는 복도에 있었다. 상황은 조금 달라져서, 후지키와 그의 친구가 사극 속 죄인처럼 콘크리트 바닥에 꿇어앉아 있고 삼인조가 그 주위를 모욕적으로 둘러싸

고 있었다. 이와쿠마는 몸을 굽힌 채 그쪽으로 다가갔다. 교사
한테 들키면 영화부 촬영 중이라고 둘러대자. 이 학교에 영화
부는 없지만.

"퍽프 합프 기." 이와쿠마는 자기에게만 들릴 만한 목소리로
소리 내 말했다.

이와쿠마는 허리를 펴고 근처에 있던 기둥을 마체테로 후려
갈겼다. 둔중한 금속음을 듣고 모두 이쪽을 돌아보았다. 후지
키만 눈이 동그래졌고, 나머지는 의아한 듯 미간을 찌푸렸다.

얼굴을 찡그리고 싶을 만큼 손목에 강한 충격이 전해졌지만,
이와쿠마는 표정이 변하지 않도록 참았다. 그러고는 칼을 앞으
로 쑥 내밀며 말했다.

"이…… 이 새끼들아!"

거기서 머리가 백지가 되고 말았다. 컴퓨터로 열심히 작성한
문서가 키를 잘못 누르는 바람에 전부 삭제된 것처럼. 허둥지
둥 '실행 취소'를 클릭하려 하지만, 마우스를 아무리 움직여도
커서가 꼼짝하지 않는다.

어떻게 봐도 별 볼 일 없는 학생, 그것도 여학생이 커다란 칼
을 들고 나타나자 삼인조는 참지 못하고 크게 웃음을 터뜨렸
다. 괴롭힘당하는 아이를 구하려고 차례차례 나타나는 조력자
가 죄다 얼간이뿐이라는 내용의 단막극 같기도 하다고 이와쿠
마는 속으로 자조했다.

"느닷없이 웬 천하장사급 뚱땡이가 칼을 들고 나타나?"

지당한 의문이지만 이유는 명백하다. 네놈들이 내 친구를 괴롭혔으니까.

"꺼지거라. 아니면…… 목을 베겠다."

이와쿠마에게서 대뜸 튀어나온 '꺼지거라'라는 표현이 웃겼는지 그들은 한층 크게 웃었다. 살상 능력이 없지는 않을 칼을 들이대도 뒷걸음 한 번 치지 않았다.

"그, 그, 그…… 그" 하고 후지키가 갑자기 입을 열었다. 벌떡 일어났다가 다리가 저렸는지 휘청거리며 소리쳤다.

"그, 그, 그, 그…… 그냥 칼이 아니야. 마, 마, 마, 마체테다!"

그게 지금 군이 지적할 거리야? 이와쿠마는 맥이 빠졌지만 삼인조를 압박하기 위해 천천히 앞으로 나아갔다. 하지만 다리가 떨리는 건 오히려 이와쿠마였다.

섣불리 다가갔다가는 간단히 무기를 빼앗길 게 뻔했다.

그리고 아니나 다를까 빼앗겼다.

"우와, 뭐야, 이거. 진짜잖아. 무서워라."

삼인조는 재미있어하며 마체테를 서로 주고받았다. 그중 한 명이 이와쿠마에게 몸을 돌려 칼을 휘두르는 시늉을 했다. 이와쿠마는 눈을 감고 본능적으로 몸을 굽혀 머리를 보호했다. 칼날 옆면이 정수리를 살짝 스치고 지나가는 감촉이 너무나 섬뜩했다.

삼인조가 '뭐, 괜찮은 선물도 받았으니 이만하면 됐다' 그런 태도로 떠나려 했을 때 누군가가 "뭐 하는 짓이야?"라고 매서운 말투로 그들을 불러 세웠다.

들어본 적 있는 목소리, 야구치였다. 이와쿠마가 옥상에 마체테를 가지러 갔다 왔을 때 따라왔는지도 모르겠다.

"아, 야구치 선배……."

삼인조 중 마체테를 들고 있던 학생이 놀라서 말했다.

"이건, 그게 아니라……."

그가 놓친 마체테가 이와쿠마의 발치에 떨어졌다. 아스팔트에 마체테의 칼날이 부딪쳐 귀에 거슬리는 소리가 났다. 취주악부가 「아프리칸 심포니African Symphony」를 연주하기 시작했다. 찬스 테마*다.

야구치는 이와쿠마의 발치에 떨어진 마체테를 왼손으로 주워 그에게 들이댔다.

"얘 우리 반인데. 얠 화나게 하면 멀쩡하게 못 돌아간다는 거 몰라? 팔 한두 개쯤 잘라내는 건 일도 아니라고."

야구치는 잘린 새끼손가락을 강조하듯 자신의 붕대 감긴 오른손을 보여주었다.

"그래서 나도 지금 새끼손가락이 없거든. 이런 꼴 당하기 싫

• 　 프로야구에서 득점 기회가 왔을 때 응원단이 연주하는 음악.

199

으면 당장 꺼져. 그리고 다시는 얘들한테 찝쩍대지 마."

삼인조 중 한 명은 야구치의 동아리 후배인 듯했다. 야구치의 말을 진심으로 받아들인 건 아니겠지만 기가 죽었는지 혀를 차며 물러갔다.

후지키는 어리벙벙한 표정으로 입술이 찢어져 피가 나는 친구와 눈을 마주쳤다. 이와쿠마는 야구치에게 몸을 휙 돌렸다.

"미안해, 이와쿠마코. 이거 네 거였어?"

왜 비닐하우스에 이런 걸 숨겨놨어? 야구치는 당연히 나올 법한 그런 질문도 던지지 않고 마체테를 돌려주었다.

이와쿠마는 야구치 뒤에 보쿠도 있다는 걸 알아챘다. 보쿠는 눈이 마주치자 약간 멋쩍은 듯이 슬쩍 다가왔다. 학생 몇 명이 본관과 연결된 복도를 지나가길래 이와쿠마는 얼른 마체테를 노스페이스 백팩에 집어넣어서 감췄다. 그러자 칼자루만 백팩에서 쑥 튀어나왔다.

"아, 이와쿠마 짱, 그…… 요즘 어떻게 지내?"

"어떻게고 저떻게고 보다시피 이래."

이와쿠마는 와이셔츠 소매에 묻은 흙을 털어내며 차갑게 대꾸했다.

"너야말로 어때?"

"응, 만사쾌조야."

"뭐?"

대화를 듣고 있던 야구치가 앗, 하고 뭔가 생각난 것처럼 말을 꺼냈다.

"이와쿠마코, 지금 시간 있어? 혹시 괜찮으면 옥상으로 잠깐 와줄래?"

"옥상?"

옥상으로 따라오라니, 전형적인 만화 속 양아치의 대사 같다. 하지만 그런 뜻이 아니라는 건 야구치의 말투와 표정만 봐도 명백했다. 낯선 여학생 두 명이 나타나서인지 후지키와 그의 친구는 어리둥절한 표정으로 우두커니 서 있었다.

"응, 만약 이와쿠마코의 고등학교 생활이 소설이나 영화라고 치자."

갑자기 뭔 소리래? 이와쿠마는 윙크하듯 오른쪽 눈과 왼쪽 눈을 번갈아 깜박거리며 야구치를 쳐다보았다. "그 비유 진짜 좋아하네"라며 보쿠가 끼어들었다.

"그러면 이제부터가 '제2부'야."

"엥?"

이와쿠마가 이해하지 못하자 "저기" 하고 보쿠가 보충설명을 했다.

"우리가 동호회를 만들려고 하는데 이와쿠마 짱도 가입해줬으면 해서."

이와쿠마는 왼쪽 눈을 감고 나서 오른쪽 눈을 감았다. 그러고는 왼쪽 눈을 뜨고 나서 오른쪽 눈을 떴다.

"언제든 와도 괜찮아. 그럼 옥상에서 기다릴게."

보쿠는 그렇게만 말하고 야구치와 함께 동아리 건물 쪽으로 잰달음을 쳤다. 이와쿠마는 쫓아갈 마음도 들지 않아 본관으로 연결되는 복도 벽에 의기소침하게 기대어 있는 후지키와 그의 친구에게 시선을 돌렸다.

"저어, 뭐라고 해야 할지, 아무튼 감사합니다."

후지키의 친구는 감사 인사를 했지만 눈에는 불신이 감돌고 있었다. 이와쿠마는 그럴 만도 하다 싶어 쓴웃음을 지었다.

"난리 쳐서 오히려 내가 미안해. 아, 난 후지키와 같은 중학교를 나온 선배……."

자기 입으로 '선배'라고 내세우는 게 꼴불견일지도 모르지만 달리 설명할 방법이 없었다. 이대로 있다가는 수상쩍은 인물로 낙인 찍혀버릴 것이다.

"저, 그, 그, 그, 그거."

후지키가 이와쿠마의 백팩에서 튀어나온 마체테를 손으로 가리켰다.

"미안해. 집에 보관할 곳이 없어서 학교에 놔뒀어."

지금 가장 어안이 벙벙할 사람은 후지키의 친구였다. 그는 이와쿠마를 봤다가 후지키를 봤다가 하느라 바빴다.

"아, 맞다. 너."

"네?" 후지키의 친구는 등을 쭉 폈다.

"이름이 뭐야?"

"이마무라인데요."

이와쿠마는 자기가 물어놓고서 "그래"라고 무뚝뚝하게 대꾸했다.

"후지키, 이거 어쩔 거야? 계속 내가 가지고 있을까?"

이와쿠마는 칼날을 후지키에게 향했다.

후지키는 아, 하고 소리친 뒤 입을 열었다.

"이, 이거 도, 동아리 애들한테 얘기했더니 도, 도, 동아리 방에 놔두래요. 어, 그, 그러니까 이, 이제 괜찮다고 말하려고 했는데요. 서, 선배가 좀처럼 도, 도, 도서실에 오질 않아서……."

이와쿠마는 자기 자신이 한심해져서 "그랬구나" 하고 고개를 끄덕였다.

"미안해. 많이 바빴어."

전혀 바쁘지 않았으면서 약삭빠르게 그럴싸한 말을 내뱉는 자신이 원망스러웠다.

"이마무라, 화학부지?"

"그런데요" 하고 이마무라는 어색한 말투로 긍정했다.

"저어……."

이와쿠마는 가장 하고 싶었던 질문을 일부러 집어삼켰다.

"네."

"……제일 좋아하는 만화가 뭐야?"

이마무라는 "네?"라고 노골적으로 수상쩍어하며 대답했다.

"『더 월드 이즈 마인』이요."

"좋네. 최고야."

이와쿠마는 백팩에서 마체테를 꺼내 후지키에게 주었다.

"자, 받아. 여러모로 진짜 미안해……. 가능하면 앞으로도 잘 부탁해."

"네" 하고 대답이 돌아왔다.

"저, 저, 저야말로 가, 감사해요. 앗, 그, 괴, 괴, 굉장하네요. 선, 선배의 치, 치, 친구……."

"아아, 친구는 무슨. 오히려 적인걸."

이와쿠마는 말하고 나서야 생각나서 덧붙여 말했다.

"아참, 걔 손 내가 그런 거 아냐! 그냥 자기 혼자 다친 거야!"

그런 뒤에 이와쿠마는 머뭇머뭇하며 동아리 건물 계단을 올라갔다.

보쿠하고도 후지키하고도, 하물며 야구치하고는 두 번 다시 대화할 일이 없으리라 생각했는데. 하지만 예상은 빗나갔다.

보쿠와 야구치는 비닐하우스에서 뭘 하고 있을까. '제2부'. 장편소설로 따지면 딱 중반에 해당하는 반환점인가. 야구치가 농담처럼 던진 말을 떠올리며 이와쿠마는 옥상 문을 열었다.

무슨 생각인지는 모르지만, 설마 범죄를 저지르려는 건 아니겠지.

범죄를 저지르려는 거였다. 보쿠와 야구치에게 그 '계획'을 듣고 이와쿠마는 말문이 턱 막혔다. 농담이라면 하나도 안 웃기니까 집어치우라고 확인차 말했지만, 농담이 아닌 듯해서 더 더욱 웃을 수 없었다. 보쿠가 백팩에서 자랑스러워하며 꺼낸, 지퍼백에 담긴 식물 씨앗에 눈길을 줄 때마다 이와쿠마는 뭐라고 형용할 수 없는 기분이 밀려왔다.

"플랜트박스에 흙을 채우고, 조이풀혼다*에서 비료를 사 오자. 심은 지 일주일쯤 지나면 싹이 트는 모양이야."

거침없이 말하는 보쿠와 진지한 표정으로 고개를 끄덕이는 야구치를 보자 이와쿠마는 어처구니가 없었다.

"잘 키우면 네다섯 달 뒤에는 수확할 수 있을 거야."

"저기."

이와쿠마는 두 사람의 대화에 끼어들어 헛기침을 했다.

"난 아직 마음의 정리가 안 됐는데. 뭐야, 정말로 키우려고? 들켰다간 어떻게 되는지 알아?"

"응, 그래서 이와쿠마코가 필요한 거야. 동호회를 만들어서 겉으로는 평범하게 원예 활동을 즐기는 척해야지."

●　　이바라기현을 중심으로 영업하는 대형 마트.

동호회. 요전에 동아리 건물에서 연극 대사가 들려온 이유가 그거였구나, 하고 이와쿠마는 납득했다. 걔들은 연극 동아리가 아니라 연극 동호회였던 모양이다.

비닐하우스 안에서도 취주악부의 연주가 흐릿하게 들려왔다. 곡명은 생각나지 않지만 분명 바그너의 곡이겠지. 보쿠는 생각했다.

"여름방학 자유 연구 숙제라고 생각해, 이와쿠마 쨩."

"시끄러워, 이 사이코 같은 놈아. 설마 네가 멀쩡하다고 생각하는 건 아니지? 알고 보면 네가 제일 이상해."

"놈 아닌데."

야구치가 옥상에 있는 녹슨 도구함에서 싸리비를 가져와서 더러운 바닥을 쓸기 시작했다.

"이와쿠마코, 1학년 때 원예부 아니었어?"

"일주일도 안 돼서 그만뒀어. 원예부 자체도 곧 없어졌고."

수업을 마치고 곧장 집에 가자니 너무 한가하고, 그렇다고 운동부는 당치도 않았다. 이와쿠마는 그런 이유로 비교적 편해 보이는 원예부에 가입했지만, 분위기가 자신과는 맞지 않아 금방 탈퇴했다. 그러자마자 얼마 안 돼 담당 교사가 불상사를 일으켰기에 '내 감도 쓸 만하네' 하고 흐뭇해했던 게 기억났다.

그나저나 내가 원예부였던 걸 야구치가 용케 기억하고 있네.

"나도 육상부 그만뒀어."

이와쿠마는 기쁜 듯이 말하는 야구치에게 "그렇구나"라고 퉁명스럽게 대꾸했다. 생각해보면 지금까지 야구치와 이렇게 이야기를 나눈 적은 없다. 딱히 감개무량하지는 않지만 이런 일도 생기는구나 싶었다. 계기가 범죄 행위라는 걸 제외하면 기분이 나쁘지는 않다.

"왕창 벌어서 이 거지 같은 동네를 뜨는 거야."

밥이 되기도 전에 밥그릇부터 준비하듯 설레발 치는 보쿠에게 이와쿠마는 쓴웃음을 지었다.

"근본적인 질문 좀 해도 돼? 왜 이런 걸 가지고 있는 건데?"

이와쿠마가 바닥에 놓인 지퍼백을 손톱으로 쿡쿡 찔렀다. 자신도 마체테를 옥상에 숨겨놨지만, 그건 일단 제쳐놓았다.

"아는 사람이 준 거야. 이유는 말 안 했고."

이와쿠마는 궁금증이 충족되지 않았지만 고개를 끄덕이는 수밖에 없었다.

보쿠는 보쿠대로 그때 워낙 동요한 상태로 얼른 들고 도망친 게 전부라 달리 이유라고 할 게 없었다. '넌 대체 무슨 생각을 하는지 모르겠어서 기분 나쁘다, 요컨대 귀염성이 없다'는 말을 부모님에게 자주 들었다. 보쿠 본인도 자기가 무슨 생각을 하는지 모를 때가 많으니까 무리도 아니다.

이와쿠마는 갑자기 앗, 하고 외마디를 내질렀다. 하고 싶은 말이 이것저것 많았지만 소리치는 동시에 모든 생각이 멈춰버렸다. 눈앞에서 뭔가 움직였다. 그쪽으로 다가가자 문고본만 한 크기의 시궁쥐가 있었다. 비닐하우스에 숨어든 모양이다. 야구치와 보쿠도 쥐에 시선을 모았다.

"우와, 쥐가 있네."

보쿠는 손을 뻗어 쥐를 집어 들었다. 쥐는 보쿠의 손안에서 작은 다리를 버둥거렸다.

이와쿠마는 보쿠가 들고 있는 쥐를 가느다랗게 뜬 눈으로 유심히 들여다보았다.

"가까이서 보니까 제법 귀엽네."

"사진에 찍히지 않는 아름다움도 있는 법이니까……."

"뭐라고?"

야구치가 한 발짝 물러나며 내뱉듯이 말했다.

"맨손으로 주물럭거리지 마. 병 옮아."

보쿠는 쥐를 들고 비닐하우스를 나서더니, 옥상 문을 열고 동아리 건물 안에 놓아주었다. 쥐는 발발거리며 복도 안쪽으로 사라졌다.

"너, 꽤 악질적인 구석이 있구나."

이와쿠마는 양손을 탁탁 마주쳐 털어내는 보쿠를 보고 한숨을 쉬었다.

수십 분간 정리하자 눈 뜨고 못 볼 지경이었던 비닐하우스가 겨우 심호흡할 수 있을 만큼은 깨끗해졌다. 이와쿠마는 새삼 찌는 더위를 느끼고 목에 맨 넥타이로 이마의 땀을 닦았다.

이와쿠마는 비닐하우스를 나서서 옥상 펜스에 체중을 실었다. 보쿠가 화장실에 가자 야구치와 이와쿠마 둘만 남았다.

"그나저나 느닷없이 이런 제안을 해서 미안해. 깜짝 놀랐지? 이와쿠마코가 받아들여줘서 다행이야. 교사한테 찌르면 전부 끝장인데."

딱히 받아들인 건 아니고, 교사에게 일러바쳐도 믿지 않고 한번 웃어넘기겠지……. 이와쿠마는 머리를 긁적이며 애매하게 으응, 하고 대답했다.

"그나저나 야구치 넌 괜찮아? 나 같은 애랑 어울리면 다른 애들이 싫어하지 않아?"

"뭐, 그렇겠지."

부정은 하지 않는구나. 이와쿠마는 쓴웃음을 지었다. 땀으로 축축한 와이셔츠가 들러붙은 등에 펜스의 철망이 파고들었다. 야구치는 "하지만" 하고 말을 이었다.

"고등학교 때의 인간관계는 어차피 졸업하면 다 무의미해지니까 상관없어."

"그렇구나."

야구치 패거리를 험담할 때 비슷한 말을 했던 이와쿠마는 웃음이 터질 뻔했다.

"난 말이야."

야구치는 붕대 감긴 오른손에 시선을 떨어뜨리면서 말했다.

"영화 관련 일을 하고 싶어. 돈 벌어서 1초라도 빨리 도쿄에 가서 영화 촬영 현장에서 아르바이트를 할 거야. 그렇게 경험을 쌓다가 먼 훗날에는 내 영화를 찍는 거지."

"……멋진 꿈이네."

그런데 이런 공고에서 썩고 있다니.

야구치는 이와쿠마가 입에 담지 않은 생각을 짐작한 것처럼 대답했다.

"영화 업계는 엄청난 남탕이니까 공고에서 지낸 경험이 쓸만하지 않을까 싶긴 한데……."

덧붙이자면 하비 와인스타인*이 체포된 게 지금으로부터 대략 두 달 전이었다.

앞으로 영화 업계의 실정은 개선될까? 이와쿠마로서는 알 방도가 없다.

"이게 잘하는 짓이려나, 잘못하는 짓이려나."

애당초 이 계획이 성공한다는 게 전제다.

"이와쿠마코는? 뭔가 하고 싶은 일 없어?"

* 　2017년 할리우드를 흔들었던 성범죄 미투의 도화선이 된 인물. 그의 성추행을 고발하는 증언이 50명 넘는 여성에게서 나왔다.

이와쿠마는 그 질문에 답을 생각하기보다, 희미하게 들리는 바그너의 곡을 듣는 데 집중했다. 이건 오페라 「로엔그린Lohen-grin」에 나오는 「엘자의 성당으로의 행진」이다. 초등학생 때 브라스밴드를 해서 안다. 금방 그만두긴 했지만.

"딱히 없어. 굳이 말하자면……."

이와쿠마는 잠시 잇새로 숨을 내쉬며 생각하다 입을 열었다.

"엄청나게 많은 개나 고양이를 기르면서 혼자 사는 아줌마 있잖아."

"응, 있지, 있지."

"그런 아줌마가 되고 싶어. 그리고 평생 집에서 한 발짝도 안 나올 거야."

야구치는 작게 웃었다.

"그거 괜찮네."

"기다렸지" 하며 보쿠가 옥상 문을 열었다. 보쿠는 품에 커피 세 캔을 안고 있었다.

✦×

야구치는 밑에서 올려다보는 자세로 교감과 눈을 맞췄다. 천천히 눈을 깜박이고 나서 차분히 입을 열었다. 교무실은 냉방이 세서 손끝이 시렸다.

"친구와 함께 동호회를 만들고 싶은데요."

"이유와 세 명 이상의 서명은?"

"여기 있어요."

야구치는 교감의 책상에 서류를 살짝 내려놓았다. 이유를 쓰는 란에는 원예부가 없어졌으니 마음 맞는 사람을 모아 다시 원예 활동을 하고 싶으며, 활동을 위해 비닐하우스 사용을 허가해달라고 적었다. 그 밑에 회장 야구치 미루쿠, 부회장 보쿠 히데미, 회계 이와쿠마 마코라고 각자 친필로 서명했다.

"야구치는 육상부 아니었나?"

"네, 하지만 지금은 몸을 추스르는 중이라서요. 쉬는 동안 할일이 없어서 고민이었는데 보쿠와 이와쿠마가 같이 꽃이라도 키우지 않겠느냐고 하더라고요."

교감은 미소를 지었다.

"하하, 그랬구나. 보기와는 달리 야구치도 여자로군. 꽃을 좋아하나 봐."

뭐? 모르면 입 좀 다물어. 대마라고……. 하지만 밝히면 도로 아미타불이니까 야구치는 스스로가 생각해도 끝내주게 싹싹한 웃음을 지으며 "뭐, 네" 하고 얌전히 고개를 끄덕였다.

"좋은 친구들을 뒀구나. 뭐, 학업에 지장이 없는 범위에서 해보렴."

교감은 서류에 도장을 찍었다.

"감사합니다."

"나도 가끔 보러 가도 되겠니?"

"안 돼요."

너무 꼴값 떨지 말라고!

✦×

학교에서 돌아온 누나는 사복으로 갈아입고 바로 나갔다. 오늘도 부모님은 집을 비웠다. 스구루는 플레이스테이션을 대기 모드로 바꾸고 방을 나와서 1층으로 향했다. 돌아가신 할아버지의 방문을 세 번 노크하고 5초쯤 지난 뒤에 열었다.

아무도 없을 방의 옷장이 저절로 열렸다. 안에서 나온 건 새끼 고양이가 아니라 스구루의 학교 운동복을 입은 젊은 남자였다. 그는 입가에 깊이 난 상처가 벌어지지 않도록 조심하며 빙긋 웃었다.

"아, 이거 고마웠어."

남자는 문고본 다섯 권을 포개어서 내밀었다. 스구루는 책을 받아 들었다.

"어땠어요?"

"재미있었어. 심심풀이로 딱이더라."

옷장 속에 있던 남자는 어두운 곳에서 책을 읽기 위한 손전등으로 자기 어깨를 두드리며 바닥에 책상다리를 하고 앉았다. 스구루도 남자 가까이에 앉았다.

"또 뭔가 가져올까요?"

"응, 가능하면. 아, 손전등에 갈아 끼울 C형 건전지도 필요해. 자꾸 부탁만 해서 미안하네."

명랑하게 웃는 남자의 삐쩍 마른 몸과 창백한 피부는 어쩐지 흡혈귀를 연상시켰다. 입을 열면 깨진 이가 보이지만, 어쩌다 그렇게 됐는지 물어도 이런저런 일이 있었다고 얼버무릴 뿐이었다.

참 기구한 신세구나 싶었다.

할머니 장례식을 치르고 며칠 뒤였다. 스구루가 어쩐지 잠이 오지 않아 몸을 뒤척이는데 1층에서 소리가 났다. 큰 짐이라도 움직이는 듯 둔중한 소리였다. 스구루는 약간 겁이 났지만 호기심이 발동하기도 해 할머니가 말한 '귀신'을 떠올리며 계단을 내려갔다.

불 꺼진 1층에는 당연히 아무도 없을 터였다. 소리는 돌아가신 할아버지의 방에서 들렸다. 스구루는 문을 살짝 열었다. 방에는 골판지 박스 외에는 아무것도 보이지 않았다. 불을 켜자 바닥에 과자 봉지가 떨어져 있었다.

스구루는 방을 둘러본 뒤 마음을 단단히 먹고 옷장을 열어 봤다.

그 안에 있던 것이 이 남자였다.

웅크리고 있던 남자가 옷장에서 순식간에 튀어나오더니, 스구루의 입을 손으로 꽉 눌러 막고는 이유가 있다고 말했다. 남자의 눈빛에서 진정성 같은 것이 느껴져서 스구루는 저항하지 않았다. 그게 옳은 선택이었는지 그른 선택이었는지는 아직도 모르겠다.

"나, 지금 쫓기고 있다고 할까……. 자세한 사정은 말할 수 없지만, 가능하다면 말인데…… 나 좀 숨겨줄 수 있을까?"

"어, 그렇다면 빈집털이……?"

"그런 거 아니야!"

남자가 강하게 부정하길래 스구루는 주춤했다. 웃음기가 맺힌 남자의 상처투성이 얼굴에서 어쩐지 그저 단순한 악인이라고 단정하기 어려운 설득력이 풍겼다.

"부탁이야. 이대로 있다가는 난 죽어."

대체 무슨 일이 있었길래?

스구루는 결국 고개를 끄덕였다. 스구루의 집은 2세대 주택이고 마침 빈방이 하나 있다. 사람 하나를 숨겨놓기에는 안성맞춤이다.

이야기를 들어보자 그는 살 곳을 잃고 밖을 떠돌고 있었다고 했다. 그러던 와중에 우연히 이 집을 발견했다. 자물쇠가 풀려 있길래 몰래 숨어들어 한동안 이 방에서 생활했다. 냉장고에서 음식이 없어진 건 그래서였구나. 스구루는 납득했다. 불법 침입으로 그를 고발할 마음은 들지 않았다.

스구루는 이 일이 하늘의 계시처럼 느껴졌다.

✦×

사토는 보쿠가 두고 간 학생수첩과 여벌 열쇠를 사용해 자신을 골탕 먹인 원흉의 집에 잠입하는 데 성공했다.

사토는 보쿠 남동생의 인간성을 한눈에 파악하고 이용했다. 아니나 다를까 스구루는 마치 전쟁통에 유대인을 몰래 숨겨준 독일인 같은 심성으로 사토를 도와주었다.

✦×

오랜만에 도카이촌 사이퍼의 재키에게 연락을 받고서야 보쿠는 사토의 집에서 봉변을 당한 이후로 그들을 만난 적이 없다는 것이 생각났다. 어쩌면 무의식중에 힙합 자체에 진절머리가 났는지도 모르겠다.

아니, 설마. 그럴 리 없다. 그런 마음을 스스로 부정하듯 보쿠는 목요일 밤에 도카이역 근처 공원으로 향했다.

공원에 가비지는 없었고, 몇 명이 둘러싸고 있는 스피커도 재키의 것인 듯했다. 마침 중학생 래퍼 카페오레가 내뱉은 "나는 가벼운 발달장애^{핫타쓰쇼가이}, 여기서 시작되는 Bad Ass Showtime^{밧다스쇼타이무}"라는 라임은 감탄스러웠다.

"가비지는?"

보쿠가 묻자 재키는 몸으로 리듬을 타며 대답했다.

"뉴로맨서, 못 들었어? 그 사람 약 하다가 빵에 갔잖아."

재키가 말하는 동시에 팔에 주사를 놓는 시늉을 했다.

"진짜?"

보쿠는 사람들 사이에 끼어들었다. 스피커에서 흘러나오는 곡은 라임스터의 「B-보이즘^{B-Boyism}」이다.

"응, 그래서 내가 뒤를 이어서 사이퍼를 주최하고 있어."

"그렇구나. 약을 하는 것 같기는 했어."

"뭐, 금방 돌아오겠지."

사람들 사이에 낯선 참가자가 한 명 있었다. 보쿠는 자기가 오지 않는 동안 새로 참가했을 그에게 자기소개를 시도했다.

"만나서 반가워, 나는 MC뉴로맨서, 어중간한 상태로 끝낼 순 없다며, 어떻게든 살고 있어, 내 인생 이제부터 제2부, 시시한 놈들에게 하이킥, 재빠른 타이핑 같은 라이밍, 마지막에는 치즈 하고 웃는 얼굴로……"

사이퍼가 해산한 뒤 웬일로 재키가 보쿠에게 밥을 같이 먹자고 제안했다. 오후 11시에 영업하는 가까운 음식점은 코코스 정도밖에 없어서 두 사람은 거기로 갔다. 보쿠는 돈을 많이 쓰고 싶지 않아서 무한 리필 드링크바만 이용하겠다고 양해를 구하고 담배에 불을 붙였다. 재키도 담배를 피웠다.

재키는 요리가 나오기를 기다리는 동안 말했다.

"그러고 보니 뉴로맨서, 곡 만든다고 하지 않았어? 어떻게 됐어?"

보쿠는 약간 망설였다. 아이스커피로 목을 축이며 생각에 잠겼다.

"아, 어쩐지 노스페라투의 사정이 별로 안 좋은 것 같아서."

"노스페라투?" 재키가 재빨리 되물었다.

"아, 응, 노스페라투가 녹음과 믹싱을 해줄 예정이었는데, 파투가 났어."

가능하면 이 이야기는 하고 싶지 않았지만 어쩔 수 없다. 보쿠는 빨대로 아이스커피를 쭉쭉 빨아 마셔 잔을 비웠다.

"와, 진짜 대단한데. 비트도 노스페라투가 주기로 했었어?"

"그랬지."

"으아, 진짜 아깝다."

"그러게. 하지만 뭐 어쩌겠어."

그 자식, 어마어마한 쓰레기였어. 보쿠는 폭로하고 싶은 기분을 꾹 누르고 다른 화제를 꺼냈다.

"아참, 재키, 대마초 피워?"

재키의 입술 사이에 끼워져 있던 담배가 테이블에 떨어졌다. 재키는 테이블이 눌어붙지 않도록 얼른 떨어진 재를 손으로 툭툭 털어냈다.

"뜬금없이 무슨 소리야? 안 피워!"

"친구랑 같이 대마초 기를 건데 나중에 완성되면 사주지 않을래?"

갑자기 재키가 팔을 휘두르는 바람에 테이블 구석에 놓아뒀던 담배 케이스가 팔꿈치에 부딪쳤다. 재키는 소리를 내며 바닥에 떨어진 담배 케이스를 줍더니 쓴웃음과 함께 대답했다.

"잠꼬대 같은 소리 하지 마. 누굴 바보로 아나."

"이거 봐봐."

보쿠는 어제 야구치, 이와쿠마와 함께 정비한 비닐하우스 사진을 보여주었다. 플랜트박스에 새로 흙을 채워 비닐하우스에 죽 늘어놓았다.

재키는 사진을 보고도 아무 대꾸 없이 주문한 햄버그에 데미그라스 소스를 끼얹었다.

"저기, 뉴로맨서."

재키가 드링크바에 음료를 가지러 갔다 온 보쿠에게 말을 꺼냈다. "왜?"라고 보쿠는 답했다. 어쩐지 재키의 표정이 바뀐 것 같았다.

"무슨 일 있으면 언제든 말해. 난 매주 사이퍼에 나오니까."

"어? 응, 잘 부탁해."

둘이 알고 지낸 지 1년쯤 됐지만 단둘이 시간을 보내는 건 이번이 처음이었다.

이날 이후로는 자주 만나게 됐다.

✛×

여름방학에 이와쿠마는 슬그머니 도서실로 향했다. 보쿠는 잘나가는 야구치 패거리에 끼었지만, 이와쿠마는 여전히 교실에서 혼자였다. 이와쿠마 스스로 선택한 입장이었다. 야구치와 보쿠는 아무 망설임 없이 이와쿠마를 받아들였지만, 그 패거리에 끼는 건 아무래도 무리일 듯했다. 그래도 교실에서 자신을 놀리는 소리가 사라진 건 약간 기분 좋았다.

후지키는 평소와 다름없이 아무도 찾지 않는 도서실 카운터에 서서 문고본을 읽고 있었다. 이마무라도 함께였지만 딱히 대화는 하지 않는 듯했다. 다가가서 보자 그 문고본은…… 피에르 르메트르의 『알렉스』였다. 이와쿠마는 다행이라는 생각에 내심 가슴을 쓸어내렸다. 형사 베르호벤 3부작은 이와쿠마도 아주 좋아하는 시리즈다. "안녕" 하고 후지키에게 말을 걸었다. 후지키는 책에서 얼굴을 들고 미소를 지었다.

"아, 안, 안녕하세요. 이, 이, 이와쿠마 선배."

"『알렉스』네."

이와쿠마는 문고본을 집었다. 중고서점의 가격 스티커를 떼어낸 자국이 남아 있었고 책등이 끈적거렸다. 책갈피를 끼워놓은 위치로 보건대 아직 이 책의 반전은 맛보지 못했을 것이다.

"그거 엄청 재미있어."

"그런가요." 후지키는 말했다.

"시리즈 두 번째 작품인데 전작은 읽었어?"

"네?"

후지키의 눈이 휘둥그레졌다. 이럴 줄 알았다. 피에르 르메트르의 형사 베르호벤 3부작 두 번째 작품인 『알렉스』가 제일 먼저 번역 출간됐고, 인지도도 첫 작품 『이렌』보다 훨씬 높다. 하지만 『알렉스』는 『이렌』의 깜짝 놀랄 만큼 충격적인 결말을 전제로 진행되므로, 『이렌』을 먼저 읽는 편이 훨씬 낫다.

"하긴 뭐부터 읽든 괜찮지."

이와쿠마는 미스터리 소설의 재미가 손상되지 않도록 고려하는 편이었다. 이와쿠마는 키가 작다는 신체적인 콤플렉스에 아랑곳 않고 어려운 사건에 맞서는 형사반장 카미유 베르호벤에게 깊이 공감했다.

"넷우익은 어때? 책 좀 읽어?"

이와쿠마가 옆에 있던 이마무라에게 말을 던졌다.

"저보고 자꾸 넷우익이라고 하지 마세요."

"네 더러운 방에 있는《정론*》과월호를 전부 불태우면 고려해볼게."

"그런 거 안 봐요."

"뭐, 책을 읽으면 지성이 생기니까 넷우익이 될 수 없겠지. 평생 욱일기를 보며 손장난이나 치렴. 마지막에는 자기색정사** 라는 이름의 가미카제 공격으로 개죽음하길 바랄게."

후지키가 쓴웃음을 지었다.

"이봐요."

이마무라는 '벌레 씹은'이라는 전형적 표현이 딱 들어맞는 표정을 지었다.

"이, 이, 이와쿠마 서, 선배, 펴, 펴, 평소보다 더 푸, 품위가 없으시네요……."

"평생 혼자 자위행위에나 빠져라. 이끼 낄 때까지, 알았나!"

이마무라는 이와쿠마를 향해 가운뎃손가락을 세웠다.

"저기, 후지키."

"왜, 왜요?"

- 　일본의 극우 성향 월간지.
- **　쾌감을 높이기 위해 기구나 장비를 사용해 자위행위를 하다가 사고사하는 것을 가리키는 용어.

"나 동호회에 들었거든. 원예 동호회."

후지키는 이야, 하고 호응했다.

"겨우 하고 싶은 일을 찾아낸 기분이야."

이마무라가 끼어들어서 투덜거렸다.

"후지키에게 쓸데없는 신세타령 하지 마. 좌익분자 주제에……."

"상급생에게는 존댓말을 사용하도록."

"넌 존대할 가치가 없어."

"후지키, 나 말이야, 내내 이딴 세상은 망해버리길 바랐거든. 도카이촌의 원자력발전소가 폭발해서 이 지역이 몽땅 불모지로 변하면 얼마나 좋을까 상상했어. 하지만 정말로 그런 일이 터지면 제일 손해 보는 건 힘없는 사람들이겠지. 세상은 그런 사람부터 죽도록 생겨 먹었어."

"어, 아, 네?"

"자유로워지기 위해서는 돈이 필요해. 누구에게도 상처를 주지 않고, 아무것도 잃지 않고 세상을 앞서나가기 위한 수단. 그게 원예 동호회에 있을지도 몰라."

이와쿠마는 입을 너무 놀리는 건가 생각했다.

"흥, 이 천하장사급 뚱땡이가 무슨 공상을 지껄이는 거람?"

이와쿠마는 혀 차는 소리를 내며 이마무라를 위협했다.

"씨름꾼은 뚱땡이가 아니라 온몸이 근육 갑옷으로 된 사람이거든. 그래서 아주 강하지. 총에 맞아도 안 죽어."

"격투기 중 최강이라고 하긴 하던데."

"어, 엉? 아, 아, 아닌데."

두 사람의 대화에 후지키가 끼어들었다. 이와쿠마와 이마무라는 카운터에 기대 후지키의 말에 귀를 기울였다.

"겨, 겨, 겨, 격투기 중 최, 최, 최강은 무에, 무, 무에타이인데. 무, 무에타이 챔피언은 씨, 씨름꾼이 다, 다, 달라붙기 저, 저, 전에 뒤, 뒤, 뒤로 도, 돌아, 돌아가서 뒤, 뒤, 뒤통수를 노, 노린 바, 바, 발차기 한 방으로 상대를 쓰러뜨릴 수 있으니까."

✛×

방과 후, 원예 동호회 회원들은 비닐하우스에 모였다.

씨앗을 심고 일주일이 지나자 싹이 세 사람 앞에 모습을 드러냈다.

"굉장하다. 진짜로 싹이 텄어!"

보쿠는 감격했다. 플랜트박스에서 고개를 쏙 내민 사랑스러운 싹이 뛰어난 도취 효과와 환금성을 지닌 마약으로 변한다고 생각하자 감개무량했다.

"오케이, 좋아. 만사쾌조야."

야구치는 비닐하우스에 늘어놓은 십여 개의 플랜트박스 앞에 쪼그려 앉아 옆면이 톱니처럼 깔쭉깔쭉한 떡잎을 보았다. 뿌리가 작고 곰팡이에 약한 이 단계에서는 물을 너무 많이 주면 안 된다고 한다.

"빠르면 넉 달 후에 수확이야. 11월이면 되려나."

보쿠는 이상적인 가정을 펼쳤다. 서점이나 도서관 원예 코너에 대마 재배 전문서적은 없으므로 인터넷으로 개인 블로그나 SNS를 찾아보았다. 영어로 된 웹페이지는 구글 번역기에 돌려 기묘해진 일본어로 의미를 파악했다. 제대로 이해했는지는 확실치 않다.

"이러고 있으니 어쩐지 평범한 동호회 활동 같네."

방과 후, 취주악부의 연주와 운동부의 고함소리가 들리는 가운데 옥상 비닐하우스에서의 원예 활동이라니. 모르는 사람이 들으면 젊음을 만끽한다고 생각하려나. 이와쿠마는 짓궂게 웃었다.

야구치는 비닐하우스에서 나와서 옥상 난간에 몸을 기댄 채 펜스 너머로 운동장을 내려다보았다. 여름에 있을 지역 대회를 앞두고 육상부원들이 트랙에서 기록을 측정하고 있었다. 육상부원은 뛰는 게 아니라 다리를 쭉 편 채 종종걸음으로 타원을 빙 돌았다.

"저건 경보야?"

보쿠와 이와쿠마도 운동장에 시선을 던졌다.

"경보는 어쩐지 웃겨. 빨리 걷기라니 나 원 참."

보쿠의 말에 "그러게" 하고 이와쿠마도 작게 웃었다.

"경보를 얕보지 마. 개념 없이 말하면 너희 가족을 납치해서 한 명씩 고문할 거야."

야구치는 트랙을 걷는 육상부원에게 시선을 고정한 채 말을 이었다.

"육상을 모르는 사람들은 경보를 무시하기 십상이지만, 경보는 그냥 달리는 것보다 훨씬 심오하다고. 프로 경보 선수가 작정하고 걸으면 일반인이 힘껏 달리는 것보다 빨라."

"오, 그렇군." 이와쿠마가 호응했다.

"달리기보다 편할 것 같다는 생각으로 시작하면 안 돼. 오히려 더 힘들어서 죽을 맛이거든. 트랙 경기치고는 규칙이 상당히 복잡하고."

"그냥 걸을 뿐인데?" 보쿠가 고개를 갸웃하며 물었다.

"그냥 걷기를 마냥 계속하는 게 어렵거든. 예를 들어 두 발이 지면에서 떨어지거나, 무릎을 굽히면 '달리기'가 되니까 반칙이지. 엄격한 규칙을 준수하면서 속력도 추구해야 해."

야구치는 경보 자세로 옥상 끄트머리에서 반대편 끄트머리까지 걸어가며 시범을 보였다.

"반칙하면 어떻게 되는데?"

보쿠는 눈동냥으로 야구치 미루쿠의 걸음걸이를 흉내 내려고 했다.

"세 번까지는 경고를 받아. 그때까진 괜찮지. 네 번째로 반칙하면 실격. 심판이 들고 있는 산탄총으로 쏴버려."

"이야."

"그리고 시속이 6킬로미터를 밑돌아도 안 돼. 역시 총으로 쏴버려. 이렇게 백 명 중에서 마지막 한 명이 남을 때까지 살아남아야 하는 경기야."

"육상은 엄청 힘들구나."

"하지만 마지막까지 살아남아 우승하면 상품으로 뭐든지 손에 넣을 수 있어."

"그건 괜찮네."

이와쿠마는 보쿠와 야구치의 대화를 덤덤히 흘려들었다.

"그나저나 싹이 튼 기념으로 스타벅스라도 갈까?"

얼마 전에 전철로 두 정거장 떨어진 동네에 스타벅스가 생겼다. 휴일에는 사람으로 북적거려서 마음 편히 앉아 있을 수가 없으니까 평일에 가는 편이 낫다. 이 지역에서 스타벅스는 아직 진귀한 문명의 산물 중 하나다. 간토 지방 북부, 특히 이바라기현 북쪽은 아직 문명이 미개해 불도 작년에야 겨우 발견됐을 정도니까.

"그러든가."

이와쿠마는 마음이 들떴다는 걸 들키면 창피할 것 같아 일부러 무뚝뚝하게 대답했다. 방과 후에 친구와 함께 카페에 갈 일은 평생 없을 줄 알았다.

한편 보쿠는 떨떠름한 표정을 지었다.

"아, 미안해. 오늘은 볼일이 좀 있어서."

보쿠는 동아리 활동이고 아르바이트고 아무것도 안 한다. 가고 싶은 마음은 굴뚝같았지만, 오늘은 선약이 있었다. 보쿠는 두 사람이 무슨 용건이냐고 묻기 전에 말했다.

"친구랑 만나기로 했어."

야구치도 이와쿠마도 이유를 궁금해하는 눈치는 아니었으므로 쓸데없는 말이었다.

이와쿠마와 야구치는 역에서 조반선을 타고 두 정거장 간 뒤 20분쯤 걸었다. 자동문을 통과해 아담한 '스타벅스'로 들어갔다. 이와쿠마와 야구치는 소파 좌석에 앉았다. 이와쿠마는 전철을 타고 올 때부터 한 가지가 걱정됐는데, 아니나 다를까 그 걱정이 현실로 나타났다. 화제가 없는 것이었다. 자신과 야구치가 경험해온 세상은 너무나 다르다.

이와쿠마는 무슨 이야기를 하면 될지 몰라 난감했던 나머지, 확실히 통할 화제인 보쿠 이야기를 꺼냈다.

"보쿠는 누굴 만나러 간 걸까?"

솔직히 보쿠가 누굴 만나든 상관없지만 침묵이 이어지는 것보다는 낫다. 이와쿠마는 스콘을 포장지에서 꺼내면서 말했다. 이와쿠마 같은 성격은 새로 발매된 여름 한정 '피치핑크 프루트 프라푸치노' 같은 메뉴를 주문하기를 무의식중에 주저하는 경향이 있으므로, 정석적인 아이스라테와 스콘을 골랐다. '왜 메뉴에 평범한 아이스커피가 없지?' 하고 벌벌 떨면서.

"남자야."

야구치는 분홍색 크림이 올라간 프라푸치노를 빨대로 빨아 마신 뒤 약간 도발적으로 말했다.

"남자라……."

"안절부절못하는 눈치였으니까 틀림없어."

야구치가 입술 안쪽에 묻은 크림을 핥으며 씩 웃었다.

"보쿠가 그렇게 초조해했었나?"

이와쿠마는 스콘 부스러기가 무릎에 떨어지는 걸 막으려고 테이블로 몸을 기울이며 쓴웃음을 지었다.

"보쿠 히데미도 할 일은 하겠지. 걔, 학교 밖에서는 제법 활기차."

래퍼거든. 야구치는 가게 창문으로 보이는 스테이크구스토의 간판에 시선을 주었다. 가십거리를 공유하는 걸 즐기는 듯한 표정이었다.

"남의 연애사에는 흥미 없어."

이와쿠마는 조심스럽게 말했다. 지금 여기 없는 사람에 대해

멋대로 억측하고 싶지 않았고, 애당초 동성 친구끼리 연애 이야기를 나누는 것 자체가 진부하게 느껴졌다. 적어도 야구치와 그런 이야기를 나눌 필요는 없을 듯했다. 이와쿠마는 컵을 직접 입에 대고 라테를 마신 후 얼음을 아작아작 씹었다.

"이와쿠마코의 첫사랑은 누구야?"

그러나 야구치는 화제를 바꾸고 싶지 않은 모양이었다. 이와쿠마는 어, 하고 할 말이 없다는 낌새를 내비쳤다. 그야 넌 경험이 많겠지만⋯⋯.

"잤는지 안 잤는지는 제쳐놓고, '두근거림'의 첫 경험 말이야. 유명인이나 만화 캐릭터도 상관없어."

"그런 걸 물어보셔도 곤란합니다만⋯⋯."

왜 다들 그런 화제를 좋아할까? 이쯤에서 보쿠가 일정을 바꿔 얼른 여기로 오면 얼마나 좋을까? 이와쿠마는 친구를 사귀면서 느끼게 되는 거북함, 지금까지 맛본 적 없었던 그 감정을 온몸으로 실감하며 당황한 걸 들키지 않으려고 스콘을 덥석 삼켰다가 사레가 들렸다.

"야, 야, 왜 그래?"라며 야구치가 웃었다. 이와쿠마는 그런 건 들어서 뭐 하냐고 웃어넘길까 싶었다. 그러자 상상 속의 야구치는 "그러게" 하고 하품 섞어 말하고 대화를 끝냈다. 이와쿠마는 따분한 애로 여겨지기는 싫다는 일념에 입을 열었다.

"파이리."

"응?"

"『포켓몬스터』에 나오는 파이리, 꼬리에 불붙은 도마뱀 말이야. 알지? 물에 젖거나 해서 꼬리의 불이 꺼지면 약해져서 죽는다는 설정이 있거든. 그게 뭔가 심금을 자극해서 좋았어."

"파이리를 성적인 눈으로 본 거야?"

"왜? 그럼 안 되냐?"

야구치는 프라푸치노를 다 마시고 컵 옆면에 남은 크림을 빨대로 긁어내기 시작했다.

"나는 '이런 사람은 못 사귄다'는 철칙이 있는데, 뭐게?"

생뚱맞은 질문에 이와쿠마는 애매하게 고개를 저었다.

"같이 영화를 보고 나오자마자 하는 말이 '길기도 길다'인 사람. 센스가 죽은 사람이니까 차버리는 편이 좋아."

"그렇구나……."

"백발백중이라고."

✦×

"눈썹이로군."

스구루가 갖다준 빵을 삼킨 사토가 말했다. 사토는 입가를 심하게 다친 탓에 한입 먹을 때마다 시간이 오래 걸린다. 눈썹? 스구루가 자기 눈썹을 문지르며 의아하다는 듯 되뇌었다.

"그래, 스구루, 눈썹 다듬어본 적 한 번도 없지?"

"뭐, 그런데요."

생각해보면 스구루는 겉모습에 신경 쓴 적이 없었다. 옷은 부모님이 사준 것만 입었고, 머리도 천 엔 균일가 체인점인 QB하우스에서만 잘랐다.

"본판이 나쁘지 않으니 머리와 눈썹을 정리하면 아주 멀끔해 보일 거야."

"그런가요?"

빈말이겠지만 기분은 나쁘지 않았다. 사토가 얼굴을 들여다보길래 스구루는 쑥스럽게 웃었다.

나중에 스구루가 사토의 말대로 세면대 거울을 노려보며 누나의 면도칼로 두 눈썹을 다듬고 오자, 사토는 예쁘게 잘 깎았다고 호들갑을 떨었다.

금요일에 가족이 모두 집에 없을 때(부모님은 일, 누나는 잘 모르겠다. 누나는 가족과 함께 사는 일반적인 여고생치고는 과도하게 사생활 보호를 요구한다)를 노려 스구루는 사토와 함께 외출했다. 마지막으로 자발적으로 외출한 지 최소 석 달은 넘은지라 피부가 자외선을 견딜 수 있을지 걱정될 정도였다. 사토는 얼굴의 상처를 감추기 위해서인지 마스크를 썼다.

목적지는 역이었다. 사토는 현금이 한 푼도 없었지만, 지갑에 신용카드가 몇 장 있었다. 그걸로 스이카에 5천 엔을 충전해 스구루에게 주었다. 스구루는 무슨 영문인지도 모른 채 스이카를 받았다. 두 사람은 상행 조반선을 타고 미토 방면으로 향했다. 전철을 타고 가는 내내 두 사람 사이에는 대화가 없었지만, 워낙 오랜만에 외출한 스구루는 침묵 때문에 어색함을 느낄 틈도 없었다.

도착한 곳은 쇼핑몰이었다. 이 지역에 사는 중고등학생에게 미토의 이온몰은 놀이터이자 데이트 코스로 이용되는 유일무이한 문화시설이다. 그 때문에 스구루는 반 아이들과 마주칠까봐 겁이 났지만, 오늘은 평일이니까 괜찮지 않냐고 자기 자신을 꾸짖었다.

사토는 스구루의 등을 가볍게 두드려가며 의류 판매점을 차례차례 구경했다. 남녀 패션의 차이도 구별하지 못하는 스구루를 보고 웃으면서도 ABC마트에서 컨버스 운동화를, ZARA에서 슬림핏 청바지를, 위고에서 홀치기 염색한 티셔츠를, 니코앤드에서 얇은 카디건을, 더숍TK에서 벨트와 루프타이를, 무라사키스포츠에서 디키즈 야구모자를 스구루에게 착용시켜본 뒤 카드로 구입했다. 싹싹하게 말을 거는 점원이 둘이 어떤 관계냐고 물어봤을 때는 사토가 얼른 친척이라고 대답했다.

사토는 진즈에서 투명테 안경을 샀다. 지금까지 콘택트렌즈가 빠진 상태로 지내서 눈이 잘 보이지 않았다고 했다.

사토는 스구루에게 화장실에 가서 오늘 산 옷으로 갈아입고,

원래 입고 있던 옷은 전부 쓰레기통에 버리라고 지시했다.

사토가 보기에 변신한 스구루의 모습은 이렇게 촌스러운 꼴로 돌아다닐 바에야 혀를 깨물고 자살하는 편이 낫겠다 싶을 정도였지만, 그래도 지금까지 입고 다녔던 '엄마 코디'보다는 몇 배 나았고, 겉모습을 간신히 '얕보이지 않을' 수준까지 끌어올리는 데는 성공했다. 적어도 제대로 노는 법을 아는 녀석으로는 보인다.

반면 스구루가 화장실 거울에 비친 자기 모습을 보고 제일 먼저 한 생각은 이걸 부모님께 어떻게 설명하느냐였다.

"괜찮네. 아주 좋아졌어. 근사해."

"그런가요?"

스구루는 거울에 비친 사람이 자기가 아닌 것처럼 느껴졌다. 좋은 의미에서였다. 뭐든지 사주겠다고 큰소리치는 사토를 배려해 몰래 가격표를 확인해가며 비교적 양심이 덜 아픈 가격대의 상품만 골랐다. 그래도 백 퍼센트 신상 패션으로 꾸미자 만족스러웠다. 마치 등을 쭉 펴고 걸어도 된다고 정식으로 허가받은 듯한 기분이었다.

"감사합니다."

스구루는 고개 숙여 인사했다. 특히 짧은 머리를 감출 수 있는 디키즈의 야구모자가 마음에 들었다. 사토는 스구루를 푸드코트로 데리고 가서 맥도날드 세트 메뉴를 사주었다.

그리 혼잡하지는 않았지만 수선스러운 주변의 분위기가 느껴졌다. 2인용 테이블에 마주 앉아 햄버거를 먹고 있자니 사토가 갑자기 진지한 표정을 지었다.

"나 말이야."

사토는 햄버거 포장지를 움켜쥐며 테이블에 팔꿈치를 괬다.

"네" 하고 스구루는 고개를 끄덕했다.

"너한테 해야 할 말이 있어."

스구루는 눈을 깜박이며 사토의 말을 기다렸다.

"실은 나, 경찰이야. 마약수사반."

스구루는 깜짝 놀라서 집으려던 감자튀김을 놓쳤다. 주우려고 했지만 테이블 아래 바닥에 떨어져서 그냥 놔뒀다.

"그래서 말인데, 너희 누나 있잖아, 보쿠 히데미."

사토는 누나의 성명과 다니는 학교 이름을 댔다. 스구루는 무의식중에 호흡이 빨라졌다.

"걔, 뭔가 불법적인 물건을 숨겨놨을 거야. 나도 우연히 봤는데……."

사토는 스구루를 인생 경험이 모자란 열등한 인간으로 간주하고 엄포를 놓았다. 정확한 판단이었는지 스구루는 눈물이 맺힐 만큼 심하게 눈을 깜박인 뒤 떨리는 목소리로 말했다.

"정말인가요……?"

"안타깝게도 99퍼센트 확실해. 엄밀히 말하자면 마약이지.

너희 누나는 그걸 몰래 팔고 있는지도 몰라. 그렇다면 나로서는 내버려둘 수 없어."

스구루는 당황해서 꿀꺽 삼킨 감자튀김이 목에 걸렸다. 스프라이트를 꿀꺽꿀꺽 마신 뒤 기침을 했다.

"누나에 관해서는 저도 전혀 몰라요. 무슨 생각을 하는지, 어딜 가는지, 항상 누나가 전혀 말해주지 않으니까요……."

스구루가 고개를 푹 숙이자 사토는 "그렇구나" 하고 담담하게 대꾸했다.

"그럼 누나를 조사하는 걸 도와주지 않을래? 어떤 일이라도 좋아. 조금씩 증거를 찾아나가자."

사토는 스구루가 누나를 그렇게 소중히 여기지는 않는다고 판단했다.

도둑맞은 8백만 엔 상당의 대마 씨앗을 어디 숨겼는지 알아내 되찾는 것만으로는 성에 차지 않는다. 보쿠 히데미를 직접 혼쭐낼 필요가 있다. 일단 가족 사이에 갈등을 일으킬 작정이었다.

스구루는 고개를 끄덕였다.

"좋아……. 또 어디 가고 싶은 곳 없어?"

사토는 얼굴 앞에서 손뼉을 쳤다. 사토는 미안한지 말을 머뭇거리는 스구루를 간신히 잡다한 파티 물품과 책으로 가득한 빌리지뱅가드에 데려갔다. 이곳 CD 코너에 자신이 비트를 제공한 곡의 CD가 있을 것이다.

점포에 들어섰을 때 뭔가가 등에 부딪혔다. 사토는 재빨리 뒤를 돌아보았다.

"아, 죄송합니다."

경박해 보이는 청년이 머리를 숙이더니 옆에 있던 사람을 쿡 찔렀다. 그 사람은 닭 모양 고무 마스크를 머리에 쓴 채 플라스틱 방망이를 들고 있었다. 아무래도 두 사람은 아직 계산도 하지 않은 상품을 가지고 놀며 사진을 찍고 있는 듯했다. 사토는 그들을 노려보며 혀를 찼다.

스구루는 잡다한 상품이 있는 진열대를 보며 멍하니 생각에 잠겨 있었다.

사토는 결코 선한 사람이 아니다. 마약수사반이라는 말도 누나가 조사 대상이라는 것도 믿기 어렵다. 그런데도 자신이 단념하고 그를 버리지 못하는 이유가 뭘까.

스구루 생각에 사토는 어쩐지 근본적으로 누나와 닮은 점이 있는 것 같았다. 둘 다 상대를 억지로 자기 영역에 끌어들여 일방적으로 장악하려 드는 느낌이다.

✦×

보쿠는 가격표가 달린 닭 모양 고무 마스크를 벗어 진열대에 돌려놓았다.

"봐, 민폐라고 했잖아……."

"앞을 제대로 봐야지."

"저걸 쓰고 있으면 아무것도 안 보여."

보쿠는 냉큼 점포를 나섰다. 재키가 따라왔다.

"빌리지 뱅가드는 재미없어."

보쿠는 재키와 함께 이온몰을 돌아다니다가 CD판매점 HMV로 향할 때쯤 어쩐지 이게 데이트 같다는 생각을 했다. 가비지가 사라진 뒤 어쩌다 보니 재키(본명은 모르고 보쿠도 자기 이름을 알려주지 않았다)와 자주 연락하게 됐고, 같이 노는 일도 많아졌다.

HMV에는 보쿠가 사려던 최신 앨범이 없었다. 잠시 진열대를 둘러본 재키는 점포에 흐르는 토후비츠의 「수성*星」을 흥얼거리며 "담배 피우러 안 갈래?" 하고 보쿠의 어깨를 두드렸다. 보쿠는 "그래"라며 하품 섞인 목소리로 대답했다.

둘은 푸드 코트 근처 흡연실에 들어갔다. 담뱃갑을 꺼낸 재키는 호주머니를 뒤지며 "이런, 라이터 좀 빌려줄래?"라고 미안하다는 듯이 말했다. 어, 아까는 가지고 있지 않았었나? 아까 내가 화장실에 다녀오는 동안 분명히 혼자 피웠을 텐데? 보쿠는 그 의문을 입밖에 꺼내지 않고 라이터를 내밀었다.

"고마워."

흡연실에는 보쿠와 재키 말고 아무도 없었다. 재키는 작은 공간의 아크릴 벽으로 다가가 연기를 내뿜었다.

"뉴로맨서."

재키는 흡연실 한복판에 놓인 재떨이에 재를 털며 진지한 어조로 말을 꺼냈다.

"응?"

"지금 사귀는 사람…… 있어?"

"응? 없는데."

"그렇구나."

재키는 그 말을 끝으로 입을 다물고 천장의 형광등을 멍하니 쳐다보았다. 보쿠는 재키의 본심을 파악할 수 없어서 "그건 왜?"라며 어색하게 웃었다.

"뉴로맨서는 랩도 잘하고 꽤 재미있어. 대단해. 뭐랄까…… 괜찮은 사람이라고 생각해."

"앗, 그래? 고마워."

재키는 반쯤 남은 담배를 버리고 눈을 비볐다. 손에 묻은 타르가 스며서 눈이 따가워지자 경련하듯 눈을 깜박거리면서도 보쿠에게 몸을 휙 돌렸다.

그러고는 담배를 쥐지 않은 보쿠의 손을 다섯 손가락으로 감싸듯이 잡았다.

보쿠는 냉장고 밑에서 기어 나온 바퀴벌레를 봤을 때처럼 순간적으로 몸을 뺀 뒤, 몇 초가 지나서야 재키의 의도를 이해했다.

"뉴로맨서, 나랑 사귈 마음이 있는지……."

"그렇구나. 아, 그랬구나……."

보쿠는 가령 재키와 지금보다 더 깊은 관계가 되어 입을 맞추거나 몸을 섞는 장면을 상상해보았지만 코미디처럼 우스꽝스러운 광경으로밖에 느껴지지 않았다.

"뉴로맨서와 더 많은 걸 해보고 싶어. 난…… 아, 미안해. 너무 갑작스럽지? 이럴 때 타이밍 재는 데 서툴러서."

재키는 쓴웃음을 지으며 마치 지각해서 변명하는 사람처럼 열심히 말했다. 보쿠는 필터만 남은 담배를 재떨이에 버리고 생각했다. 재키는 분명 호감 가는 사람이지만, 지금은 데이트나 성관계보다 중요한 일이 있다. 지금도 머릿속에 제일 선명하게 떠오르는 건 야구치와 이와쿠마의 얼굴이었다.

이럴 땐 어쩌면 좋을까. 남자가 사귀자고 한 적은 지금까지 한 번도 없었으므로 보쿠는 재키 못지않게 동요했다. 하기야 어떻게 하면 뒤탈 없이, 재키와의 관계를 망치지 않고 제안을 거절할 수 있을까 하는 고민에서 비롯된 동요였다.

"음…… 뭐라고 해야 하지. 난 잘 모르겠어. 이럴 때는 어떻게 해야 돼?"

보쿠가 질문으로 답할 줄은 예상치 못했는지 재키는 당황한 기색이 역력했다. 프리스타일 랩을 할 때처럼 비트가 흐르면 분명 말이 술술 나올 텐데. 재키와 보쿠는 똑같은 생각을 하면서 똑같이 겸연쩍은 웃음을 지었다.

흡연실에 들어온 중년 남자가 교복 차림의 두 사람을 보고 언짢은 표정을 지었다. 보쿠와 재키는 그걸 알아차리고 굳이 대응할 여유가 없었다.

"재키, 여자랑 사귄 경험 있어?"

"응, 딱 두 달."

재키로서는 그 사실이 판단 근거로서 좋을지 나쁠지 알 수 없지만 솔직하게 대답했다.

"그때도 먼저 고백했어?"

"아니, 상대방이. 하지만 취미랑 성격이 하나도 안 맞아서 곧 헤어졌어."

"그렇구나."

보쿠는 다 피운 담배를 버렸다. 담뱃갑에 한 개비밖에 남지 않은 걸 알고 마저 피울지 말지 망설였다. 잠시 망설인 뒤 꺼내서 입에 물었다.

"사귀는 동안 즐거웠어?"

"……그런 적도 있었어."

보쿠는 그랬구나, 하고 힘 빠진 대답을 연기와 함께 내뿜었다. 망설이면서도 진심을 밝히기로 했다.

"난 누굴 좋아해본 적이 없다고 해야 할까, 음, 그런 감정을 잘 모르겠어."

무슨 뜻인지 알겠어? 이번에는 보쿠가 미안한 듯이 쓴웃음을 지으며 재키에게 시선을 주었다.

재키는 그 말을 완곡한 거절로 해석했는지 혼이 빠져나간 듯한 눈빛이었다. 그걸 알아차린 보쿠는 앗, 하고 말문이 막혔다가 덧붙였다.

"어, 그러니까…… 재키를 좋아하지 않는다거나 점잖게 거절하려는 게 아니야. 미안해. 어떻게 설명해야 할지 모르겠네. 재키한테만 연애감정이 샘솟지 않는 게 아니라 그, 연애라는 마음의 움직임이랄까, 그게 뭔지 모르겠어."

보쿠의 말은 대체로 진실이었다. 보쿠는 지금까지 타인에게 연애감정을 품은 적이 없으며, 그렇다는 사실에 조바심을 느끼지도 않았다. 마음속에 둔 사람이 갑자기 다가왔을 때 심장이 콩닥콩닥 뛴다거나, 좋아하는 사람이 친구랑 겹치는 바람에 우정과 연애 중 하나를 택하느라 갈등하는 일은 로맨틱 코미디에서나 나오는 과장된 사건으로, 깜짝 놀라 눈알이 튀어나오거나 머리를 세게 부딪쳐 별이나 불꽃 또는 병아리가 빙글빙글 도는 장면과 다를 바 없다고 여기는 구석이 있었다. 이는 타고난 천성일 뿐 사토에게 폭행을 당한 일과는 관계없다.

"그래?"

"이렇게 말하니 사랑을 모르는 차가운 기계 같겠지만 그렇지는 않아! 친구로서는 정말 좋아해, 재키."

"그렇구나아."

재키는 말꼬리를 길게 늘였다. 손가락으로 담배꽁초를 탁 퉁겨서 재떨이에 버렸다. 재키는 어쩐지 개운해진 표정으로 말을 이었다.

"나…… 중학교 때 시설에 있었어. 알코올중독 치료하느라."

"진짜?"

"응, 매일 레드불에 보드카를 타서 죽도록 마시다가 풀썩 쓰러져서 입원했지. 상담받느라 학교에는 거의 못 갔어."

"와! 멋진걸!"

"랩은 고등학교 올라가서 시작했어. 실력은 바닥이지만 랩을 통해 난 달라졌어. 정말로 하고 싶은 일을 찾았다고 할까. 내 입으로 이런 이야기를 하는 건 촌스럽지만."

"몰랐어. 굉장해, 재키."

"뉴로맨서."

"응."

"지지 마. 이기고 떠나. 부조리나 이딴 등신 같은 동네는 전부 무시하고, 하고 싶은 일만 해."

"응, 그럴 생각이야. 재키 너도 그렇게 해."

"아니, 난……."

재키는 고개를 살짝 젓더니 말을 끊었다. 치노 팬츠 호주머니에서 라이터를 꺼내려고 손을 꼼지락거리다가 꺼내기 직전에 딱 멈췄다.

"아, 미안해. 불 좀 빌려줄래?"

"그래."

보쿠는 재키의 담배에 직접 불을 붙여주었다. 그 뒤로는 하잘것없는 잡담으로 시간을 메웠다. 요즘은 뭐 들어? 싱고 니시나리……. 오, 내공 있네. 그래? 클래식이니까 들어둬야 할 것 같아서. 좋긴 하지.

"상담을 맡은 담당의사가 이것저것 가르쳐줬었어. 「라쿠고•」에 나오는 「시바하마」라는 옛날이야기 있잖아. 그거 요샛말로 하면 알코올중독자가 주인공이래."

"알아. '꿈이면 안 되지' 하는 그 이야기잖아."

"응, 맞아."

재키는 웃었다. 알코올중독은 완치되는 게 아니라서 다시 술을 입에 대면 도로아미타불이다. 그래도 재키는 지금 이 순간이 꿈인 걸로 하기 위해 금주 결심을 어기고 싶은 기분이었다.

✦ ×

• 일본의 전통 만담 예능.

244

방과 후 야구치는 동아리 건물에서 육상부 담당인 하세가와와 마주쳤다. 생활지도도 겸임하는 그는 가끔 학교 안을 배회한다.

"오, 미루쿠, 오랜만이네! 몸은 좀 어때?"

하세가와가 야구치의 시야에 오즈 야스지로의 영화 구도처럼 담겼다. 그가 이쪽을 가만히 바라본다.

"네, 괜찮아요."

야구치는 싱글싱글 웃었다. 이제 그와 굳이 이야기를 나눠야 할 필요가 없다. 보쿠와 이와쿠마도 기다리고 있을 테니 얼른 뿌리치고 옥상에 가고 싶었다.

"건강해 보여서 다행이야. 미루쿠, 요즘은 원예 동호회에서 활동한다면서?"

하세가와가 야구치의 어깨를 살짝 두드리며 감탄했다는 듯이 웃었다.

"뭐, 네, 그렇죠……."

"잘됐네. 뭘 키워? 나도 원예를 좋아해."

야구치는 음, 하고 생각하는 척하며 부랴부랴 머리를 굴렸다. 원예부에서는 보통 무슨 식물을 키우지?

"토마토나……."

토마토나 대마나 비슷하지 뭐!

"오! 좋은데. 나도 지금 집에서 가족과 함께 키우고 있어."

하세가와가 어디, 하고 손뼉을 쳤다.

"어디 한번 같이 가볼까? 토마토는 키우기가 제법 어렵거든. 좀 봐줄게."

하세가와가 옥상 문으로 다가가려 했다. 야구치는 냉큼 몸을 앞으로 기울여 앞을 막았다.

"어, 아니요, 괜찮아요."

야구치는 하세가와에게 손바닥을 쫙 펼쳐 내밀고 서둘러 말했다.

"왜?"

"그게, 지금 중요한 시기라서요. 토마토는 섬세하잖아요. 사람이 너무 드나들지 않는 편이 좋을 것 같은데요."

"그 정도까지는 아니야."

하세가와는 웃었다. 젠장. 야구치는 입을 다문 채 작게 혀를 찼다. 이 자식, 진짜로 원예에 빠삭하잖아. 어떻게든 숨겨야 하는데.

"아, 그게 아니라!"

야구치는 목소리를 높였다. 어떻게든 아무 말이나 짜냈다.

"엄청난 토마토를 길러내서 모두를 깜짝 놀라게 하고 싶거든요. 그때까지는 비밀로 해두고 싶어서……."

"아하."

아주 억지스러운 핑계지만 하세가와는 수긍한 듯했다.

"그럼 친구가 기다리고 있어서, 이만 가보겠습니다."

야구치는 고개를 살짝 숙이고 얼른 그 자리에서 벗어났다.

"미루쿠!"

하세가와가 뒤에서 불렀다. 야구치는 마지못해 돌아보았다.

"뭘 하든 힘내."

야구치는 새끼손가락이 없는 오른손으로 경례하는 자세를 취하고 옥상으로 향했다.

세 사람은 대형 마트에서 사 온 비료를 대마에 주고 캔 커피를 마셨다. 옥상은 그들만의 치외 법권이니까 빈 캔을 아무렇게나 비닐하우스에 내버리고 집에 돌아갔다.

✦×

「파이트 클럽Fight Club」의 타이틀 로고가 박힌 검은색 티셔츠로 갈아입은 야구치는 문득 생각했다. '돈을 써서 「파이트 클럽」 굿즈를 구입한다'는 행위는 미니멀리즘 끝판왕인 주인공 테일러 더든의 사상과는 반대되는 것 아닌가?

야구치는 브래드 피트가 연기한 폭력적이고 카리스마 넘치는 캐릭터에 대해 곱씹으며 오른손으로 문손잡이를 돌려 방에서 나갔다. 이제 새로운 오른손을 다루는 데도 익숙해졌다. 손가락이 하나 없는 것 정도는 대수롭지 않다.

"괜찮아?"

야구치는 거실 이부자리에 드러누워 있는 도키 짱의 머리맡에 쪼그려 앉아 그녀의 이마에 붙인 냉각 시트를 새것으로 갈아주었다. 이 여자는 딸이 심하게 다쳤다는 사실에 큰 충격을 받아 정신뿐만 아니라 육체에도 지장이 생기고 말았다. 거의 자리보전하는 수준이다.

"편의점에 다녀올 건데 먹고 싶은 거 있어?"

"아무거나."

"구체적으로 말해줘야 금방 다녀오지."

"그럼 파스타."

"알았어."

야구치가 바로 몸을 돌리자 도키 짱이 "앗, 잠깐" 하고 불러 세웠다.

"그리고 《크루아상》도 있으면 사 올래?"

말만 들어서는 알아듣기 힘들겠지만 매거진 하우스에서 간행하는 잡지 《크루아상》을 말하는 것이다.

"응."

연립주택을 나서서 걸어서 15분 걸리는 편의점으로 향했다. 테일러 더든이라면 자신에게 부담만 될 뿐인 엄마(지금은 일도 쉬고 있다)를 당장 죽이라고 하려나. 충격받은 김에 차라리 죽어버리면 편하겠지만, 공교롭게도 일이 그렇게 풀리지는 않는다. 야구치는 마치 데이빗 핀처가 된 기분이었으므로, 살풍경한 주택단지를 걸으며 「세븐Seven」의 마지막 장면을 회상했다.

모건 프리먼이 연기한 서머싯 형사의 내레이션.

"헤밍웨이가 썼다. '세상은 멋진 곳이고 싸워서 지킬 만한 가치가 있다'라고. 그 문장의 뒷부분에 전적으로 동감이다."

패밀리마트에서 파스타와 더블해피니스를 샀다. 《크루아상》은 없었다. 10분을 더 걸어서 다른 가게에 가볼까, 아니면 대신 다른 잡지 《an·an》이라도 사 갈까.

야구치는 집으로 돌아가 비닐봉지를 테이블에 내려놓았다.

야구치가 오른손가락을 잃은 뒤로 엄마는 힘들다는 말을 입버릇처럼 꺼내놓는다. 거기다 대고 입 좀 다물라고 혀를 찰 만큼 자신이 악질적이라고는 생각지 않지만, 과연 그럴까?

모름지기 가족이라면 넓은 마음으로 좋은 사람이든 나쁜 사람이든 가리지 않고 끌어안는 게 인생일까? 그럴 수 있으면 좋겠지만…….

어제 1학기가 끝나고 여름방학이 시작됐다. 오후에 야구치는 동호회 활동을 위해 사복인 「파이트 클럽」 오버사이즈 티셔츠와 데님 핫팬츠 차림으로 학교에 갔다. 동아리 건물의 계단을 올라 옥상 문을 열고 비닐하우스에 먼저 와 있던 보쿠와 이와쿠마와 합류했다.

대마는 원래 생장 속도가 빠른 식물이라 세 사람이 씨앗을 심은 지 3주 만에 줄기가 비닐하우스를 녹색으로 물들일 만큼 쑥쑥 자랐고 멋진 잎이 달렸다.

생김새가 점차 '그럴싸'해지자 옥상에 모인 세 사람은 성취 감과 함께 말로는 뭐라고 표현할 수 없는 어색함을 공유했다.

생장기에 접어들어 물이 많이 필요한 대마를 위해 세 사람 은 3교대로 물 주기 당번을 정했다. 동호회는 장기 휴가 기간 인 여름방학에도 교내에서 활동하는 것이 허용된다.

오늘은 다들 시간이 난다기에 셋이 다 같이 모이기로 했다.

"그나저나 그거 최악이었어."

이와쿠마가 얼굴을 찡그렸다. '그거'가 뭔지 보쿠보다 먼저 알아차린 야구치는 "그러게" 하고 고개를 끄덕였다.

이와쿠마는 1학기가 끝나는 방학식 때 교장이 과장된 억양 으로 한 훈화를 흉내 내며 비웃었다.

"어음, 앞으로오 사회에 나가알 준비를 하알 여러부운에게 위대하안 시인의 말을 선사하겠습니다아. '싸우는 너의 노래를 싸우지 않는 자들이 비웃겠지. 파이팅!'"

"구역질나."

교장이 단상 위에서 불쾌한 립서비스와 함께 나카지마 미유 키의 노래 「파이팅!」 중 한 소절을 힘주어 읊었을 때, 이와쿠마 는 일어서면서 무의식중에 주먹을 불끈 쥐었다. 체육관에 정렬한 학생들을 헤치고 단상으로 올라가 교장의 얼굴을 후려갈기면 어떻게 될까. 아니나 다를까 체육관에는 학생들의 실소가 퍼져나갔고, 이와쿠마는 공감성 수치로 온몸이 화끈화끈해지고 가려워졌다.

"나카지마 미유키의 가사를 천박하게 인용하는 것만큼 바보 같은 건 없어. 막말로 '고향을 떠났다가는 너희 가족도 못 살게 해주마'라고 을러대는 거나 다름없잖아."

교장은 지역 기업이 얼마나 멋진지, 고향에 대한 애정을 가지는 것이 얼마나 중요한지를 아주 구구절절하게 읊어댔다.

"나카지마 미유키 좋아해?"

"아니, 그렇진 않지만 「파이팅!」을 그런 맥락을 위해 사용하는 그 폭력성에 화가 나. '교장'은 체제를 옹호하는 쪽 입장이니까……."

야구치는 건조한 웃음으로 맞장구를 대신하고 어린아이 손만 한 크기의 대마 잎을 오른손으로 살짝 만졌다.

이 식물이 우리 인생을 좋은 방향으로 인도할 거다.

정말 그렇게 될까?

✦×

보쿠는 최근 저녁 식사 시간에 동생이 안절부절못한다는 것을 눈치챘다. 보쿠가 누구보다도 빨리 식사를 마치고 방에 들어가자마자 문을 두드리는 소리가 났다.

방에 들어온 동생이 말했다.

"저기, 누나."

보쿠는 침대에 앉으며 고개를 끄덕였다.

"뭔가 숨기는 거 없어? 그, 뭐랄까, 불법적인 물건이라든가."

"그런 게 있겠냐?"

보쿠는 한순간 가슴이 철렁했다는 걸 동생에게 숨기기 위해 쓴웃음을 지었다.

"그래? 그럼 다행이고……."

"뭐야? 갑자기 그런 건 왜 물어?"

"아냐, 됐어. 아무것도 아니야."

너야말로 몰래 고양이 기르니까 피장파장이잖아.

하기야 보쿠는 동생이 기른다는 고양이를 한 번도 못 봤고 기척조차 느끼지 못했다. 동생이 몰래 음식을 들고 사라진다는 건 알지만 뭔가 다른 목적으로 사용하는 것 아닐까 싶은 의심이 점점 들었다. 그렇다고 꼬치꼬치 캐물을 생각은 없다. 뭘 어쩌든 네 마음이지. 그러니 내가 뭘 어쩌든 상관하지 말라고. 그것이 보쿠에게는 이상적인 가족이다.

"저어, 누나, 다른 이야기인데."

"뭔데?"

보쿠는 느닷없이 뭔가 탐색하려드는 동생을 경계하면서도 겉으로는 평소와 다름없이 대답했다.

"복수에 대해 어떻게 생각해? 만약 할 수 있다면 해도 괜찮을까?"

복수. 보쿠는 동생의 입에서 느닷없이 튀어나온 거창한 단어를 반쯤 웃으며 되뇌었다. 단수의 반대말이 아니라 영어로는 리벤지인 단어를 가리키는 걸 텐데, 느닷없이 웬 복수?

"무슨 일인지는 모르겠지만, 하고 싶은 대로 해."

"그런가……."

"누구한테 복수하려고? 그것보다 뭣 때문에? 네가 하려고?"

"어, 아니, 그냥 예를 들면 그렇다는 거야……."

"뭐, 복수담이야 픽션일 때는 짜릿하지만, 실제로는 해봤자 좋을 것 없어. 유치하고 가성비도 안 좋아."

복수담이라고 하면 보통 통쾌함을 느낄 수 있을 거라 기대되지만 어지간히 무신경한 작가가 쓴 것이 아닌 한, 복수자 또는 범죄자 유형의 주인공은 대개 결국 행복해지지 못한다.

"아니, 실제로 하겠다는 게 아니라…… 아, 응."

보쿠가 예상 외로 비판적으로 말했기 때문인지 동생의 대답은 시원치 않았다. '유치하다'는 말에 발끈했음이 분명했다.

✦×

정말로 복수는 무의미할까? 피해자에게 반격할 기회조차 주어지지 않는 건 너무 부조리하지 않나? 스구루는 식연치 않은 기분이었다.

그야, 해보지 않으면 모르지.

누나와 종잡을 수 없는 대화를 나눈 뒤 늦은 밤에 스구루는 사토를 만나기 위해 1층으로 내려갔다. 돌아가신 할아버지 방으로 가서 세 번 노크하고 문손잡이를 다섯 번 돌린 뒤 10초간 기다렸다가 문을 열었다.

"역시 누나 방에 불법적인 물건은 없는 것 같아요."

"그렇구나. 그럼 됐어."

사토 역시 보쿠의 방에 숨어든 적이 있었다. 방을 샅샅이 뒤졌지만 대마 씨앗은 어디에도 없었다. 분명 방에 놔둔 게 아니라 다른 곳으로 옮겼으리라.

"그런데 내일 어쩔래? 할 거야?"

사토는 스구루의 눈을 빤히 보았다. 몇 초 뒤, 스구루는 고개를 끄덕였다.

사토는 웃었다. 일단 이 녀석을 수중에 넣는 데 성공했다.

뭐, 차근차근 해보자고.

사토와 스구루는 중학교 축구부 연습이 끝날 때까지 근처 패밀리 레스토랑에서 시간을 보냈다. 스구루는 몹시 긴장한 채 코코스의 메뉴판을 바라보았다. 결국 돈을 내줄 사토를 배려해 드링크바 말고는 주문하지 않았다.

　오후 6시에 가게를 나섰다.

　두 사람은 중학교로 가서 연습을 마무리하는 축구부를 펜스 너머로 관찰했다.

　"어느 놈이야?"

　사토가 물었다.

　"쟤요."

　스구루는 저 멀리 빨간 스포츠웨어를 입은 학생의 등을 가리켰다.

　스구루가 가리킨 학생인 야마다가 연습이 끝나고 사람들이 운동장을 정비하는 가운데 흙을 다지는 롤러를 끌고 다니고 있었다.

　스구루와 사토는 미행을 개시했다. 탈의실에서 나온 야마다는 학교에서 지정한 운동복으로 갈아입고 친구 몇 명과 함께 교문을 나섰다. 스구루와 사토는 그 무리와 몇 미터 정도 간격을 유지하며 도로를 걸었다. 정체를 숨기기 위해 모자와 마스크와 선글라스로 얼굴을 가렸지만, 애당초 그들은 한 번도 뒤를 돌아보지 않았다.

그들은 20분쯤 걸어서 도카이역으로 들어갔다. 야마다가 도중에 일부와 헤어져 무리는 세 명으로 줄었다.

스구루와 사토는 야마다를 쫓아 개찰구를 통과했다. 세 명 중 두 명은 먼저 하행 전철을 탔지만 야마다는 플랫폼으로 돌아가 스마트폰을 만지작거리며 상행 전철을 기다렸다. 30분쯤 지난 뒤 그는 상행 조반선에 탑승했다. 스구루와 사토도 따라서 탔다.

야마다는 바로 다음 역인 사와역에서 내렸다.

사토가 따라가자고 몸짓으로 신호했다. 스구루는 고개를 끄덕였다.

역은 한산했다. 야마다 말고 여기서 내린 사람은 없었다. 야마다는 플랫폼에 있는 화장실로 가서 칸에 들어갔다.

"딱 좋군. 여기서 해치우자."

사토는 야마다가 들어간 화장실을 가리켰다. 스구루는 한순간 당황했지만, 사토가 종이봉투를 건네자 천천히 고개를 끄덕였다. 종이봉투에는 벽돌과 고무 마스크와 장갑이 각각 두 개씩 들어 있었다.

마스크는 영화 「할로윈」에 나오는 부기맨이 쓰는 것과 흡사한, 무기질로 된 것 같은 흰색 복면이었다. 미토의 빌리지 뱅가드에서 구입한 물건이다.

사토가 앞장서서 고무 마스크를 쓰고 장갑을 꼈다. 스구루도 따라 했다. 스구루는 자신의 거칠어진 숨소리를 들으며 벽돌을 쥐고 화장실 세면대에 달린 거울을 보았다.

"마음 단단히 먹어."

사토가 마스크 너머로 속삭였다. 하지만 스구루가 마이클 마이어스처럼 솜씨 좋게 폭력을 행사할 수 있으리라고는 생각지 않는 듯 자기 손에도 벽돌을 들었다.

한산한 역에 설치된 좁고 불결한 화장실의 진저리 날 만큼 지독한 암모니아 냄새와 열기가 마스크 너머로도 전해져왔다. 변기 물을 내리는 소리가 들렸다.

사토가 등을 툭툭 두드려서 스구루는 숨을 삼켰다. 철컥, 하고 슬라이드 자물쇠가 열리는 소리가 난 뒤 사토가 안쪽에서 열리는 화장실 문을 냅다 걷어찼다.

야마다의 신음소리가 들렸다. 문틈에 손가락이 낀 모양이었다. 스구루는 벽돌을 움켜쥐고 칸으로 들어갔다. 어둠 속에 있는 고양이처럼 눈동자가 커진 야마다와 눈이 마주쳤다.

스구루는 벽돌 쥔 손을 어정쩡하게 야마다의 얼굴로 내밀었다. 벽돌 모서리가 야마다의 이마에 명중했지만 치명상은 입히지 못했다. 그래도 야마다는 다리가 풀렸는지 더러운 타일 바닥에 엉덩방아를 찧었다.

야마다가 뭐라고 소리쳤지만 공기가 쉭쉭 새어 나오는 듯한 목소리라, 스구루도 사토도 무슨 말인지 알아듣지 못했다. 야마다는 변기와 벽 사이에 끼어들어 가듯이 칸의 구석으로 몰렸다. 학생 한 명을 여럿이서 괴롭히는 악질이지만 그래봤자 중학생이다. 사토가 스구루의 어깨에 손을 얹었다.

스구루는 벽돌로 야마다의 정수리를 내리쳤다. 이번에는 제대로 맞아서 둔탁한 소리가 울렸다. 상상 이상으로 강한 충격이 손에 전해져 스구루는 하마터면 벽돌을 떨어뜨릴 뻔했다.

스구루는 야마다를 몇 번 더 때렸다. 야마다는 물에 빠진 아이처럼 팔다리를 버둥거렸다.

야마다는 결국 얼굴에 피를 흘리며 축 늘어졌다.

스구루는 어깻숨을 쉬며 야마다를 내려다보았다. 다행히 피는 튀지 않았다. 잠시 후 벽돌을 발치에 내버리고 허둥지둥 마스크를 벗으려 했다. 그러나 욕지기를 참지 못해 마스크를 쓴 채 토하고 말았다. 토사물이 목으로 천천히 흘러내렸다.

사토는 웃었다. 스구루가 세면대에서 마저 토하는 사이 사토는 야마다의 몸을 칸 안쪽으로 쑥 밀어 넣고 안쪽에서 문을 잠갔다. 그들은 변기 저수조를 밟고 문을 넘어서 밖으로 나왔다.

딱히 야마다를 죽일 필요까지는 없다. 벽돌은 부수고 마스크는 잘게 잘라서 각각 처분하면 된다.

사토는 얼굴을 씻은 스구루의 등을 탁탁 두드리고는 "수고했어"라고 말했다.

두 사람은 다시 전철을 타고 도카이역으로 돌아갔다. 그동안 스구루는 고개를 숙인 채 아무 말도 하지 않았다.

사토가 전철 좌석에 앉아 미소를 지으며 말했다.

"어땠어?"

스구루는 입을 뻐끔뻐끔했다. 물속의 금붕어처럼, 음소거로 보는 영화처럼 자기 자신에게도 자기 목소리가 전혀 들리지 않았다. 스구루는 자기를 등교 거부로 몰아넣은 장본인을 혼내 줬을 뿐이니 정당하다고 스스로를 타일렀지만, 울렁거리는 마음은 좀처럼 진정되지 않았다.

"피곤해요. 어쩐지 졸려요."

"자도 돼."

스구루는 벽돌과 마스크가 든 종이봉투를 베개 삼아 받치고 좌석에 드러누웠다.

사토는 전철이 역에 당도할 때까지 눈을 감은 스구루의 얼굴을 가만히 들여다보았다.

보쿠 히데미의 남동생이 왕따 피해자라는 걸 안 사토는 보복을 제안했다. 자신이 경찰이니 그 정도는 흐지부지 수습할 수 있다면서 최소한의 사회성과 상식을 갖춘 사람이라면 제일 먼저 의심할 사탕발림을 늘어놓았지만, 최소한의 사회성과 상식도 갖추지 못했던 스구루는 제안을 받아들였다. 마치 낚이기 위해서만 존재하는 낚시터의 물고기 같았다. 너무 손쉬워서 오히려 다른 꿍꿍이가 있는 게 아닐까 불안하기도 했지만, 이제 걱정 없다.

이 녀석은 넘어선 안 될 선을 넘었다. 다시 돌이킬 수 없다.

전철이 도카이역에 도착했다. 사토는 스구루를 흔들어서 깨웠다. 3분 정도밖에 지나지 않았으니 실은 잠들지 않았으리라. 은혜와 트라우마를 동시에 안겨줬으니 이제 이 녀석의 마음은 망가졌을 것이다. 이걸로 됐다. 사토는 카드에 스탬프를 쾅 찍은 듯 작은 성취감을 느꼈다.

빙 돌아 천천히 목적지로 다가가자.

✦×

보쿠는 얼른 대마에 물을 주는 일을 해치우려고 옥상으로 올라가 비치된 수도에서 물뿌리개에 물을 받았다. 오늘은 보쿠가 당번이다.

지금 이 단계는 대마에 중요한 생장기다. 질 좋은 꽃을 수확하려면 이 기간에 물을 충분히 주어야 한다.

그렇다고 구글 번역기로 번역해서 읽은 영어 홈페이지에 적혀 있었다.

비닐하우스로 들어갔다.

눈이 휘둥그레진 보쿠는 도망칠지, 시야에 들어온 그것에 다가갈지 판단을 내리지 못해 잽싸게 대마 잎 뒤에 숨었다. 대마의 줄기와 잎의 생장은 보쿠의 몸을 숨길 수 있을 만큼 현저히 빨랐다. 비닐하우스에 있던 두 침입자는 보쿠가 들어왔다는 사실을 눈치채지 못했다.

침입자는 교복 차림이 아니라서 단언할 수는 없지만, 보쿠는 둘 다 재학생이라고 판단했다.

둘 중 하나가 줄 지은 플랜트박스를 빤히 보다 말했다.

"이거…… 역시 그거네."

"뭐가?" 다른 한 명이 되물었다.

"분명 그거라니까. 대마야."

"뭐? 다케치, 무슨 소릴 하는 거야?"

그들 뒤에 숨어 있는 보쿠는 몹시 초조했다. 그러고 보면 이런 상황도 예상했어야 했다. 자물쇠 정도는 협의할 것 없이 옥상 문에 냉큼 채울걸 그랬다. 이제 와서 후회해본들 늦었다. 보쿠는 숨죽인 채 주변에 시선을 주었다. 비닐하우스 구석에 방치되어 있던 녹슨 삽을 잽싸게 주웠다.

"왜 학교에 이런 게……. 전에 왔을 땐 이런 거 없었잖아?"

"네 착각이겠지. 비슷하게 생겼지만 다른 식물 아니야? 대마라니, 말이 안 되잖아."

그렇지, 잘한다. 보쿠는 쓴웃음을 지으며 '다케치' 말고 다른 남학생을 응원했다.

다케치가 "뭐, 그렇긴 해" 하고 미소를 지었으므로 보쿠는 일단 가슴을 쓸어내렸다.

어쩌지. 그나저나 이 자식들은 누구야. 여름방학에 동아리 건물 옥상에는 뭐 하러 올라온 거람?

상황에 따라서, 미덥진 않지만 이걸로 후려갈겨야겠어! 보쿠가 삽자루를 움켜쥐며 그렇게 결심했을 때 "그럼 시작할까?"라고 다케치가 다케치가 아닌 쪽에게 말했다. 뭘 시작해?

다케치가 페트병에 든 음료수를 마셨다. 그러고는 뚜껑을 연 페트병을 다케치가 아닌 쪽에게 건넸다. 다케치가 아닌 쪽은 고맙다고 말하며 페트병을 받았다. 그들은 음료수를 몇 번 돌려가며 마셨다.

자, 하고 둘 중 한 명이 말을 꺼냈다. 그 뒤 콧노래가 들렸다. 빌리 아일리시의 「배드 가이Bad Guy」다.

그들은 천천히 셔츠를 벗었다. 서로의 맨살을 바라보며 어쩐지 수줍은 듯이 벨트를 풀고 청바지를 벗었다.

맙소사. 보쿠는 정말로 난감했다.

다케치가 백팩에서 로션 튜브를 꺼냈다. 보쿠는 두 사람의 행동을 뒤에서 빤히 바라보았다.

그들은 전희를 시작했다. 「배드 가이」를 흥얼거리던 다케치가 바닥에 똑바로 누운 다케치가 아닌 쪽의 몸에 올라타 입맞춤을 했다.

뭐야, 혹시 그냥 한판 하러 온 거야? 집에서 해! 왜 이렇게 무더운 옥상에서 이러는데! 저, 저, 땀 좀 봐라. 보쿠는 그들을 쫓아낼 타이밍을 놓치고 말았다. 하다못해 행위가 끝날 때까지만 내버려둘까. 비닐하우스에서 성관계를 갖는 건 어쩌면 '에로틱'할지도 모르니까.

보쿠는 그들에게서 시선을 돌리고 그 자리에 잠복하는 데 집중했다.

전희를 마친 두 사람은 본론에 진입한 듯했다. 딸깍, 하고 로션 튜브의 뚜껑이 힘차게 열리는 소리가 들렸다. 보쿠는 묘한 호기심이 발동해 그들에게 다시 시선을 돌렸다. 의외로 자신에게도 외설적인 호기심이 있다는 사실을 지금 여기서 깨달았다. 자기 섹스에는 관심이 없지만 남의 섹스에는 관심이 있다.

"다케치, 잠깐만."

바닥에 누워 있던 다케치가 아닌 쪽이 갑자기 말했다. 다케치가 고개를 갸웃했다.

"인기척 느껴지지 않아?"

켁. 보쿠는 재빨리 거북이처럼 몸을 웅크렸다. 다케치가 아닌 쪽이 주변을 둘러보았다.

"난 모르겠는데."

"그런가."

두 사람은 다시 행위를 시작했다. 후배위 자세를 취하고 잠시 후, 신음소리와 달뜬 숨소리가 간헐적으로 들려왔다. 보쿠는 이쯤에서 이 녀석들은 그냥 여기서 성관계를 맺고 싶었을 뿐 원예 동호회의 '활동'에는 무해할 것이라고 결론을 내렸다.

만화 속 성관계 장면에서는 흔히 '퍽퍽'이라는 의성어를 사용하는데, 지금 들려오는 소리는 그것보다 좀 더 끈적이는 느낌이 강했다. 철떡철떡 울리는 그 소리를 듣고 있자니 보쿠는 떡메를 치는 장면이 떠올랐다. 신기하게도 「배드 가이」와 BPM이 비슷했다.

보쿠는 그들과 멀어지기 위해 웅크린 채 조금씩 움직였다.

발에 뭔가 닿았다. 빈 커피 캔, 야구치가 버리고 간 것이 틀림없었다. 보쿠는 야구치가 원망스러웠다.

그들 중 한 명이 외마디 비명을 질렀다. 어찌해야 할까 망설이던 보쿠는 그만 벌떡 일어서고 말았다. 왜 그랬는지는 스스로도 모른다. 아니나 다를까 그들과 눈이 마주쳤다. 빼도 박도 못할 상황이다. 보쿠는 쏜살같이 달아나는 게 아니라 삽을 칼처럼 움켜쥔 채 그들에게 돌진했다.

보쿠와 그들, 지금 이 자리에 있는 세 사람 모두가 괴성을 질렀다.

곧바로 바닥에 네발로 엎드려 있던, 다케치가 아닌 쪽이 숨을 헉 들이마시는가 싶더니 죽은 척하는 벌레처럼 벌렁 나자빠졌다. 바닥에 머리를 찧는 바람에 둔탁한 소리가 났다. 결국은 물건을 발딱 세운 채 위를 보고 누운 자세로 굳어버렸다.

기절한 모양이다.

"으아! 야, 너! 뭐야!"

다케치가 소리쳤다. 그는 재빨리 셔츠를 도롱이처럼 자신의
하반신에 둘러서 콘돔을 씌운 물건을 가렸다.

"다, 닥쳐. 남의 비닐하우스에 멋대로 들어온 주제에!"

보쿠는 홀딱 벗은 그에게 삽 끄트머리를 들이댔다.

"이게 왜 네 거야!"

"……내 거야. 아, 원예 동호회거든."

물론 동호회 소속이라고 해서 개인에게 소유권이 주어지는
것은 아니다.

"이봐."

다케치는 뻗어버린 애인을 걱정스레 바라보면서 이마에 맺
힌 땀을 손등으로 닦아냈다. 노골적으로 보쿠를 경계하는 눈치
였다.

"왜?"

"이거 대마야?"

"이 자식 먹 따버린다!"

보쿠는 삽을 들어 기절한 녀석의 몸을 찍는 시늉을 했다. 다
케치가 부리나케 보쿠의 팔을 꽉 잡았다.

"에이, 농담한 걸 가지고 뭘 그렇게 발끈하나? 뭐, 서로 간에
이번 일은 없었던 일로 하자고……. 알았지, 다케치?"

보쿠는 일부러 상스럽게 웃어 보였다. 다케치는 환멸을 느꼈는지 밤을 꼬박 새우고 아침을 맞은 것 같은 표정이었다. 보쿠는 다케치에게 돌아서 있을 테니까 옷을 입으라고 말한 뒤 몸을 돌렸다. 다케치는 옷을 다 입고 나서 입을 열었다.

"너 누구야? 우리 학교 학생이야?"

"응, 기계과 2학년 보쿠 히데미."

보쿠는 알려주고 나서 흠칫했다. 굳이 곧이곧대로 본명을 댈 필요는 없었다. 상대의 인간성에 달려 있긴 하지만 자칫하면 계획이 모조리 수포로 돌아간다. 엄청난 위기다.

"뭐야, 후배잖아!"

다케치는 보쿠에게서 시선을 돌려 기절한 애인의 어깨를 흔들었다. "야, 야, 괜찮아?"라고 거듭 불렀다.

"다케치는? 역시 이름이 다케치야?"

그는 보쿠의 입에서 나온 '다케치'라는 호칭에 명백한 혐오감을 내비쳤다.

"다케치 하레지. 3학년이야."

보쿠는 "다케치 하레지" 하고 그의 이름을 작게 중얼거렸다.

"엄청 좋은 이름이네. 성이랑 이름의 라임이 딱 맞잖아."

"아, 그려서. 그래서 뭐 어쩌라고?"

다케치는 보쿠에게는 시선 한 번 주지 않고 옴짝달싹하지 않는 애인 옆에 쪼그려 앉아 "어휴, 진짜 어쩌면 좋지"라고 툴

툴거렸다.

"물건이 선 채로 기절했어……."

"닥쳐, 보지 마!"

"물건 한번 튼실하네."

보쿠는 기절한 쪽의 몸을 들여다보았다.

"한 번만 더 입 놀리면 모가지를 비틀어 죽여버린다. 이 사이코 같은 놈아."

"뭐라고? 그럼 덤벼!"

보쿠는 헛기침을 해서 분위기를 바꾸었다. 다케치는 완전히 혼란에 빠진 것 같았다. 보쿠도 피차일반이었다.

"일단 그러니까…… 얘는 누구야?"

보쿠는 쓰러진 녀석을 가리키며 이름을 물었다.

다케치는 잠투정 부리는 아기처럼 불쾌해하는 태도로 "무라카미"하고 대답했다.

"그렇구나. 성씨 말고 이름은?"

다케치는 잠깐 망설인 뒤 혀 차는 소리를 섞어 "하루키" 하고 나지막이 말했다.

"엥? 무라카미 하루키?!"

두 사람에게는 몹시 진부한 반응이었는지 다케치는 손가락으로 자기 이마를 꽉 눌러 얼마나 진절머리가 났는지를 표현했다.

"한자가 달라. 이 녀석의 '키'는 한자로 나무 수가 아니라 벼리 기라고."

"하지만 부모님은 분명 일부러 그렇게 지었을걸. 사람들의 반응을 노리고."

"노릴 게 그렇게 없겠냐!"

"무라카미 하루키의 『바람의 노래를 들어라』에 인용된 데릭 하트필드라는 작가, 실은 실존 인물이 아니라는 거 알아? 허구의 인물이야."

다케치가 크게 혀를 찼다.

"몰라. 소설 같은 거 안 읽어."

"좀 읽어라. 애인이랑 이름이 같은 작가의 책을 읽는다니 엄청 에로틱하잖아."

"에로틱이라니, 말이면 다인 줄 아냐? 우리 관계는 그렇게 저질이 아니야."

"에로틱 무시하지 마. 그런 감정은 중요한 거라고."

보쿠는 타이밍을 잘 살피다가 다케치가 완전히 뚜껑이 열리기 직전에 화제를 바꾸었다.

"알았어. 그나저나…… 하루키를 일단 실내로 옮기자. 이대로 여기 놔두면 열사병으로 진짜 죽을지도 몰라."

"그건 그렇지만 옷은 입혀야지……."

"아래층에 내려가면 바로 빈 교실이 나오니까 거기서 입혀.

발딱 선 물건이 가라앉기를 기다렸다가 옷을 입히자."

"이거 완전 완전 사이코 같은 놈이네."

그래도 다케치는 일단 고개를 끄덕여 동의했다.

"놈 아닌데."

보쿠는 재빨리 하루키의 머리를 들어 올리려고 했다. 들것처럼 다케치와 둘이서 몸을 한쪽씩 나누어 들고 운반할 생각이었다. 다케치가 보쿠의 행동을 제지하기 위해 부리나케 "야!"라고 크게 소리쳤다.

"내가 머리 들 테니까 넌 다리 들어!"

이딴 여자애에게 애인의 급소를 맡길 수는 없다고 말하는 듯한 표정이었다. 보쿠도 하긴 그렇겠다고 수긍했다. 두 사람은 위치를 바꾸어 하루키를 들어 올릴 태세에 들어갔다. "하나, 둘" 하고 목소리를 맞추었다.

"아, 의외로 무겁네……."

"우리 야구부였거든. 체격은 쓸 만하지."

한 발짝 한 발짝 조금씩 비닐하우스를 나아갔다. 3분쯤 지나 겨우 비닐하우스에서 나오는 데 성공했다. 옥상 출입구까지는 10미터쯤 남아 있었다.

아주 고생스러운 작업이었다.

"앗, 미안!"

보쿠가 소리쳤을 때는 이미 늦었다. 하루키의 몸은 예상외로 무거웠고, 그를 잡은 보쿠의 손은 땀으로 미끄러웠다. 들고 있던 하루키의 발목이 보쿠의 손에서 주르르 빠져나갔다. 하루키는 뒤꿈치를 콘크리트에 부딪쳤을 뿐만 아니라 관성에 의해 물건이 메트로놈처럼 흔들리는 지경에 달했지만 여전히 눈을 뜨지 않았다.

"또 그랬다간 죽어버린다. 네가 머리를 들었으면 큰일 날 뻔했잖아!"

"미안하다고 했잖아. 그게, 튼실한 물건이 자꾸 눈에 들어와서 말이지……."

보쿠는 손에 밴 땀을 데님 핫팬츠에 닦고 다시 하루키의 발목을 잡았다.

'완벽한 발기라는 건 존재하지 않아. 완벽한 절망이 존재하지 않는 것처럼 말이야'라고 보쿠는 중얼거리려다 그만뒀다.

"참아. 이렇게 된 건 너 때문이니까."

하루키의 머리를 든 다케치가 두 사람이 나아갈 쪽으로 서서 방향을 유도했다. 앞을 힐끗힐끗 확인하며 천천히 걸음을 옮긴다. 다케치의 보폭에 맞추어 보쿠도 뒷걸음쳤다.

다리를 들었더니 어떻게 해도 하루키의 물건이 보여서 보쿠는 아주 난처했다.

출입구에 도착했다. 일단 하루키를 내려놓고 문을 열었다.

"발기했다는 말, 남자 성기에만 쓰이는 말 아닌가?"

보쿠는 태연한 척 물어보았다.

"닥쳐. 진지하게 좀 있어라."

"미안. 하지만 그게, 남자의 알몸은…… 솔직히 좀 무서워."

그들은 조심조심 계단을 내려와 복도에 들어섰다. 누가 이 순간을 본다면 어떻게 설명해야 할까?

"흐음, 하지만 사실은 좋아하잖아. 이런 거."

복도는 옥상 바닥보다 더 미끄러워서 보쿠는 좀 더 신중하게 걸음을 옮겼다.

"으엑, 그런 소리 하지 마. 천박해 죽겠네."

"여자는 알다가도 모르겠다니까. 난 여자 형제가 없거든."

"여자 형제 없어도 알 사람은 다 알아."

보쿠 자신도 '여자'에 대해서는 전혀 모른다. 성별로 뭉뚱그리지 말라지! 보쿠는 입을 삐죽거렸다.

"여자는 화장실 가면 오래 있잖아. 왜 그래?"

"앉아야 하니까 그렇겠지."

조금만 더 가면 빈 교실의 문이다. 막판 스퍼트다.

"나도 앉아서 볼일 보는데."

"어, 음, 여러모로 할 일이 많아. 싸면 끝나는 게 아니야."

다케치는 흐응, 하고 별로 흥미 없다는 듯 호응했다. 그러고는 "아, 맞다" 하고 뭔가 생각난 것처럼 말을 이었다.

"그리고, 여자는 먹던 빵을 봉지에 담아서 가방에 넣어놓잖

아. 그건 왜 그래? 위생적으로 안 좋지 않아?"

딱히 와 닿지 않아서 보쿠는 어리둥절해졌다.

"그야…… 사람마다 다르겠지. 난 안 그래. 빵을 먹다가 남기지도 않고, 다 못 먹을 것 같으면 버리면 그만인데."

"음식을 함부로 버리면 못 써."

"얼씨구, 어차피 시궁창 인생인데 음식 정도는 마음대로 좀 버리자. 난 음식 함부로 버리고, 열 받으면 물건 막 부숴."

"완전 최악이네."

"네가 할 말이냐? 비닐하우스에서 섹스하는 주제에."

보쿠는 손을 뒤로 돌려 빈 교실의 미닫이문을 열었다. 만약 문이 잠겨 있으면 재미있겠다는 심술궂은 생각이 머리를 스쳤지만, 문은 문제없이 드르륵 열렸다. 교실에는 쌓여 있는 의자와 책상 외에는 아무것도 없었다. 찌는 듯이 덥지만 햇빛이 비치지 않는 만큼 옥상보다는 나았다.

두 사람은 "하나 둘" 하고 구령에 맞춰 하루키를 교실 한복판에 내려놓았다.

"이제 됐다."

보쿠는 안쪽에서 문을 잠그고 일단 가슴을 쓸어내렸다. 하루키는 여전히 인사불성이다.

"야, 마실 것 좀 사 와."

다케치가 목을 빙글 돌리면서 말했다.

"아이씨, 싫어. 피곤해. 네가 가."

보쿠는 바닥에 엉덩이를 대고 앉아 투덜거리며 다케치를 부추기듯 오른손을 가볍게 내저었다.

"이런 곳에 하루키를 너랑 단둘이 남겨두기는 불안해."

"걱정하지 마. 아무 짓도 안 할 테니까."

"야, 너 평소에도 이런 식이냐?"

보쿠는 학교 안 자판기에서 보리차를 뽑아서 다케치와 하루키가 있는 교실로 돌아갔다. 정신을 차린 하루키는 깜짝 놀라 창백해진 얼굴로 옷을 입고 있는 참이었다. 무리도 아니다.

"둘 다 야구부였다고 했던가?"

책상과 의자를 구석으로 밀어놓아서 그런지 교실이 넓게 느껴졌다. 세 사람은 빈 교실에 배를 깔고 엎드려서 잠시 쉬었다.

"넌…… 원예부?"

다케치는 안절부절못하는 것이 한시라도 빨리 하루키를 데리고 여기서 나가고 싶어 하는 낌새가 역력했다. 하지만 몸도 마음도 몹시 고단한지 일단 바닥에 눕자 일어나기가 몹시 힘든 듯했다.

"동아리는 아니고 동호회. 그러니까 멋대로 옥상에 올라오거나…… 하물며 알몸으로 기절하면 곤란해."

"그렇구나……. 미안."

머쓱한 듯 고개를 숙이는 하루키는 많이 진정된 것처럼 보였다.

"사과할 것 없어……." 작게 말한 다케치를 보쿠는 도발적으로 노려보았다.

하아, 하고 다케치는 한숨을 내쉬었다.

"이놈의 인생, 진짜 인필드 플라이가 따로 없네."

다케치가 하품을 섞어 말하자 하루키가 킥 웃었다. "인필드 플라이?" 보쿠는 고개를 갸웃하며 되뇌었다.

"인필드 플라이란 병살°을 잡을 수 있는 상황에서 나온 내야 뜬공을 말하는데, 이럴 때는 자동으로 아웃되는……."

"나도 야구 규칙 정도는 알아. 얕보지 마."

"얕보는 게 아니고……. 그나저나 잘 아네. 야구 좋아해?"

"아니, 하지만 유튜브에서 '프로야구 난투'로 검색해서 선수들이 무더기로 싸우는 동영상 보는 건 좋아해."

"진짜 이상한 애네. 아무튼 난 초등학교 리틀리그에서부터 야구를 했는데, 전혀 빛을 보지 못했어. 고등학교 야구부에서도 내내 벤치 신세였지. 하지만 야구는 그저 홈런만 뻥뻥 친다고 되는 게 아니거든. 희생 번트를 대거나 희생 플라이를 치는 선수처럼 두드러지지 않는 역할을 하는 선수도 있어야 이길

• 야구에서 두 사람의 주자를 한꺼번에 아웃시키는 일.

수 있는 거야."

"그건 그렇지."

"뭐, 나는 그런 선수도 못 됐어. 우리 학교 마지막 경기 때, 우리 학교는 잔챙이라 예선 1회전에서 콜드게임[**]으로 지긴 했지만, 어쨌거나 마지막 이닝에 추억이라도 만들라는 취지에서 후보 선수도 전부 대타나 대주자로 내보내줬거든."

보쿠는 맞장구 치면서 다케치는 확실히 자기 신세타령하길 좋아하는구나 생각했다. 다케치의 이야기에 일일이 고개를 끄덕이는 하루키를 힐끔 보았다. 이제 완전히 진정된 것 같았다.

"나도 대타로 나갔어. 고등학교 3년간 공식 경기 출전은 그때가 처음이었지. 하루키는 반짝반짝 빛나는 주전이었지만."

다케치의 말에 하루키는 과하게 쑥스러워하며 뒤통수를 벅벅 긁었다.

"내 앞에서 대타로 나간 녀석이 안타를 쳤어. 원 아웃에 주자는 1루. 분위기가 좀 살더라고."

야구부 응원에 전교생이 동원되었으므로 보쿠도 그 순간은 기억한다. 역전의 실마리를 잡았다고 할 정도는 절대로 아니었고, 망한 것치고는 나름대로 열심히 하지 않았느냐는 분위기로

[**] 심판이 경기 종료를 선언하는 것. 아마추어 야구에서는 5회에 10점 이상, 7회에 7점 이상 점수 차가 나면 콜드게임이 선언된다.

응원석이 훈훈해졌다.

"그리고 내가 타석에 들어섰지. 사인이 없었으니 휘두르라는 뜻이었어."

다케치는 바닥에 앉은 채 방망이를 쥔 시늉을 하며 허리를 회전시켰다.

"초구*부터 휘둘렀더니 공이 배트에 맞았어."

다케치는 펼친 오른손을 방망이, 주먹 쥔 왼손을 공에 비유해 서로 부딪쳤다.

"초라하기 짝이 없는 내야 뜬공이었지. 그래서 인필드 플라이. 다음 타자도 삼진으로 경기 종료."

아, 하고 보쿠는 마치 그 광경을 떠올린 척했지만 실은 기억나지 않았다. 그 경기가 그렇게 끝났던가?

"하지만 말이야." 다케치는 손뼉을 치고 이어나갔다.

"인필드 플라이라도 규칙상으로는 태그업** 할 수 있어. 하려고만 하면."

다케치는 여기까지는 사실을 이야기했지만, 여기서부터 야구용어를 사용한 비유로 내용이 바뀌었다. 그걸 알아차리는 데

- 야구에서 투수가 등판하여 맨 처음 던지는 공. 또는 타자가 타석에 들어서서 처음 맞이하는 공.
- 각 베이스 위에 있는 주자가 뜬공이 잡힌 뒤에 다음 베이스로 달려가는 것을 가리킨다.

약간 시간이 걸린 보쿠는 "그래서?"라고 이야기를 재촉했다.

"나한테 좋은 일이라고는 하나도 없구나! 콱 죽어버릴까! 그런 생각도 했지. 야, 믿어지냐? 나, 이 학교 들어오려고 엄청 열심히 했어."

"뭐라고?"

보쿠는 눈이 동그래졌다. 이 학교에 입학하는 사람은 수험 공부를 내팽개친 사람이나 돈이 없어서 사립고교에 못 가는 사람 또는 그 둘의 짬뽕에 한정된다. 정 공업 기술을 배우고 싶다면 근처에 좀 더 괜찮은 공업고등학교가 있다.

"기출문제 같은 것도 풀어가며 겨우 합격했다고."

"말도 안 돼, 정원 미달도 뜨는 곳인데……."

보쿠는 자기 처지는 제쳐놓고, 다케치를 차에 치인 작은 동물의 시체를 보는 듯 보았다.

"그래서 말이야. 이대로 가다가는 고등학교 생활이 허튼 짓이 될 것 같아서 각오하고 고백했지. 지금까지 쭉 좋아했던 하루키에게. 밑져야 본전이잖아? 그랬더니 내 마음을 받아줬어."

다케치가 고개를 돌려 하루키를 보았다. 하루키는 또 쑥스러운 웃음을 지었다.

"잘도 그렇게 술술 풀렸네."

"나도 그랬거든. 세이지를 쭉……. 말은 안 했지만."

하루키가 입을 열었다. 보쿠는 이야, 하고 감탄했다.

"굉장한데. 평생의 운을 다 썼네."

고백과 성 정체성 커밍아웃을 동시에 하다니…….

"될 대로 되라는 심정으로 홈까지 달렸더니 우연히 홈인했다고 할까."

하루키는 그렇게 말하고 어쩐지 자랑스럽게 미소 지었다.

"둘 다 이제 어떻게 할 거야? 진로라든가 그런 거."

"다른 곳으로 이사 가서 같이 살고 싶지만……."

다케치가 말꼬리를 흐렸을 때 보쿠의 머릿속에 갑자기 아이디어가 번뜩였다.

"이야기 들려줘서 고마워."

보쿠는 짐짓 헛기침을 한 뒤 "할 말이 있는데," 하고 본론에 들어갔다.

여름방학이 끝나기 이틀 전, 동생이 식탁에서 느닷없이 선언했다.

"나, 방학 끝나면 학교에 가보려고……."

정말로? 너무 뜬금없어서 보쿠는 젓가락으로 집은 음식을 떨어뜨릴 뻔한 바람에 허둥지둥 손가락에 힘을 주었다.

"너무 무리 안 해도 돼."

토마토를 씹으며 걱정스러운 듯이 말하는 엄마의 입가에서 녹색 즙이 떨어졌다.

"아니, 생각해봤는데 계속 이대로 있으면 안 될 것 같아."

엄마는 이해가 안 된다는 눈빛이었다. 보쿠도 같은 심정이었다. 다시 학교에 간들 이번에는 괴롭힘당하지 않을 거라는 보장은 어디에도 없다. 오히려 벌에 쏘일 때처럼 두 번째에야말로 정신에 심각한 충격을 입지는 않을까. 아나필락시스 쇼크처럼. 다시는 일어서지 못할 가능성도 없지는 않을 터. 위험하다.

아무 말 없이 입에 손가락을 넣어 임연수어의 잔뼈를 꺼내는 아빠는 아들의 결심에 찬성하는 듯했다. 아빠는 원래부터 괴롭힘당해 등교를 거부하는 아들의 존재를 도저히 용납할 수 없었을 것이다.

"왜 갑자기 그런 생각을 한 건데?"

보쿠가 입을 열었다. 보쿠가 식탁에서 말을 꺼내는 것 자체도 아주 희귀한 일이었다.

"이런저런 일이 있어서 마음을 바꿔먹었다고 할까……."

"네가 하고 싶다면 하는 거긴 하지."

바닥을 세게 긁는 소리가 났다. 엄마가 의자를 뒤로 물린 모양이었다. 엄마는 "그렇구나"라고 벅찬 어조로 말했다. 아까와는 딴판으로 상쾌한 표정이었다. 드디어 고난에서 해방됐다는 생각이 표정에 묻어났다. 엄마라는 사람이 그래서 되겠어? 보쿠는 납득이 되지 않았지만 일부러 으음, 하고 미묘한 표정을 짓는 데서 그치고 반박하지는 않았다.

"그럼 다 함께 축하 파티라도 할까?"

엄마가 말했다. 축하 파티라니, 하고 보쿠는 떫게 웃었다.

"다 함께 어디라도 가자. 여보, 당신도 괜찮지?"

아빠는 고개를 끄덕였다. 동생은 "고마워"라고 적어도 지금까지 보쿠가 들은 목소리 중 가장 크고 또렷한 목소리로 웃으면서 말했다. 왜 또 갑자기 어딜 가자는 거야. 그럴 상황이 아닌데. 비닐하우스에서는 대마가 지금도 쑥쑥 자라고 있다. 동호회 활동에 집중하고 싶은데…….

다음 날, 보쿠는 찜찜한 기분으로 아빠가 운전하는 차의 뒷좌석에 올라탔다. 국도 245호선을 20분쯤 달려 도착한 곳은 이 지역 프랜차이즈 이탈리안 레스토랑이었다. 동생은 약간 비싸고 비교적 양이 많은 파스타를 다 먹는 데 한 시간쯤 걸렸지만, 부모님은 재촉하지 않고 가만히 바라보았다. '축하 파티'라는 명목에 비해 대화가 너무 적었다 싶었는지 엄마가 "다 먹고 어디 들렀다 갈까?" 하고 제안했다.

"어디에?"

"근처에 어디 갈 데 없나? 볼링장이라든가."

가족끼리 볼링장에 간들 재미가 있을까. 보쿠는 동생에게 판단을 맡기기 위해 동생의 안색을 살폈다. 동생은 고개를 약간 갸웃했다. 긍정과 부정 어느 쪽으로도 받아들일 수 있겠지만,

엄마는 그 행동을 긍정으로 해석했다.

보쿠가 살면서 제일 마음 졸이는 시간이 바로 가족과 함께 보내는 시간이다. 그들은 가게를 나서서 근처에 있는 볼링장으로 향했다.

주차장에 후진으로 차를 대느라 고생하던 아빠가 갑자기 말했다.

"그나저나 다들 볼링은 쳐봤어?"

"아주 옛날에 한 번 쳐보고는 안 쳐봤지."

조수석에 탄 엄마가 대답하자 아빠가 "너희는?" 하고 뒷좌석을 돌아보았다. 동생은 고개를 저었다.

"난 요즘에 친구랑 몇 번 쳐봤어."

아빠는 보쿠의 대답에 아무 반응도 보이지 않았다. 보쿠는 솔직하게 대답한 것을 후회했다. 자동차의 뒷바퀴가 콘크리트 주차 블록에 부딪치자 그 진동으로 몸이 덜컥 흔들렸다.

카운터에서 신발 네 켤레를 빌려 레인으로 향했다. 보쿠는 이와쿠마를 찾아서 데라야마볼링의 침침한 내부를 둘러보았다. 오늘은 이와쿠마가 일하는 날일 것이다. 더 이상 가족과 함께 있다가는 죽을 지경일 만큼 어색해서 하다못해 이와쿠마를 보고 싶었다.

게임을 시작하기 전에 화장실에 다녀오려고 했지만, 출입구에 '청소 중'이라는 노란 팻말이 세워져 있었다. 단념하고 돌아가려는데 마침 종업원이 청소를 마치고 나왔다.

"앗."

보쿠는 소리를 질렀다. 다행히 이와쿠마라서 가슴을 쓸어내렸다. 이와쿠마는 "보쿠네" 하며 굵은 오른손가락으로 화장실 청소용 솔의 손잡이를 빙글빙글 돌리며 씩 웃었다. 그러다 실수로 솔을 떨어뜨릴 뻔해서 허둥지둥 다시 잡았다.

"야구치랑 같이 왔어?"

"아니, 가족들이랑. 당장이라도 집에 가고 싶어……. 왜 가족끼리 볼링을 치냐고."

보쿠가 고개를 떨구자 이와쿠마는 쓴웃음을 지었다.

"아슬아슬했네."

"응?"

"여기, 이번 달을 끝으로 문 닫거든. 경영난 때문인지 뭐 때문인지 이유는 몰라."

"진짜?"

안 그래도 아무것도 없는 거나 마찬가지인 이 동네의 오락거리가 또 하나 사라지다니!

"이번 달에 볼링 실컷 쳐봐. 그게 잘되면 나도 새로운 아르바이트를 찾지 않아도 될 텐데."

"마음 편히 가져. 분명히 잘될 테니까. 만사쾌조야."

'그것'은 아무 문제없이 성장 중이다. 앞으로도 순조롭게 진행된다면 11월에는 수확할 수 있다. 여름방학이 끝나고 나서가 본게임이다. 보쿠는 옥상의 비닐하우스를 떠올렸다.

"만사쾌조!"

이와쿠마는 소리 높여 말한 뒤 솔에 묻은 물을 보쿠의 얼굴에 터는 시늉을 했다. 보쿠는 인상을 찌푸리며 피하려고 몸을 틀었다. 보쿠의 머리가 벽에 부딪혀 둔탁한 소리가 났다. 보쿠와 이와쿠마는 작게 웃고 다음에 보자며 헤어졌다.

제일 먼저 아빠가 13파운드짜리 공을 들고 자세를 취했다. 약간 오른쪽으로 휜 공은 핀을 일곱 개 쓰러뜨렸다. 의자에 앉아 그 모습을 보던 보쿠는 엄마와 동생처럼 수동적으로 손뼉을 쳤다.

아빠가 왼쪽에 뭉쳐 있는 세 개의 볼링 핀을 처리하기 위해 다시 던진 공은 공교롭게도 거터에 빠지고 말았다. 덜컹, 하고 공이 레인 안쪽으로 사라졌을 때 실내에 흐르는 음악이 보쿠의 귀에 들어왔다. 도어즈의 「디 엔드the End」. 어두워라. 조금 웃겼다.

아빠는 스페어를 처리할 기회를 놓쳤지만, 딱히 아쉬워하는 기색 없이 덤덤한 표정으로 돌아왔다. 그러고는 손목이 아픈 듯 짐짓 오른손을 돌렸다.

다음으로 나선 엄마는 무거운지 공을 양손으로 쥐고 발치에 살짝 떨어뜨리듯이 굴렸다. 두 번 던져서 볼링 핀을 네 개 쓰러뜨렸다. 아무래도 부모님에게 볼링 재능은 없는 모양이다. 세 번째는 동생이었다. 동생은 눈동냥으로 구멍에 손가락을 넣고 익숙하지 않아 보이는 자세로 레인에 다가갔다. 동생에게 같이 볼링을 칠 친구가 있었을 리 없으니 이번이 처음일 것이다. 보쿠는 동생이 서투를 거라 예상하면서 그 뒷모습을 바라보았다. 아니나 다를까 첫 번째 공은 거터에 빠져버렸고 두 번째 공은 간신히 왼쪽 끄트머리의 핀 하나만 쓰러뜨렸다. 보쿠는 "직원한테 거터 펜스 세워달라고 할까?"라고 놀리려다가 그만뒀다.

다음은 보쿠 차례다. 보쿠는 10파운드짜리 공을 골라 구멍 세 개에 손가락을 넣었다. 야구치와 몇 번 볼링장에 와봤기에 비결은 안다. 가볍게 도움닫기를 해서 손목에 스냅을 준다. 공은 오른쪽으로 슬쩍 휘면서 나가 볼링 핀 열 개를 모조리 쓰러뜨렸다.

"제법인데."

아빠가 대뜸 그렇게 말해서 보쿠는 반응이 늦었다.

"아, 응."

보쿠가 레인에 던진 공이 볼 리턴을 따라 좌석에 있는 레일로 돌아왔다. 아빠가 사용한 13파운드짜리 공에 부딪쳐 살짝 소리가 났다.

2프레임, 아빠는 스페어를 획득했다. 보쿠는 어쩐지 아까보다 아빠의 투구 자세에 힘이 붙은 걸 알아차렸지만, 입밖에 내지는 않았다. "대단한데" 하고 엄마가 칭찬했다. 이번에도 엄마는 공 두 개로 볼링 핀을 네 개 쓰러뜨린 것이 고작이었다. 수십 년은 살았으면서 그런 실력이라니 보기 민망했지만, 볼링을 연습할 기회조차 없었던 엄마의 인생을 생각하자 서글프기도 했다. 다음으로 동생이 공을 던지기 전에 보쿠는 살짝 귀띔했다.

"팔을 시계추처럼 똑바로 내리면서 공을 굴려. 그리고 저 삼각형 중심보다 약간 왼쪽을 노려봐."

동생은 보쿠가 시킨 대로 하려고 노력했다. 첫 번째로 투구할 때는 요령을 터득하지 못했는지 지난 프레임보다도 어색한 자세로 거터에 공을 빠뜨렸다. 돌아온 공을 비치된 천으로 닦은 스구루는 두 번째 투구에 도전했다. 보쿠는 차분하게 하라고 격려한 뒤 아까와 똑같이 조언했다.

"팔을 시계추처럼 똑바로 내리면서 공을 굴리고, 중심보다 약간 왼쪽을 노려……."

"알았어."

이번에는 잘됐다. 삼각형으로 배열된 핀에 재빠르게 명중한 공이 회전하며 볼링 핀 여러 개를 휩쓸었다. 공은 오른쪽 끄트머리의 볼링 핀 하나만 남기고 모조리 레인 안으로 떨어졌다.

"나이스."

가만히 바라보고 있던 보쿠는 돌아온 동생에게 손바닥을 내밀었다. 동생도 손바닥을 내밀어 가볍게 맞부딪쳤다. 하이파이브를 하는 소리는 옆 레인의 소리에 묻혀 지워졌지만, 감촉은 피부 전체에 전해졌다.

보쿠는 기계가 볼링 핀을 세운 걸 확인하자마자 의자에서 일어나 공을 잡았다. 손쉽게 스페어를 처리했다.

"누나, 볼링 잘 치는구나."

"최근에 친구한테 배웠거든. 재능이 있더라고."

보쿠는 오른손가락을 튕겨서 소리를 냈다.

"야" 하고 아빠가 보쿠를 불렀다. 아빠는 레일 위에 있는 공에 시선을 향한 채 보쿠 쪽은 보지 않았다.

"왜?"

"어떻게 하면 잘 넘어가냐? 가르쳐줘."

보쿠는 잠시 생각했다. 옆 레인을 곁눈질하자 거기도 가족이 치고 있었다. 거터 없는 어린이용 레인이라 다섯 살 정도로 보이는 아이가 펜스의 반동을 이용해 볼링 핀을 여섯 개 쓰러뜨린 참이었다.

"아, 나도. 히데미, 가르쳐주라."

엄마도 오른손을 살짝 들며 부탁했다.

"천 엔이야."

보쿠는 턱을 손가락으로 감싸고 생각하다 말했다. 아빠의 미간에 한순간 주름이 잡혔다. 보쿠는 아빠가 끼어들기 전에 말을 이었다.

"기술 하나당 천 엔에 가르쳐줄 수도 있는데."

보쿠는 최대한 노골적으로 입꼬리를 올리며 따귀가 날아올거라 예상했지만, 아빠는 구멍 난 풍선처럼 숨을 내쉬며 어깨에서 힘을 뺄 따름이었다.

"스구루한테는 가르쳐줬잖아."

"오늘은 스구루를 위한 날이니까 특별 서비스한 거고, 두 사람은 일반 요금입니다."

어떻게 되려나? 보쿠는 엄마를 향해 슬쩍 시선을 돌렸다. 엄마는 동생과 함께 어처구니없다는 듯 웃고 있었다.

"……어쩔 수 없군."

아빠는 천천히 청바지 호주머니에 손가락을 넣어 지갑을 꺼냈다. 지갑에서 지폐를 한 장 꺼내 반으로 접어서 내밀기에 보쿠는 눈을 부릅떴다. 내일은 해가 서쪽에서 뜨겠네.

보쿠가 그 돈을 받으려 하자 아빠는 즉시 손을 등 뒤로 휙 돌렸다.

"진짜인 줄 알았냐? 나도 소싯적에는 볼링 좀 쳤어. 감을 되찾는 데 시간이 걸렸을 뿐이야."

아빠는 그렇게 말하고 이를 내보였다.

"아주 박살을 내줘야겠네."

보쿠는 그렇게 내뱉고 나서 신기하다는 표정으로 이쪽을 보는 동생에게 혀를 쏙 내밀었다.

집에 갈 때는 엄마가 운전했다. 아빠는 연이어 두 게임을 하느라 운전대를 잡을 정신도 체력도 다 써버린 듯했다.

"그런데 스구루."

보쿠는 옆자리에 앉은 동생에게 말을 걸었다.

"새삼스럽지만 진짜 학교에 갈 거야? 그딴 학교에 가는 건 무의미하잖아. 솔직히 말해서 지금처럼 집에서 공부하는 게 훨씬 나을 것 같은데."

고양이도 기르잖아? 그런 농담이 목구멍까지 올라왔지만 간신히 삼켰다.

잠시 침묵을 지키던 동생이 입을 열었다. 그사이 부모님은 아무 참견도 하지 않았다.

"하지만 해보지 않으면 모르니까."

"그야 그렇지."

실제로 동생은 9월부터 다시 등교했고, 동생이 앉으려던 의자를 뒷자리 아이가 잡아 빼자 볼펜으로 눈알에 일격을 가하는 데 성공했다. 그리고 그 일을 계기로 지금까지와는 전혀 다른 인간관계를 만들기에 이르렀다. 늘 친구 여러 명이 동생 주변을 감싸고 있으므로, 질이 좋은지 나쁜지를 따지지 않는다면 동생은 그전보다 훨씬 넓은 세상에서 살게 된 셈이다. 잘된 일인지 나쁜 일인지는 본인이 결정할 문제니까 보쿠는 동생이 좀도둑질로 몇 번 적발당하거나, 집에 몹시 덩치가 좋고 목소리가 큰 중학생이 들이닥치는 데 대해서 아무 말도 하지 않았다. 하기야 그런 것보다는 자신이 친구들과 시작한 사업으로 머리가 가득했기 때문이기도 하다.

스구루의 변화를 가장 크게 계획에서 벗어난 일로 간주한 사람은 사토였다. 1단계, 스구루의 가슴속에 쌓인 응어리를 이용해 폭력을 체험하게 한다. 2단계, 폭력 때문에 스구루의 정신이 붕괴된다. 3단계, 폭력을 휘둘렀다는 죄책감과 양심의 가책을 발판 삼아 스구루를 마음대로 조종해 보쿠 히데미를 궁지에 빠뜨린다. 그런데 기껏 세운 계획이 전부 허사로 돌아갔다. 당치 않게도 녀석은 '복수'를 통해 자신감을 얻은 모양이었다. 폭력 행위로 살아갈 기력을 되찾다니, 윤리관이 어떻게 된 걸까 기가 찰 따름이었다.

스구루는 8월 말 늦은 밤에 죽은 할아버지의 방에서 사토에게 이렇게 말했다.

"있잖아요. 저…… 이제부터 다시 학교에 가려고요."

사토는 스구루의 말을 들으며 입속에서 혀를 거듭 움직였다. "그러냐" 하고 장난치듯 어깨를 두드렸다.

"사토 씨께는 감사할 따름이에요. 복수한 덕에 용기를 움켜잡았다고 할까요."

"누나 일은 어쩌고? 너희 누나는 범죄자야. 못 본 척 넘어갈 수는 없잖아."

사토는 자신의 말투에 초조함이 배어 있다는 걸 스구루가 알아차리지는 않을까 걱정됐다.

"신경 끄려고요. 저도 남 말할 입장은 아니니까요. 사토 씨도 그렇고요."

스구루는 조심스럽게 사토를 힐끗했다.

사토는 스구루를 너무 깔보았다고 후회했지만, 일부러 미소를 지어 보였다.

"확실히 그렇긴 하지."

"저어, 왜 그렇게까지 저희 누나한테 집착하시는 거예요?"

"토끼를 죽였거든."

"네?" 스구루는 괴상한 목소리를 냈다. 사토는 자세하게 설명하지 않았다.

그날 사토는 그 집에서 빠져나와 다시는 돌아가지 않았다.

보쿠의 집을 떠나기 전 마지막으로, 사토는 망치에 맞아 엉망진창으로 뭉개진 토끼 사진을 에어드롭으로 보쿠의 스마트폰에 보냈다.

보쿠는 느닷없이 도착한 정체 모를 사진을 아무 생각 없이 삭제했다. 가령 외출한 공공장소에서 이처럼 불특정한 인물이 불쾌한 사진을 송신하는 건 흔한 일이었다.

보쿠가 사토의 토끼를 끔찍하게 죽인 건 사실이었다. 오른손에 든 망치로 토끼를 수없이 때렸지만 약에 취해 의식이 혼탁했던 보쿠는 그 사실을 인지하지 못했다.

그런 일이 있었거든.

도카이촌 사이퍼를 마치고 돌아가는 길에 보쿠는 재키와 함께 영업 종료 직전의 대형 마트 카인즈홈의 푸드 코트에 들렀다. 보쿠가 맥도날드 아이스커피를 마시며 자기 동생에 대해 이야기하는 동안 재키는 고개를 끄덕이거나 가끔 "그렇구나"하고 감탄했다.

"뭐, 잘된 거 아닌가. 학교에 갈 수 있게 되었으니까……."

재키는 보쿠의 남동생이 어떤 아이인지 눈곱만큼도 모르지만 어쨌거나 일반론적으로 말했다.

"뉴로맨서가 가족에 대해 이야기하다니 별일이네."

"그래?"

"맥 밀러의 「셀프 케어Self Care」 뮤직비디오 있잖아."

보쿠는 고개를 끄덕이며 그 뮤직비디오를 떠올렸다. 맥 밀러는 보쿠와 재키 둘 다 좋아하는 래퍼다.

눈을 뜨자 자신이 나무로 된 관 속에 있다는 걸 알아차리는 맥 밀러. 게다가 아무래도 땅속인 듯하다. 그는 관 뚜껑을 주먹으로 마구 때려서 구멍을 뚫고 탈출을 시도한다. 간신히 땅속에서 기어 나오자 전쟁터라 폭발에 휘말리고 만다는 그런 내용이다.

"그 느낌이야. 관에서 나왔지만 바깥은 더 위험했다, 같은."

"관 속과 전쟁터, 어디가 더 나을까."

재키는 "음, 어렵네" 하고 웃었다. 보쿠는 남은 커피를 마저 마시고 컵을 테이블에 내려놓았다.

뮤직비디오에서 맥 밀러는 관을 부수기 전에 칼로 관 뚜껑에다 '메멘토 모리Memento Mori'라는 글자를 새긴다.

보쿠는 그 글자에 대해 이야기했다.

"메멘토 모리는 두 가지 뜻으로 해석할 수 있잖아?"

보쿠는 컵에 맺힌 물방울을 손가락에 묻혀 테이블에다 영어로 'Memento Mori'라고 썼다.

"두 가지?"

재키는 자기가 보는 방향에서는 거꾸로 적힌 글씨를 바라보며 물었다.

"요컨대 '죽음을 기억하라'라는 뜻인데. '어차피 죽을 테니 일단 지금을 즐겨라'라는 의미와 '항상 죽음을 염두에 두고 인생을 낭비하지 말라'라는 의미가 담겨 있대."

"앞쪽이 마음 편해서 좋다."

"그렇지? 하지만 되도록 죽고 싶지는 않네."

재키는 웃었다.

"되도록? 그 정도면 돼? 뭐, 확실히 죽기는 싫어."

사람이 거의 없는 어스름하고 지저분한 푸드 코트에 두 사람의 목소리가 울려 퍼졌다. 다음 날 맥 밀러가 숨진 채로 발견되었지만, 물론 그건 단순한 우연이었다.

"대마초 판 돈으로 타투 새길까? 여기에 메멘토 모리라고."

보쿠는 자신의 팔을 가리키며 말했다.

"멋있겠다. 하지만 타투할 때 엄청 아프대."

"그럼 네 글자로 할래. 줄여서 '메멘모리'."

"일본어로 하겠다고?"

✦×

11월 초. 원예 동호회 회원들은 비닐하우스에 발을 들여놓

293

은 순간 식물 냄새에 톡 쏘는 향을 첨가한 듯한 독특한 냄새를 맡았다. 보쿠가 앞장서서 플랜트박스로 다가갔다. 비닐하우스에 작은 숲처럼 대마가 우거졌다. 지난달에 핀 꽃도 충분히 성숙해졌다.

보쿠는 주먹을 꽉 쥐었다.

"마침내, 하베스트네."

"하베스트?" 이와쿠마는 보쿠와는 다른 억양으로 말했다.

"수확제."

보쿠는 대답하고 나서 대마에 달린 큼지막한 꽃 이삭을 빤히 들여다보았다. 꽃이삭은 자세히 보자 호박색 솜털 같은 것에 덮여 있었다. 왼손가락으로 그걸 가볍게 쓸어보자 끈적거리는 것이 묻어나왔다.

잎이 무성한 비닐하우스는 11월치고 더워서 보쿠는 교복 외투를 벗기로 했다. 그러자 야구치와 이와쿠마도 따라 했다. 벗은 교복 외투는 겨드랑이에 꼈다.

"이걸 따는 거였나?"

"응, 이 부분을 말려서 가루로 만들어."

보쿠가 떠올리기도 싫은 기억과 함께 손에 넣은 이것이 드디어 도움이 되는 순간이 왔다. 보쿠는 들뜬 마음을 가라앉히려 애썼지만 자꾸 조급해졌다. 보쿠는 "너희 가위 없어?"라고 물었다. 이와쿠마도 야구치도 없는 것 같았다.

"후지키에게 마체테를 빌려 올까?"

맞다. 보쿠는 이와쿠마의 말을 듣고 어째선지 화학부 동아리 방에 마체테가 있다는 게 떠올랐다.

"고마워. 부탁할게. 그리고 계량기가 있으면 그것도."

+×

이와쿠마는 동아리 건물 1층에 있는 화학부 동아리방으로 가서 노크한 뒤 미닫이문을 열었다.

"실례합니다. 후지키 있어?"

"엑, 이와쿠마잖아."

문에서 제일 가까이 있던 이마무라가 말했다. 방구석에서 동아리원들과 이야기를 나누던 후지키는 잠시 후에야 이와쿠마가 왔다는 걸 알아차리고 반갑게 달려왔다.

"앗, 이, 이, 이와쿠마 선, 선배."

"후지키, 마체테 좀 잠깐 빌려줄래?"

"아, 그럼요. 거, 거, 거기 사물함에 드, 들어 있어요."

동아리방 안쪽에 세로로 길쭉한 사물함이 세 개 있다. 왼쪽부터 하나씩 열어보자 마체테는 제일 오른쪽 사물함에 들어 있었다. 화학부 동아리원들은 모두 스포츠와 인연이 없는 인간일 텐데, 어째선지 마체테 옆에 야구방망이가 세워져 있었다.

"마체테는 어디 쓰려고?"

마체테를 어깨에 얹은 이와쿠마에게 이마무라가 참견했다.

"좀 자를 게 있어서."

"뭘 자를 건데?"

"너네 가족 목! 그다음에는 너."

이와쿠마는 칼끝을 이마무라에게 향했다. 후지키가 멀리서 웃었다. 이와쿠마는 마체테를 들고 동아리방을 나서서 계단을 올랐다. 도중에 학생 몇 명과 마주쳤지만 그들은 이렇다 할 기이한 반응은 보이지 않았다.

✦×

보쿠는 마체테를 가위 삼아 꽃 이삭을 차례차례 수확했다. 화학부 동아리방에서 가져온 계량기로 무게를 재자 합쳐서 2킬로그램쯤 나왔다. 예상보다 수확량이 많았던 건 볕이 잘 드는 옥상에 심었기 때문일까. 학교는 대마를 재배하기에 적합한 장소다.

"어디 보자……. 만약 1그램당 5천 엔에 판다고 치고 5천 곱하기 2천이면."

"천만 엔?"

보쿠보다 먼저 암산을 끝낸 야구치가 말했다. 야구치는 손

가락을 다 사용해도 아홉까지밖에 못 헤아리지만 이 중에서는
제일 계산에 강하다.

"천만 엔?!"

"천만 엔."

세 사람은 꿈같은 금액을 읊조리며 기대에 부풀었다. 이걸
일주일쯤 건조시키면 새끼손가락 관절만 한 양도 그 가치가
어마어마해진다.

"……진정하자. 조심해야지."

이와쿠마는 눈을 거듭 깜박이며 보쿠와 야구치에게 시선을
주었다.

"아아, 응, 그렇지." 보쿠는 고개를 끄덕였다.

"만약 돈에 눈이 멀어서 우리가 분열되고 이 계획도 전부 들
통나면……."

"으아, 무서워."

그럴 가능성도 없다고 할 수는 없다. 보쿠는 몸이 바르르 떨
렸다.

"십대가 주인공인 범죄물에는 꼭 나오는 설정이지. 특히 여
자가 주인공일 경우에는 더더욱."

야구치가 비아냥거리듯이 히죽거렸다.

"보쿠 히데미, 넌 기본적으로 무슨 생각을 하는지 모르겠으
니까, 배신한다면 너일 거야."

"확실히. 일리 있어."

"뭐라고? 넷플릭스의 「기묘한 이야기」에 나오잖아. 친구는 거짓말하지 않는다……. 무엇보다 고작 너희 수준에 내 생각을 읽을 수 있을 것 같아?"

보쿠는 왼손가락과 오른손가락으로 각각 이와쿠마와 야구치의 이마를 가리켰다.

"그런데 이걸 어떻게 팔지?"

야구치가 화제를 바꾸었다.

"대화 기록이 남지 않는 SNS 어플이 있어. 그걸로 고객과 거래해야지."

보쿠의 대답에 이와쿠마는 흐음, 하고 반응했다.

"완전한 범죄네."

"남이 들으면 큰일 날 소리 하는 거 아니야."

셋은 비닐하우스에서 제일 볕이 잘 드는 곳에 수확한 꽃 이삭을 담은 바구니를 내려놓았다. 다케치와 하루키가 침입한 뒤로 옥상 문에 다이얼 자물쇠를 달았다. 네 자릿수 비밀번호는 '2001'이다.

세 사람은 화학부에 마체테를 돌려주는 걸 깜박했다. 후지키도 돌려달라고 재촉하지 않으므로 마체테는 비닐하우스 모퉁이에 기대어 세워진 채 방치되었다. 세 사람은 옥상에서 나갔다. 보쿠는 다이얼을 꼼꼼히 돌려서 숫자를 섞었다. 지금은

'완성품'이 옥상에 있으니 보안에 한층 신경 써야 한다.

"저기, 생각해봤는데."

이와쿠마는 학교 근처 역에서 전철을 기다리다 문득 입을 열었다. 5분 전에 한 대를 놓쳤으므로 다음 전철은 30분 뒤에야 온다.

"뭘?"

"그거 있잖아. 꺾꽂이하면 또 새로 자라지?"

"맞아."

꺾꽂이를 통해 줄기 한 대로 새로운 모종을 양산해내는 클론 재배 방식은 토마토 따위에 이용되는데, 대마도 그게 가능한 모양이다. 이론상으로는 지금 자라난 줄기를 사용해 대마를 영구적으로 계속 수확할 수 있다.

"아이디어가 하나 떠올랐는데 말이야."

이와쿠마는 서론을 깔고 나서 말을 이었다. 원래 계획에서 벗어나는 생각이었으므로 조금 망설여졌다. 보쿠와 야구치가 고개를 끄덕이며 이와쿠마의 말을 기다렸다.

"우리는 내후년에 졸업하지만 그 뒤로도 이 활동을 후배들이 이어가는 건 어떨까 싶어서. 돈에 쪼들리는 녀석들이 학교에 많을 거야."

예를 들어 후지키 같은 학생이 이 동네에서 벗어나는 수단이 되지 않을까. 그보다 '누군가에게 도움이 된다'는 대의명분

이 있으면 이와쿠마 입장에서도 좀 더 마음 편하게 이 '활동'
을 할 수 있다.

"즉," 하고 야구치가 말했다.

"지금으로부터 몇 년 뒤 도시전설이 탄생하는 건가. 내세울
거라곤 전혀 없는 깡촌의 한 꼴통 공업고등학교에 어떤 소문
이 돈다. 겉보기에는 원예 동호회지만 그 실체는 비밀리에 범
죄 활동을 하는 조직……."

"끝내준다. 조직명을 정하자."

보쿠가 신나게 손뼉을 쳤다.

이와쿠마는 쓴웃음을 지었다. 그럴 의도는 아니었는데.

"뭐, 개인적으로는 누군가에게 도움이 된다고 생각하면 좀
더 마음이 편하다고 할까."

야구치는 "그렇지" 하고 고개를 끄덕이는 시늉을 했지만 보
쿠는 어리둥절한 표정이었다.

이와쿠마는 보쿠의 표정을 보며 '그야 싼값에 대마를 제공
하니까 누군가에게 도움이 되겠지'로 짐작되는 보쿠의 생각을
스스로 속으로 더빙하고는 제풀에 주눅이 들었다. 보쿠 이 녀
석은 그렇게 말할 인간이지.

"이와쿠마 짱은 의외로 우리 중에 제일 감수성이 풍부하네."

그야 뭐 확실히 그렇다. 이와쿠마는 보쿠가 툭 던진 말에 얼
굴을 찡그리기는 했지만 부정은 하지 않았다.

"감수성이 풍부한 건 나쁘지 않다고 생각해. 이와쿠마코 같은 녀석이 한 명 있으면 조직은 잘 돌아가지. 특히 범죄를 저지르는 경우에는."

야구치의 말에 이와쿠마도 "그건 맞아"라고 동의했다.

"너희들은 나사가 빠져도 몇 개는 빠졌으니까 나 같은 상식인이 필요하다고."

"야!" 보쿠가 대들듯이 말하며 이와쿠마를 노려보았다.

"작작 좀 하셔."

이와쿠마는 과장되게 웃으며 자신의 지난날을 돌아보았다. 허물없는 농담을 서슴없이 주고받을 수 있는 상대가 있는 건 지금이 처음이었다. 다만 '절친'이라기보다 '공범자'의 범주에 드는 게 아쉽다. 다 함께 밴드를 만든다는 이야기였다면 좋았을 텐데.

"아무튼 누군가에게 도움이 된다면…… 그러니까, 같은 악인이라도 그나마 나은 악인이 있잖아."

"악인에게도 사정이 있다는 얘길 하고 싶은 거야?"

이와쿠마는 야구치가 덧붙인 말에 고개를 끄덕였다.

"사정이 없는 사람이 세상에 어디 있냐?"

보쿠가 말했다.

"세상에 인과응보 같은 건 없어. 그딴 건 다 개소리야. 하기에 따라서는 응보를 받기 전에 인과에서 여유롭게 내뺄 수도 있겠지!"

한산하고 으스스한 역의 플랫폼에서 전철을 기다리는 것만
큼 의미 없는 시간은 또 없지만, 이와쿠마를 비롯한 세 사람은
자신들이 만든 범죄 조직의 이름을 생각하면서 그 시간을 유
익하게 보냈다.

"더 무슨무슨스로 짓는 게 좋지 않을까?"

"우리가 무슨 밴드냐?"

"아, 생각났다."

보쿠는 오른손가락을 딱 튕기려고 했지만 추운 날씨 때문에
손이 곱아서 뜻대로 되지 않은 모양이었다. 두 손가락이 맥없
이 문질러지는 소리만 들렸다.

"올 그린스. 디 올 그린스the All Greens."

올 그린스. 야구치와 이와쿠마는 저마다 약간 무시하는 말투
로 그 말을 되풀이했다.

"일본어 랩이나 레게에서 대마초를 은어로 '잎새'라고 부르
잖아. 거기서 따온 그린과 시스템 올 그린. 즉 만사쾌조라는 뜻
이지."

보쿠는 이름에 담긴 뜻을 스스로 설명하려니 좀 부끄러웠다.

"메신저 방 이름을 올 그린스로 할까?"

"상관없어."

마침내 전철이 왔다.

첫 번째 고객은 재키였다. 그는 만5천 엔에 버즈[*] 3그램을 보쿠에게서 직접 구입했다. 늦은 밤 공원에서 재키와 접선한 보쿠는 백팩에서 문고본 세 권을 꺼냈다. 하세 세이슈의 『공허의 왕』, 무라카미 류의 『코인 로커 베이비스』, 조 힐의 『하트 모양 상자』. 전부 중고서점의 백 엔짜리 가격표가 붙어 있다. 페이지를 도려낸 안쪽에 버즈를 1그램씩 넣은 스파우트 파우치를 넣어두었다. 이렇게 만들기 위해서는 책이 적어도 5백 페이지는 넘어야 한다.

재키는 보쿠에게 받은 세 권 중 『공허의 왕』을 팔락팔락 넘겨보고는 어이없다는 듯이 웃었다.

"아이디어 한번 대단하네."

문고본에 넣어서 숨기자고 제안한 건 이와쿠마였다.

"책장에 꽂아두면 들킬 염려 없지. 일단 '노던 라이트', '스노화이트', '그린 헤이즈' 각각 1그램씩이야."

보쿠는 품종 이름을 말했지만 솔직히 무슨 차이가 있는지는 잘 모른다. "대마초 이름이야? 멋지다"라며 재키는 감탄했다.

"우리 집에는 책장이 없어서 오히려 의심받을 것 같은데. 평

---

[*] 말린 대마 꽃 이삭.

소에 책을 안 읽으니까.”

“『코인 로커 베이비스』는 읽어두는 게 좋을걸. 완전 힙합이
니까.”

한복판을 도려냈으니 못 읽겠지만.

재키가 무슨 내용이냐고 빈말로나마 관심 있는 척했다. 문장
을 페이지 가득 눌러 담은 이 시기의 무라카미 류 작품은 재키
에게 무겁게 느껴질 수도 있다.

“태어나자마자 코인 로커에 버려진 쌍둥이가 다양한 곳을
여행하고, 노래하고, 텔레비전에 나오고, 교도소에 들어가고,
무지막지하게 폭력을 휘두르다 마지막에는 도쿄를 괴멸시키
는 이야기야.”

“뭐야, 엄청 좋은 작품이잖아.”

“재키, 지궐련 피워봤어? 보통 담배 말고 종이에 직접 말아
서 피우는 담배 말이야.”

재키는 고개를 저었다.

“빈 캔이 있으면 피울 수 있어. 해볼래?”

빈 캔? 재키는 미심쩍다는 듯이 고개를 기울였다.

“여기서?”

“설마. 어디 남의 눈에 띄지 않는 곳으로 가자. 아, 너희 집
은? 비어 있어?”

“그게, 우리 집은…… 남이 와도 되는 상태가 아니라서.”

"그렇구나."

보쿠와 재키는 남의 눈에 띄지 않을 곳을 찾아 돌아다녔다. 역 앞에서 국도로 나갔다. 잠시 정처 없이 걸어가자 사방이 펜스로 둘러싸인 원자력발전소가 보였다.

"재키, 이 안에 들어가본 적 있어?"

발전소로 추정되는 건물이 희미한 조명을 받으며 서 있었다. '분명' 하고 보쿠는 생각했다. 이 거대한 열탕기는 현재 가동이 중지된 상태일 거다.

"있겠냐?"

부지 내에는 발전소 설비 외에도 일반인이 입장할 수 있는 과학관이 있는데, 기억은 어렴풋하지만 거기에는 보쿠도 재키도 가보았을 것이다. 이 지역 초등학생은 꼭 거기로 소풍을 간다. 그러면서 원자력이 얼마나 편리하고 청정한 에너지인지, 방사선이 얼마나 안전하고 무해한지 주입하는 것이다. 이 동네에 사는 이상 그걸 알아두어야 한다. 원자력발전소가 싫으면 집 밖에 나오지도 말라고 지방자치단체장이 말할 정도다.

보쿠는 이야기를 꺼냈다.

"요전에 친구랑 옛날 영화를 보러 갔거든. 국내 영화. 주인공은 별볼일 없는 중학교 교사인데, 그 사람이 혼자 원자력발전소를 만들어서 국가를 협박해."

"우와."

보쿠는 이야기하면서도 걸음은 멈추지 않았다. 밤이 깊어지자 쌀쌀했다.

"원자력발전소를 만들기 위해 플루토늄을 훔치는 장면이 나오는데, 어떻게 훔치는지 알아? 여기 도카이원자력발전소에 숨어들어! 그 부분이 마음에 들었어."

보쿠는 기억을 더듬었다. 여름방학 어느 날, 이 근처에 있는 작은영화관에서 그 영화가 재개봉한다는 소식을 들은 야구치가 잔뜩 들떠서 보쿠와 이와쿠마를 영화관으로 끌고 갔다.

"그 영화에서 원자력발전소 내부가 SF에 나오는 우주선 같이 생겼어."

"쩐다."

보쿠와 재키는 특별한 이유 없이 문득 눈에 들어온 망한 주유소에 들어갔다. 방치된 지 몇 년이나 지난 주유소는 외관이 몹시 녹슬고 지면의 아스팔트에는 이끼가 끼어 있었다.

"여기 괜찮겠다."

"나쁘지 않네."

보쿠와 재키는 도로에서 보이지 않는 건물 뒤로 돌아가서 쪼그려 앉았다. 보쿠는 미리 자판기에서 뽑아서 속을 비운 캔을 들고 한가운데를 꽉 눌러서 움푹 찌그러뜨렸다. 그러고는 볼펜 촉으로 움푹 팬 곳에 구멍을 여러 개 뚫었다. 야구치에게 배운 방법이었다. 갱 영화에 이런 장면이 나왔다는 모양이다. 보쿠는 다른 캔 하나도 재빨리 찌그러뜨리고 구멍을 냈다. 『공허의 왕』에 넣은 스파우트 파우치를 열고 꺼낸 버즈를 반으로 나누어 찌그러뜨린 캔에 각각 얹었다.

"라이터 있어?"

"응."

"마시는 부분을 입에 대고, 버즈를 불로 태우면서 나오는 연기를 들이마시는 거야."

보쿠는 라이터를 켰다. 캔 위의 버즈에 불을 붙인 뒤 스읍, 하고 크게 소리 내 연기를 빨아들였다. 재키도 어깨너머로 따라 하다가 심하게 기침을 했다.

"처음에는 다들 그래. 괜찮아. 담배처럼 금방 빨아들였다가 뱉는 게 아니라 천천히, 연기를 입속에 머금는 느낌으로……."

보쿠는 띄엄띄엄 말했다. 도취 효과를 일으키는 THC 성분이 뇌에 스며든다. 눈이 핑핑 돌 만큼 강렬한 각성과 저항하기 힘든 수마*가 동시에 밀려온다.

보쿠는 한동안 있었던 일을 떠올렸다. 수확부터 건조까지 대마초를 만들기 위한 공정이 전부 끝나자 판매하기 전에 직접 우리가 시험해보자는 이야기가 나왔다. 가족들이 모두 외출하

•　　견딜 수 없이 오는 졸음을 악마에 비유하여 이르는 말.

고 아무도 없는 이와쿠마네 집이 시험장이었다. 솔직히 보쿠는 이 순간이 오기를 고대했으므로 사전에 온라인 쇼핑몰에서 지궐련용 종이와 필터를 구입했다.

"자, 시작할까요."

이와쿠마의 방을 둘러보는 둥 마는 둥 한 보쿠는 손뼉을 짝 쳤다. 가위로 잘게 부순 버즈를 필터와 함께 종이에 담아 말고, 풀 바른 가장자리를 혀로 핥아서 붙였다. 길쭉한 원통의 끝부분을 비틀자 힙합 뮤직비디오에 자주 등장하는 그것, 소위 조인트가 완성됐다. '그린 헤이즈'를 1그램쯤 넣은 조인트를 셋이서 콜록거리며 돌려 피웠다. 각자 몇 번 빨아들였을 즈음부터 상태가 이상해지기 시작했다.

"뭐가 생각했던 것보다 평범…… 엥? 어, 어라?"

갑자기 시야가 흔들렸다. 보쿠는 조인트를 이와쿠마에게 넘겨주며 지금 균형감각이 정상이 아니라는 것을 깨달았다.

"엇? 이와쿠마? 있어?"

보쿠는 비틀비틀 일어섰다. 그러고는 가까이 있던 옷장을 열고 안에 든 옷을 마구잡이로 내던졌다.

"허, 야, 야, 뭐 하냐?"

"……아, 미안. 좀, 어라? 아아."

보쿠는 옷장 속 옷을 거의 다 꺼내고 나서야 이와쿠마의 목소리를 인식했다.

"완전히 뿅 갔네."

야구치는 깔깔 웃으며 그 모습을 바라보았다.

보쿠는 그렇게 재미있느냐고 대꾸할 수는 있었지만, 웃는 자신의 표정이 맘먹은 대로 바뀌지 않았다. 보쿠는 옷장 맞은편 책장을 보고 거기까지 기어갔다. 그러다 테이블에 놓여 있던 물건을 몽땅 걷어차고 말았다. 바닥에 놓여 있던 에어컨 리모컨을 주워서 커버를 열고 건전지를 꺼냈다. 건전지를 냅다 창문에 던졌다. 유리에 금이 갔다.

"야, 하지 마. 왜 남의 집을 부수냐……?"

이와쿠마는 보쿠를 말리려고 팔을 뻗으려 했지만 이와쿠마 역시 몸이 말을 잘 안 듣는 것 같았다. 마치 물에 빠진 것처럼 둥실거리는 부유감이 온몸을 감쌌다. 과연, 이런 느낌인가. '날아간다'라고 표현할 만하구나.

"잘 한다…… 싹 다 파괴해라!"

야구치가 박수를 쳤다. 보쿠는 온 방을 날뛰다가 바닥에 벌렁 드러누워서 움직임을 멈췄다.

"죽었나?"

야구치가 히죽거리며 보쿠를 들여다보았다.

"살아 있네. 아쉽게……."

"어쩐지 배고파."

보쿠는 문득 하품을 섞어 말했다.

"그러게."

이와쿠마와 야구치도 고개를 끄덕였다. 셋이 동시에 배고픔을 느끼다니, 그럴 수가 있을까. 강렬한 식욕 촉진이 대마초의 효능 중 하나이기는 하다.

"이와쿠마, 뭐 먹을 것 좀 없어?"

"있어봐."

이와쿠마는 비칠비칠 부엌으로 향했다. 자기 집인데도 어째 구조가 알쏭달쏭했다. 방을 나서서 문을 두 번 열고 몇 걸음만 걸으면 되는데, 그게 말도 안 되게 느껴졌다. 간신히 부엌에 도착해서 선반 장을 열었다. 초코파이와 감자 칩을 꺼내서 방으로 돌아갔다.

그사이 음악이 들렸다. 환청인 줄 알았는데 보쿠가 날뛰다가 실제로 오디오를 켠 모양이다. 다마의 「잘 있어, 인류」가 튀는 소리와 함께 최대 음량으로 흘러나왔다. 오디오는 언니 물건이어서 이와쿠마는 보쿠와 야구치가 오디오를 박살 낸 게 아닐까 걱정됐다.

오늘 인류가 처음으로 목성에 도착했어. 피테칸투로푸스˙가 될 날도 가까워졌지.

˙ '직립 원인直立 原人'이라는 뜻으로, 특정 원시 인류 종을 가리키는 학명.

"시끄러워! 얼른 꺼! 여기가 게임센터인 줄 아냐!"

이와쿠마는 전원을 때리다시피 눌러서 오디오를 끈 뒤, 바닥에 대자로 드러누워 있는 보쿠와 야구치에게 초코파이 박스를 세게 던졌다.

"먹어라!"

"고, 고마워! 맛있겠다."

보쿠와 야구치는 초코파이에 달려들었다. 박스를 뜯어 굶주린 들개처럼 게걸스럽게 먹는 모습이 마치 아귀 같았지만, 몸에서 솟구치는 정체 모를 식욕에 저항하기 힘든 건 이와쿠마도 마찬가지였다. 이와쿠마가 잠깐 눈을 돌린 사이 박스에 든 초코파이 열 개가 모조리 사라졌고, 아무렇게나 찢은 봉지만 바닥에 흩어져 있었다(감자 칩도 마찬가지였다. 이와쿠마는 두 사람이 감자 칩 봉지를 뜯는 걸 보지조차 못했다).

"야⋯⋯ 이거 실화냐!"

"아, 미안."

야구치는 입을 우물거리면서 깜짝 놀란 듯한 표정을 지었다.

"뭐 더 없어?"

"냉동식품밖에 없어."

"오, 좋다. 그거면 돼."

보쿠는 이와쿠마가 내던진 얼어붙은 피자를 물어뜯었다. 세상에 이것보다 맛있는 음식은 없다는 표정으로 냉동 피자에 집중했다. 대마초에 취한 상태에서는 뭘 먹어도 맛있게 느껴지는 모양이다. 이게 식사의 기쁨인가.

"야, 혼자 먹지 말고 나도 줘."

야구치가 보쿠에게 덤벼들었다.

"시끄러워. 야구치 미루쿠한테는 안 줄 거야. 이름이 미루쿠가 뭐냐, 미루쿠가. 웃기고 자빠졌네. 어구구, 우리 미루쿠 짱."

보쿠가 도발적으로 맞섰다.

"갑자기 웬 이름 타령? 이제 와서 이름으로 괴롭히는 거냐?"

"손가락 열 개 못 접는 사람은 입 다물어."

"손가락 개수로 차별하냐!"

셋은 몇 시간 뒤에야 제정신으로 돌아왔다. 그야말로 빈집 털이당한 듯 엉망진창인 방에 난잡하게 흩어진 음식 찌꺼기와 빈 봉지를 보자 뭐라고 형언할 수 없는 기분이 들었다.

"대마를 법으로 금지하는 이유를 알 것 같다……."

"다들 처음이라 피우는 방식이 좋지 않았던 걸 거야, 아마."

대마초에는 기분을 고양시키는 '어퍼' 계열과, 반대로 기분을 가라앉히는 '다우너' 계열이 있다. 세 사람이 피운 것은 전자였다.

보쿠는 세세한 부분까지 회상하자 번쩍 정신이 들었다. 그러고 보니 재키는? 옆에 있어야 할 재키가 어딘가로 사라졌다.

보쿠는 표면이 눌은 빈 캔을 버리고 망한 주유소 부지를 돌아다녔지만 어디에도 재키는 없었다. 재키의 이름을 부르며 찾았지만 대답조차 돌아오지 않았다. 먼저 돌아갔나? 그럴 리 없지만 도취 효과가 약간 남아 있었으므로 보쿠는 뭐 어떠냐고 결론 내리고 그대로 집에 돌아갔다.

판매는 상상 이상으로 호조를 보였다. 판매 방식은 단순하다. SNS로 고객을 지정된 장소, 예를 들어 미토역 남쪽 출입구 화장실이나 자전거 주차장 구석으로 호출해 현금과 상품을 교환한다. 세 사람은 그런 식으로 2주 만에 50만 엔쯤 벌었다. 고객과 직접 만나 거래하는 사람은 다케치로, 보쿠는 그를 일당 3만 엔에 고용했다.

"이게 바로, 학창시절 마지막으로 할 만한 멋진 일이지."

방과 후 보쿠는 비닐하우스 모퉁이에 쌓아둔 버즈 재고를 바라보며 말했다. 재배가 끝난 뒤에도 옥상은 세 사람의 활동 근거지였다.

"이렇게까지 잘 풀리니까 오히려 무서워."

야구치는 짐짓 어깨를 움츠렸다.

"딱히 나쁜 짓을 하는 것도 아닌데 뭘."

"나쁜 짓이잖아."

야구치가 보쿠에게 일침을 가한 뒤 "아참," 하고 말을 꺼냈다. 취주악부의 연주가 작게 들려왔다. 「발퀴레의 기행」이었다.

"지금은 1그램당 5천 엔이지만, 단가를 더 올릴 방법이 있는 모양이야."

참고로 마약에 대한 수사가 엄중해지고 있는 요즈음의 실정상, 5천 엔은 아주 타당한 가격 설정이었다.

"어떤 방법인데?"

"요전에 인터넷에서 봤는데, 대마에 열과 압력을 동시에 가하면 수지가 추출돼서 왁스 상태로 변한대. 도취 효과를 유발하는 성분을 좀 더 순수하게 흡수할 수 있어서 가치가 높다나. 그러면 0.5그램당 만 엔에 팔 수 있을지도 몰라."

야구치는 스마트폰을 꺼내서 유튜브에 들어가더니, 미국인 남성이 영어로 그걸 만드는 방법을 설명하는 동영상을 재생했다. 통 모양 유리 기구에 가스를 주입하고 버즈에서 액체를 분리한다. 저게 '왁스'가 되는 모양이다.

"화학부에 가스통이랑 비커가 있잖아. 그걸 쓰면 되겠다."

보쿠는 우와, 하고 감탄했다. 학교는 대마초를 만들기에 비교적 적절한 시설인지도 모르겠다.

"화학부?" 이와쿠마가 작게 되뇌었다.

"이와쿠마코, 화학부에 후배 있지?"

"있긴 한데……."

"화학부랑 손잡을까? 팀을 만들자."

보쿠는 비닐 너머로 석양을 보며 중얼거렸다. 여기에 문화부가 결탁하면 억만장자도 될 수 있다.

　"뭐, 인원수가 늘어나면 위험성도 높아지는 법이지만. 화학부도 동아리원은 얼마 안 되지?"

　야구치는 자기 손톱을 만지작거리며 말했다. 야구치는 위험이라는 단어를 쓰긴 했지만 말투를 듣자 하니 그렇게까지 심각하게 걱정하는 건 아닌 듯했다.

　"다섯 명밖에 안 돼."

　"어떤 애들이야?"

　이와쿠마는 후지키와 왕래하면서 다른 동아리원들과도 친분을 쌓았다. 이와쿠마 말로는 다들 근성은 없지만 믿을 만하다고 했다.

　"뭐랄까. 다들 '인터넷' 느낌 인간이랄까."

　"인터넷은 쓰레기야." 보쿠는 단정했다.

　이와쿠마는 숙고한 끝에 후지키를 비롯한 화학부 동아리원들에게 이 활동을 물려주는 것도 나쁘지 않은 아이디어라고 생각하기에 이르렀다. 그들도 이 지역에서 썩어서는 안 된다. 여길 빠져나가기 위한 수단이 필요하다.

이와쿠마는 화학부 동아리방으로 가서 문을 두드렸다.

"엑, 이와쿠마잖아."

문이 열림과 동시에 이마무라가 돌아보고 인상을 찡그렸다.

"그러고 보니 화학부는 평소에 뭘 해?"

이와쿠마는 후지키를 찾아 동아리방을 둘러보았다.

"화학을 하지."

"그렇구나. 후지키 있어?"

"아, 네, 이, 있, 있어요."

목소리만 들렸다. 이와쿠마가 그쪽으로 시선을 주었지만 아무도 없었다. 사물함이 저절로 열리고 안에서 후지키가 몸을 비틀면서 나왔다.

"사물함에는 왜 들어갔어?"

"앗, 무, 무, 무, 문이 뻐, 뻐, 뻑뻑해서 고, 고, 고치느라고요."

그러고 보니 후지키는 오른손에 드라이버를 들고 머리에는 밴드 달린 헤드램프를 쓰고 있었다. 왜 굳이 안에 들어가서 문을 고쳐야 하는 건데? 분명 후지키는 헤드램프를 사용해보고 싶었을 뿐일 거다. 이와쿠마는 쓴웃음을 지었다.

"솜씨 좋네."

"아니에요" 하고 후지키는 누가 봐도 알 수 있게끔 쑥스러워했다. "그런데" 하고 이와쿠마는 목소리를 바꾸었다.

"후지키, 할 말이 좀 있는데."

"뭐, 뭐, 뭔데요?"

지금 방에는 후지키와 이마무라밖에 없었다. 이와쿠마는 마침 잘됐다 싶어 단도직입적으로 말했다.

"돈 좀 벌어볼래?"

이와쿠마는 연기라면 오버액션이라고 비웃음을 살 만큼 노골적으로 '대담한 미소'를 지어 보였다. 최악의 경우에는 그동안 후지키와 쌓은 우정이 깨질지도 모를 이야기를 꺼내려다 보니 손에 땀이 배어나왔다. 이와쿠마는 왼쪽 눈을 감고 한 박자 늦게 오른쪽 눈을 감았다. 부탁해. 핍프 합프 기.

"그게 무, 무, 무슨 말씀이세요?"

후지키는 옆에 있는 이마무라와 눈을 맞추었다. 이마무라는 미심쩍어하는 표정으로 턱을 당겼다.

"돈을 벌어보지 않겠냐고?"

"그래. 일단은 절대로 누설 금지야. 조금이라도 싫으면 거절해도 돼. 진짜로."

"사기꾼 같은 말투인데."

이와쿠마는 실소했다. 후지키가 짧게 숨을 내쉬고 입을 반쯤 벌렸다.

이와쿠마는 우선 동아리방 주변에 아무도 없는지 확인하기 위해 귀를 쫑긋 세우고 나서 입을 열었다. 자신들의 '활동'에 대해 대강 설명하자 후지키와 이마무라는 깜짝 놀랐다.

"야, 제정신이야?"

"옥상에 '실물'이 있어. 볼래? 아니면 좀 줄까?"

후지키는 완전히 넋 나간 표정이었다. 너무 생뚱맞아서 충격받았나? 이와쿠마가 얼굴을 가만히 들여다보자 후지키는 움찔하며 재빨리 어깨를 치켰다.

"아, 아, 아, 하, 할게요. 하, 합시다!"

"야, 진심이야?"

이마무라가 자기 머리를 끌어안았다.

"……정말 괜찮겠어?"

"어, 어, 어, 네. 대, 대, 대마는, 음, 그, 그, 그거죠?"

"그거야."

"그거라니 그게 뭔데! 대체 넌 왜 이런 헛소리를 곧이 듣고 그러냐?"

이마무라가 후지키의 정수리를 세게 쥐어박았다.

"둘 다 잠깐 와봐. 함께 이딴 곳에서 빠져나가자."

이와쿠마는 두 사람을 옥상으로 데려갔다. 후지키가 자진해서 걸음을 옮기자 이마무라도 어쩔 수 없이 따라왔다. THC. 밝은 미래를 위한 에너지.

✦×

"잘 부탁해. 나는 2학년 보쿠. 이쪽은 야구치야. 그리고 다케치라는 3학년 판매책이 있어. 올 그린스에 온 걸 환영한다."

보쿠가 연극적인 톤으로 말했다. 후지키와 이마무라는 얼떨떨한 얼굴로 보쿠를 바라보았다.

"진짜였잖아."

이마무라는 비닐하우스 안쪽에 쌓인 버즈 더미를 보고 압도당한 듯했다.

"아, 아, 아, 처, 처음 뵙게, 겠습니다. 이, 이, 일학년 후, 후, 후지키입니다."

"만나서 반가워. 아참, 전에 잠깐 봤었지?"

보쿠는 손을 내밀었다. 한 박자 늦게 후지키가 머뭇머뭇 손을 잡았다. 이마무라는 보쿠의 악수를 거절했다.

"후지키, 어떤 음악 좋아해?"

보쿠가 초면인 사람과 의사소통을 잘한다고 볼 수는 없겠지만, 일단 자신이 좋아하는 분야로 대화를 시도해볼 모양이다.

"으음, 모, 모, 모리타 도, 도지요."

"「우리의 실패*」가 대표곡인? 1인칭이 '보쿠'인 노래를 들으면 기분이 좀 별로야. 내 성씨가 보쿠다 보니."

이건 보쿠의 개인기다. 가끔 웃음을 자아낸다.

• 　일본어 발음으로는 '보쿠타치노 싯파이'다.

"하물며 실패하다니.「우리의 실패」잖아."

"앗, 앗, 앗, 죄, 죄송, 죄송합니다."

"어, 아냐. 사과 안 해도 돼."

이와쿠마는 허둥대는 보쿠를 보고 걱정이 됐다. 이 두 사람, 성향이 근본적으로 안 맞을 텐데. 괜찮을까?

"난 힙합을 좋아해."

보쿠가 분위기를 수습하려는 듯 냉큼 말했다. 그러자 후지키는 고개를 살짝 들더니 앗, 하고 소리를 냈다.

"응? 너도 힙합 좋아해?"

후지키는 조심스럽게 고개를 끄덕였다. 이와쿠마는 내심 놀랐다. 그런 줄은 몰랐다.

후지키는 그 자리에 서서 자기 무릎을 일정한 리듬으로 두드렸다.

"일정한, 리듬을 타면서 말하면, 말하기가 조금, 쉬워지거든요. 좀 이상하고, 어려우니까, 평소에는, 안 하지만."

"오, 확실히 랩 같다."

이와쿠마가 나중에 듣기로는 후지키가 '활동' 이야기를 들었을 때 기를 쓰고 끼려고 한 건, 대마초를 피우면 말더듬이 치료된다고 할까, 일시적으로 말이 유창해진다는 기사를 인터넷에서 읽었기 때문이라고 했다. 후지키는 이 일에 끼면 혹시 자신을 바꿀 수 있지 않을까 순진하게 생각한 것이다. 돈벌이는 어디까지나 부차적인 문제였다.

그날 밤, 후지키는 실제로 그 효능을 체험했다. 보쿠가 준 조인트를 집에서 혼자 기침해가며 피워보자 확실히 말을 더듬지 않을 수 있었다. 후지키는 고양감에 취한 채 아는 사람에게 닥치는 대로 전화를 걸었다. 이와쿠마도 그중 한 명이었는데, 이와쿠마와 제일 오래 통화했다고 했다.

"선배, 이거 굉장하네요. 꿈이라도 꾸는 기분이에요."

"정말 꿈일지도 몰라."

이와쿠마는 한숨 섞인 목소리로 대답했다. 늦은 밤에 느닷없이 후지키에게서 전화가 와서 상당히 동요했다. 이와쿠마는 그걸 피우는 건 이제 질색이었다. 대마는 인간에게서 지능을 빼앗아 이족보행하는 짐승으로 격하시키는 물건에 불과하다.

"분명 일시적인 현상이겠지만 그래도요!"

"그럼 다행이고. 보쿠에게 너무 꽉 붙잡히지 않도록 조심해. 걔는 본성이 위험해. 후지키도 이마무라도 도와줘서 기쁘지만 무리할 건 없어. ……이런 일에 끌어들여서 미안해."

"아니에요. 걱정 마세요. 저도 알아요. 분명 오늘밤이 지나면 이건 약발이 떨어지겠죠. 그러니까 선배, 제 이야기 좀 들어주실래요?"

전화기에서 후지키의 흥분한 숨소리가 들렸다. 집에서 피워도 되는 건가. 가족에게 걸리면 어쩌려고. 불안한 요소는 많았지만 이와쿠마는 일단 동의하기로 했다.

"그래. 얼마든지 들어줄게."

후지키는 "그럼" 하고 헛기침을 한번 하고 숨을 깊이 내쉰 뒤에 이야기를 시작했다.

"저 만화가가 되려고요."

"와, 진짜?"

확실히 후지키는 중학교 때도 만화연구부에서 그림 실력이 제일 뛰어났었다.

"네…… 하지만 저는 스토리를 만드는 재능이 없잖아요."

자학적인 후지키의 말을 듣고 당장 어떤 대답이 목구멍까지 올라왔지만, 이와쿠마는 꿀꺽 삼키고 일부러 이렇게 대답했다.

"그렇지 않다는 말이 듣고 싶다면 몇 억 번이라도 말해주겠지만."

지금은 후지키를 배려하지 않는 게 최선일 듯했다. "그것참" 하고 후지키의 자조 섞인 목소리가 들렸다. 부스럭부스럭하는 건 머리를 긁적이는 소리일까.

"이참에, 이참에 말이죠. 저는 선배의 부탁을 이미 받아들였으니 교환조건이라곤 할 수 없겠지만요……. 한 가지 부탁할 게 있어요."

"뭔데?"

"……선배가 스토리를 담당해주셨으면 해요. 중학교 때처럼 스토리와 작화 콤비를 이루고 싶어요."

"하하,『리버스 에지』를 표절한 그거……?"

"내년에 코미티아*에도 나가보지 않을래요? 둘이서 만화를 그려서……."

이 제안은 분명 내일이 되면 흐지부지 없었던 일이 되지 않을까. 후지키도 한때의 기분으로 꺼낸 말일 테니 달관하는 게 최고일 듯했다.

"진심이야? 이왕 할 거면 진심으로 해야지. 아니면 난 싫어."

"알아요. 진심이에요. 쭉 말하고 싶었는데 결심이 서질 않았어요."

이와쿠마는 무의식중에 주먹을 움켜쥐었다. 그렇다면 다행이네. 우리는 현실감이 넘치면서 기발한 소재로 만화를 그릴 수 있을 테니까.

그 뒤로 두 사람은 후지키가 졸음을 견디지 못하고 스마트폰을 쥔 채 쓰러질 때까지 하잘것없는 대화를 나누었다. '오시마 유미코의 작품 중 최고 걸작은 무엇인가'라는 주제로 대화가 뜨겁게 달아오른 나머지, 결성이 확정되지도 않은 콤비가 깨질 위기에 처했지만 이와쿠마는 나중에 그날 밤을 인생에서 가장 좋았던 밤으로 떠올리게 됐다.

---

* 코미티아 실행위원회가 1년에 네 번 개최하는 창작 동인지 판매회.

그날 밤 이와쿠마는 꿈을 꾸었다. 모든 일의 계기인 보쿠가 등장하는 꿈이었는데, 대마 밀매가 적발돼 보쿠는 경찰(제복 입은 남자들이라는 막연한 이미지로 나왔다)에게 경찰봉으로 죽도록 얻어맞았다. 기분 나쁜 꿈이었지만 아침에 잠이 덜 깬 눈으로 인터넷을 찾아보니, 친구가 죽는 꿈은 좋은 소식이 있을 것이라는 뜻이라고 했다('꿈 친구'라고 검색창에 입력하자마자 '죽음'이라는 말이 자동으로 떠서 깜짝 놀랐다).

✦×

일요일에 보쿠를 비롯한 멤버들이 옥상에 모였다. 모두 모이자 「텍사스 전기톱 학살」 그림이 새겨진 긴소매 티셔츠를 입은 야구치가 입을 열었다. 야구치의 가슴께에는 피로 물든 레더 페이스가 전기톱을 들고 있었다.

"그럼 시작할까."

보쿠가 손뼉을 치고 여섯 명에게 차례대로 시선을 주었다.

후지키가 백팩에서 비커 몇 개를 꺼냈다. 전부 공업 실습실에서 보쿠가 훔친 드릴로 작은 구멍을 뚫어놨다. 이마무라가 들고 있던 부탄가스통을 바닥에 살짝 내려놓았다. 부탄가스는 화학실에 없었지만 그것도 실습실에서 입수했다. 실습실에 부탄가스가 있다는 건 3학년 다케치와 하루키가 알려주었다.

보쿠는 이와쿠마와 함께 파란 비닐시트를 바닥에 깔고 그 위에 쟁반을 놓았다.

야구치가 바스러뜨린 버즈를 비커에 가득 담고 거즈를 덮은 뒤 고무줄로 단단하게 고정했다. 보쿠는 부탄가스통을 집었다. 멀리서 지켜보는 다케치와 하루키는 잔뜩 굳은 표정이었다. 보쿠도 부족하나마 공고 학생인 만큼 약간의 마찰로도 불이 붙는 부탄가스의 위험성은 잘 알고 있다.

보쿠는 왼손으로 야구치에게서 비커를 받았다. 오른손으로 부탄가스통을 잡아 주둥이를 거즈가 덮인 비커 주둥이에 끼우고 가스를 주입했다.

액체였던 가스가 비커 속에서 기화해 증발했다. 비커에 생긴 녹색 액체가 밑에 놓아둔 쟁반에 똑똑 떨어졌다. 이것이 가스와 반응해 분리된 대마의 순수한 THC로, 불순물이 없어 도취 효과를 더욱 촉진하는 이 액체가 왁스 형태로 변하는 것이다. 한동안 작업을 진행하자 쟁반은 액체로 가득 찼다.

"됐다! 성공했어."

보쿠는 주먹을 번쩍 쳐들었다. 그 행동의 중요성을 유일하게 이해한 야구치만 칭찬의 박수를 보냈다. 이와쿠마를 포함해 다른 멤버들은 이해가 안 된다는 기분을 얼굴에 드러냈다.

"요컨대 만사쾌조라는 거야."

야구치가 모두에게 들리도록 말했다.

"이제 불안하지 않아. 우리는 만사쾌조니까."

보쿠가 불쑥 중얼거렸지만 아무도 듣지 못했다.

멤버들의 '활동'은 한 달 만에 '업무'라고 해도 지장이 없을
만큼 틀이 잡혔다. 특히 겨울철인 지금은 옷 속에 다양한 물건
을 숨길 수 있어서 한층 편리하다.

어려운 문제가 없었던 건 아니었다. 담임과 면담할 때는 지
금까지 동호회에서 뭘 했느냐는 질책에 꿀 먹은 벙어리("대마
재배에 전념했습니다. 이미 백만 엔쯤 벌었습니다!"라고는 못 한다)
로 있어야 했고, 어떻게 해도 말이 안 통하는 구매자와 대화하
느라 속 썩인 끝에 물품을 도둑맞기도 했으며(대마초와는 비교
도 안 될 만큼 위험한 약물에 취한 인간이라 손을 쓸 수가 없었다),
일단 동호회 명목상 문화제에 출품도 해야 했다(제일 가까운 대
형 마트인 조이풀혼다와 카인즈홈에서 구입한 선인장을 전시품인
척 그럴싸하게 늘어놔서 무사히 넘겼다). 이러한 일들을 거쳐 멤
버들은 성장했다. 하지만 모든 일이 잘 풀린 건 아니었다.

"어라? 여자애잖아. 웬 장사질이냐? 누가 시켰어?"

남자는 요즘 보기 드물게도 위압적인 간토 북부 사투리로

말했다. 고압적인 목소리에는 상대를 얕잡아보고 무시하는 낌새가 가득했다. 평소 판매를 담당하는 다케치가 도저히 시간이 나지 않아 이번에는 보쿠가 직접 판매에 나섰다. 품목은 버즈 10만 엔어치와 왁스 20만 엔어치. 야간에 미토역 근처 공원에서 거래하기로 했다. 나쁘지 않은 거래였다. 약속 장소인 공원에서 기다리고 있으니 남자가 나타났다. 남자는 잠시 보쿠를 힐끔힐끔 살핀 뒤 말을 걸었다. 보쿠는 일단 평소처럼 말없이 문고본이 든 종이봉투를 건넸다.

사복 경찰은 아니겠지. 하지만 경찰관은 귀에 커다란 나사 같은 사선 피어싱을 하지 않고, 등판에 고릴라가 그려진 초록색 XL 사이즈 파카도 입지 않는다.

"이거 채소잖아. 누구 허락 받고 여기서 출하하래?"

'채소'는 대마초고 '출하'는 대마초를 파는 것을 가리킨다. 은어를 사용하는 것으로 보건대 적어도 일반인은 아니라고 짐작됐다. 남자는 문고본 속에서 버즈가 든 스파우트 파우치를 꺼내더니 깔보듯이 코웃음 쳤다. 그러고는 스파우트 파우치를 파카 호주머니에 넣었다. 아무리 봐도 제대로 돈을 지불할 기색은 없었다.

범죄를 저지르는 이상, 경계 대상은 꼭 경찰에 한정되지 않는다. 이렇게 범죄자를 노리는 범죄자도 조심해야 한다. 비합법적인 물건을 직접 매매할 때는 물건을 우격다짐으로 강탈하는 각다귀를 무시하면 절대 안 되지만, 지금까지 마주친 적이 없어서 방심했다. 이런 촌구석에 범죄의 프로가 있을 리도 없다고 생각했고.

늘 만사쾌조일 수는 없는 모양이다.

남자가 잇몸을 보이며 씩 웃었지만 분명 위협하는 의미였다.

"야, 잠깐 이리 와봐."

남자가 보쿠의 왼팔을 꽉 잡음과 동시에 보쿠는 어깨에 멘 가방에 손을 넣었다. 가방에 커터 칼이 들어 있을 터였다. 커터 칼로 남자의 목을 찔러버리려고 했지만, 잽싸게 그럴 수 있을 만큼 보쿠는 손재주가 좋지 못했다. 보쿠는 생각을 바꾸어 몸을 돌려 남자의 손을 뿌리치고 달아나려 했다.

하지만 남자의 발에 걸려 그 자리에 푹 고꾸라졌다. 하필이면 이마를 찧은 곳에 뾰족한 돌이 있어서 심한 통증과 함께 피가 났다.

"헛 지랄은 그만하고. 누구 허락 받고 파느냐니까? 우리말 몰라?"

시끄러워! 내가 허락했다! 평소 같았으면 그렇게 응수했겠지만, 지금은 바싹 마른 입에서 말 한마디가 제대로 나오지 않았다. 할 수 있는 일이라고는 절로 바들바들 떨리는 다리를 어떻게든 진정시키기 위해 발가락에 힘을 주는 것 정도였다.

남자가 보쿠의 머리끄덩이를 움켜쥐고 세게 잡아당겼다.

어쩌지. 보쿠는 두피가 찢어지는 듯한 고통을 느끼면서 생각했다.

일단 침을 뱉기로 했다. 다행히 침이 남자의 눈에 명중해 아주 잠깐이지만 빈틈이 생겼다. 보쿠는 머리카락 수십 가닥을 희생하며 남자의 손을 뿌리쳤다. 한순간 머릿속을 스친 죽음의 이미지에 위축돼, 총 30만 엔어치의 물품을 포기하고 쏜살같이 달아났다.

이 공원에서 10분쯤 달리면 미토역이 나온다. 주택가를 빠져나와 상점가로 들어갔다. 평일 늦은 밤에는 안 그래도 한산한 동네 외곽 상점가라 지나가는 사람이라고는 전혀 없다. 셔터 내린 점포가 늘어선 골목을 달렸다.

온몸, 특히 다리가 부서질 듯 아팠고 숨이 턱까지 차올랐지만, 뒤에서 끊임없이 들리는 남자의 숨소리 때문에 멈출 수 없었다. 조금이라도 속도를 줄이면 금방 따라잡히리라는 건 예상하기 어렵지 않았다. 그리고 덧없이 그렇게 됐다.

보쿠는 죽어라 다리를 움직인 반면, 남자는 그렇게까지 온 힘을 다해 달리지 않았다. 따라잡힌 건 보쿠가 부서진 보도블록에 걸려서 넘어진 탓이었다. 보쿠가 다친 책임을 묻자면 그 대상은 보도블록 공사를 게을리 한 시청이라 할 수 있겠다.

남자에게 발목을 밟힌 보쿠는 통증과 두려움에 벌벌 떨었다. 오른쪽 발목을 삐었지만 쓰러진 곳 바로 앞에 드러그 스토어가 있어서 다행이었다. 당연히 이미 문을 닫았지만 셔터 앞에 비닐시트가 덮인 바구니가 놓여 있었다. 비닐시트 틈새로 바구니에 빼곡히 담긴 살충제 스프레이가 보였다. 밖에 내놓고 판매하는 세일 상품일 것이다. 보쿠는 바구니에 손을 뻗어 살충제를 하나 꺼냈다. 분사구에 붙은 필름을 떼어내면 할 일은 하나뿐이다.

남자는 몸을 굽혀 땅에 엎드린 보쿠의 얼굴을 들여다보려고 했다.

보쿠는 몸을 돌려 남자의 얼굴에 살충제를 뿌렸다. 남자가 보쿠의 목덜미를 붙잡음과 거의 동시에 살충제가 남자의 얼굴에 명중했다. 남자는 양손으로 보쿠의 목을 조르려다 비명을 질렀다.

보쿠는 비틀비틀 일어섰다. 오른쪽 발목을 보호하면서 조심조심 역까지 달려 전철 막차에 올라탔다.

전철에서 내려 집에 가는 길에 순찰하는 경찰관이 보쿠를 불러 세웠다.

경찰관은 상처투성이인 보쿠를 보고 미심쩍은 표정으로 소지품을 검사했다.

보쿠는 경찰관의 질문에 엉터리로 대답했고, 여자애가 이런 시간에 돌아다니면 안 된다는 설교에 호응했다. 만약 물품을 빼앗기지 않고 가지고 있었다면 여기서 전부 끝장났을 테니,

불행 중 다행이었다.

땀이 이마의 상처에 스며들자 몹시 아려서 보쿠는 인상을 찡그렸다.

멤버들이 '각다귀 사건'이라고 부르는 이 사건으로 그들은 대면 판매에 한계가 있다는 걸 깨달았다. 인터넷을 사용한 우편 판매로 전환하기로 하고 시스템을 구축했다. 온라인으로 중고서점을 만들고 상품은 레터백*으로 전국 각지에 배송한다. 한 권에 몇 만 엔씩이나 하는 히가시노 게이고나 이케이도 준의 소설은 아주 잘 팔렸다. 영업 범위도 현에서 전국으로 단숨에 확대했다. 처음부터 이랬으면 됐겠지만, 주먹구구식으로 하는 사업은 시행착오를 겪는 법이다.

해가 바뀔 즈음에 야구치는 고객의 신용을 널리 얻는 데 성공했다. 인터넷에 개설한 계좌에는 끊임없이 판매 금액이 들어온다. 우편 거래는 파는 쪽도 사는 쪽도 편하다. 매출은 쭉쭉 올라가는데 멤버들은 그저 물품을 문고본에 넣어 발송만 하면 되니까 이보다 편하고 효율 높은 사업은 또 없었다.

* 서류나 CD처럼 납작한 물건을 보낼 때 주로 사용되는 특정 봉투 우편.

다만 왕년의 범죄 영화를 몇 편 보면 알 수 있듯이 이런 사업은 때때로 느닷없이 막을 내린다. 토니 몬태나는 자멸했고, 코왈스키는 닷지 챌린저로 바리케이트를 들이받아 갑자기 참혹하게 죽었다.

먹튀가 용납되지 않는 건 픽션에서뿐만이 아니라고 야구치는 생각했다.

따라서 야구치와 엄마의 이 대화는 시간 순서로 따지면 꽤 나중에 위치한다.

좁은 집의 방에 난로의 석유 냄새가 은은히 풍겼다.

야구치는 적당한 때를 보아 입을 열었다.

"저기, 잠깐 이야기 좀 할까."

엄마는 거실에서 고타쓰에 턱을 괸 채 멍하니 텔레비전을 보고 있었다. 야구치의 목소리를 듣고 "무슨 일인데?"라며 평소처럼 미소 지은 얼굴을 야구치에게 돌렸다.

야구치는 지금까지 살면서 제일 얌전하고 순한 표정을 지으려고 애썼지만 엄마는 알아차리지 못했다. 야구치는 들고 있던 돈다발을 고타쓰에 내려놓았다. 엄마는 그게 무슨 의도인지 잠깐 생각하는가 싶더니 "응?" 하고 고개를 갸웃했다. 관용구가 아니라 정말로 고개를 30도쯤 기울였다.

"이거 3백만 엔인데, 둘이서 반씩 나누자. 그리고 난 집을 나갈 거야. 그러는 편이 지금보다 서로에게 낫지 않을까 싶어."

부모자식간의 응어리나 거북함을 돈의 힘으로 해결한다. 야구치는 그 저속함이 마음에 들었다. 고타쓰 위의 돈다발을 손가락으로 눌러서 엄마 쪽으로 밀었다. 그때 엄마는 새끼손가락이 없는 야구치의 오른손을 보고 시선을 슬쩍 돌렸다.

"미루 짱, 이 돈 어디서 난 거니……?"

"친구랑 같이 내 힘으로 번 돈이야."

자세한 내용은 설명할 수 없으니 그렇게만 말했다. 고등학생 딸이 느닷없이 큰돈을 벌었다고 하면 부모는 보통 매춘이나 원조교제를 의심할 텐데, 야구치의 엄마도 예외는 아니었다. 한눈에 알 수 있을 만큼 얼굴이 굳고 표정에 그늘이 드리웠다.

엄마가 벌떡 일어섰다. 엄마의 무릎이 고타쓰 다리에 부딪쳐서 둔탁한 소리가 났다. 고타쓰가 약간 흔들렸다. 엄마는 돈다발을 움켜쥐고 달아나듯 거실을 뛰쳐나갔다.

"어디 가?"

엄마가 향한 곳은 부엌이었다. 야구치는 뭘 어쩌려나 싶어 엄마의 행동을 한 발짝 떨어진 곳에서 바라보았다. 엄마는 가스레인지의 손잡이를 돌렸다. 딸칵딸칵, 하는 소리와 함께 파란 불이 솟았다.

"앗! 안 돼!"

야구치는 허겁지겁 엄마를 말리려 했지만, 엄마가 한발 먼저 돈다발을 불에 던졌다. 만 엔짜리 3백 장은 금세 불타올랐고,

야구치가 엄마를 떠밀고 가스레인지를 끄는 것보다 빠르게 거뭇거뭇한 재로 변했다. 환풍기를 돌리지 않았으므로 좁은 집이 연기와 유해 가스로 가득 찼다. 야구치는 콜록콜록 기침했다.

"무슨 짓이야……."

연기가 눈에 스며서 눈꺼풀이 파르르 떨렸다. 눈을 깜박이자 눈꼬리가 젖어서 옷소매로 닦았다.

"미루쿠."

엄마도 가슴이 답답한 듯 숨을 헉헉 몰아쉬며 말했다.

"음…… 네가 지금까지 뭘 했는지는 뭐, 상관없어."

엄마는 부엌을 왔다 갔다 하며 말을 이었다. 야구치는 환풍기 스위치를 찾느라 그런다는 걸 알아차렸다. 어디 있더라.

야구치와 엄마가 환풍기 스위치를 찾아내기 전에 거실 천장에 설치된 스프링클러가 연기에 반응했다. 물이 흐르는 소리가 났다. 한순간에 집 전체가 물바다로 변했다. 엄마는 곧바로 거실로 돌아갔지만 이제 어쩔 도리가 없다. 야구치는 하하, 실소했다.

"미루쿠."

엄마가 다시 이름을 부르기에 야구치는 "왜?"라고 작게 대답했다. 그러고 보니 엄마가 자신을 이름으로 부르는 게 얼마만이더라. 설마 충격받아서 정신을 차린 걸까? 제정신이라고 한들 이상해지기 전의 상태가 정상이었다는 보장은 없지만.

"네 이름이 왜 미루쿠인지 알아?"

"아빠가 그렇게 지었잖아."

아빠에 대해서는 엄마에게 들어서 아는 것밖에 없다. 딸에게 '미루쿠'라는 이름을 붙일 정도로 센스가 엉망이니까 적어도 존경할 만한 인물이 아니었으리라는 건 확실하다.

"그래, 옛날에 미국에 하비 버나드 밀크라는 정치가가 있었는데……."

"뭐?"

"그러니까 그 사람은 말이지."

"하비 버나드 밀크 정도는 알아! 사람 무시하지 마! 동성애자의 권리를 지켰잖아. 와, 내 이름을 진짜로 하비 버나드 밀크에서 따 왔다고?"

응, 하고 엄마는 고개를 끄덕였다.

와, 실화냐. 그렇게 설득력 있는 이름이었다니. 그런 건 빨리 좀 말해주지. 축축하게 젖은 발이 시렸지만 그런 걸 따질 상황이 아니었다. 미루쿠라는 이름을 하비 버나드 밀크에서 따왔다는 설이 설마 공식적으로 확인될 줄이야. 자신도 모르게 부모님과 감성을 공유했다니 몹시 겸연쩍었다.

"아빠는 네가 하비 버나드 밀크 같은 사람이 되길 바란 거겠지. 사회에서 냉대받는 사람들을 구하는 그런 다정한 사람이."

엄마의 말투가 어쩐지 시원치 못한 건 자기 생각이 아니라 아빠에게 들은 말이기 때문일까.

"그렇다고 미루쿠는 진짜 아니지. 자기소개 할 때마다 얼마나 창피한데."

야구치는 도발적으로 웃었다.

"나도 그럴 것 같아서 앞으로 난처한 일이 많을 테니 무난한 이름으로 짓자고 했지만 너희 아빠가 말을 들어야 말이지……."

"바가지를 더 긁었어야지."

"솔직히 난 너희 아빠를 잘 모르겠어."

엄마는 흠뻑 젖은 텔레비전을 손수건으로 닦으며 가슴이 먹먹한 목소리로 말했다. 다행히 망가지지는 않은 모양이다. 스피커에 물이 들어가서 소리가 이상해지기는 했다.

"그럼 영화라도 볼까? 하비 버나드 밀크의 전기 영화."

구스 반 산트 감독의 영화다. 그러고 보니 우리가 대마초를 키워서 판 것과 비슷한 내용의 영화가 구스 반 산트의 작품 중에 있었던가. 굳이 따지자면 「드러그 스토어 카우보이」와 비슷한가. 만약 내가 아이의 이름을 짓는다면(결혼할 생각은 없지만), 아들 이름은 구스 반 산트에서 따와서 '산토'라고 할까. 「사이코」를 리메이크한다는 무모한 계획에 도전할 만큼 용기 있는 아이로 자라라는 마음을 담아서.

"……그러자."

엄마는 1분쯤 지나서 대답했다. 그사이에 이런저런 일을 떠올렸는지도 모르겠다.

"저기, 엄마."

왜? 엄마가 대답했다.

"나, 고등학교 졸업하면 도쿄에 갈 생각이었어. 영화 관련 일을 하고 싶거든. 아까 그 돈, 촬영 현장에서 아르바이트를 하면서 생활하려고 모은 밑천이었는데."

"아……."

엄마가 탄식했다.

"걱정하지 마. 돈은 엄마가 어떻게든 할게."

"아니야, 신경 쓰지 마. 다만 엄마도 한동안 혼자 지내면 좋을 것 같아."

야구치는 속마음을 털어놓았다.

아빠는 분명 그렇게까지 좋은 사람이 아니었을 것이다.

그것이 일종의 구원 같은 기분이 든다.

"일단 집을 좀 정리하자."

야구치는 대답 못 하는 엄마를 본체만체 말했다. 카펫을 밟을 때마다 진흙탕처럼 물이 배어났다.

"어쩐지 나, 내내 멍하게 지냈던 것 같아. 몇 년이나 계속."

"알고는 있었어? 장난 아니었다고."

딱히 엄마를 용서한 건 아니다. 따지자면 지금도 성질이 난다. 하지만 적어도 '적대'에서 '중립' 관계로 바뀌지 않았을까. 좀 나아진 건 확실하다.

✦×

보쿠는 몇 달 만에 재키와 만났다. 그는 병원 침대에 꼼짝도 못 하고 드러누워 있었다.

재키와는 버즈를 팔았을 때 마지막으로 만났다. 재키는 대마초에 취한 상태로 도로에 뛰어들었다가 지나가는 왜건 차량에 치여 중태에 빠졌었다고 했다.

"어, 저기, 미안해."

원인 제공자인 보쿠는 입을 열자마자 고개를 숙였다.

"아니야…… 괜찮아. 내가 부주의해서 그런 건데……."

결국 재키와 제대로 말도 못 해보고 면회 시간이 끝났다.

매출은 쭉쭉 올라가고 악재라고는 하나도 없었다. 자신도 이와쿠마도 야구치도 적어도 금전적인 면에서는 행복해질 수 있을 것이다. 그건 확실하다. 그렇게 단언할 만큼 세 사람의 사업에는 순풍이 분다.

그래도 이렇듯 해를 입는 사람이 어딘가에는 꼭 있을 것이다. 재키 말고도 자신들이 판 상품 때문에 불행해지는 사람이 어딘가에는 꼭.

"뭐, 그야말로…… 메멘토 모리라고 할까……."

헤어질 때 재키는 그렇게 말했다. 표정은 보이지 않았지만 어디까지나 농담이었을 텐데도 보쿠는 웃을 수 없었다.

보쿠의 동생은 완전히 변했다. 모든 변화가 그렇듯 보쿠의 동생 또한 좋은 의미에서도 나쁜 의미에서도 달라졌다.

집에 틀어박혀 있을 때 애독했던 만화와 라이트노벨은 전부 처분했고(새로 생긴 친구들에게 맞추기 위해서가 아니라 순수하게 감성이 변했기 때문……이기를 보쿠는 바란다), 오히려 집에 있는 시간 자체가 줄어들었다. 그리고 보쿠를 '누님'이라고 부르기 시작했다.

더구나 1인칭이 '보쿠'보다 허물없고 거친 '오레•'로 변했다. 철저하게 자기 개조를 시도한 동생은 말 그대로 완전히 다른 사람으로 변모한 것 같았다. 머리를 투 블록으로 깔끔하게 다듬은 이 소년이 정말로 자신의 동생인지 불안해질 정도다.

다만 요전에 있었던 일 이후로 보쿠는 변한 동생을 리스펙하게 됐다.

어느 날 저녁을 먹다가 동생이 느릿느릿 저기, 하고 말을 꺼냈다.

• 일본에서 남자가 사용하는 1인칭 대명사 중 하나.

"전부터 말하려고 했는데, 그거 어떻게 좀 안 될까?"

아빠는 눈썹을 씰룩하며 젓가락 쥔 손을 멈췄다. 엄마도 마찬가지로 어쩐지 화장실에서 볼일 보는 걸 연상시키는 소리를 내며 면을 먹다가 도중에 멈췄다.

"무슨 말이니?"

엄마가 물었다.

"내내 불만이었는데, 둘 다 밥을 너무 더럽게 먹잖아. 하다못해 씹을 때는 입 좀 다물어줘."

오! 보쿠는 순수하게 감탄했다. 이렇게 거북한 이야기를 당당하게 할 줄이야. 동생에게 은근슬쩍 칭찬하는 시선을 보내며 고개를 살짝 끄덕였다.

동생이 단호하게 지적하자 아빠는 언짢은 표정으로 자기 젓가락을 내려다보았다. 이제 동생은 아빠를 두려워하지 않는다. 이제 심약한 은둔형 외톨이는 사라졌고, 지금 여기 있는 건 강건하고 야만적인 중학생이다. 이곳의 가장이라는 사실만이 버팀목인 중년 남자에게는 버거운 상대다.

"……그렇구나. 미안하다."

진짜? 보쿠는 마치 혁명의 순간을 목격한 것 같은 심경에 빠졌다.

그날 이후로 부모님의 식사 시간은 두 배로 늘어났지만, 고문이라도 하듯이 쩝쩝거리는 소리는 현저하게 줄어들었다(아예 나지 않는 건 아니다. 일단 정착된 습관은 하얀 셔츠에 밴 얼룩처럼 쉽게 사라지지 않는 법이다).

보쿠는 동생을 꼭 끌어안아주고 싶었지만, 변한 동생에게 그랬다가는 최악의 경우 얻어맞을 수도 있으므로 단념했다.

✦×

"내가 전에 고양이를 몰래 기른다고 했었잖아."

"응, 어떻게 된 거야? 아무리 찾아도 없던데?"

기척이나 냄새, 울음소리 등 동물이 있다는 낌새는 전혀 느껴지지 않았다. 분명 냉장고에서 음식이 사라지고 밤중에 소리가 나기는 했지만.

"실은 사람을 숨겨놨었어."

"뭐?"

"돌아가신 할아버지 방에 사람을 살게 했다고."

"그게 뭔 소리야?"

인간을 사육했다는 뜻? 살아 있는 인간을? 네가 무슨 오에 겐자부로*냐?

• 오에 겐자부로의 단편소설 「사육」에 추락한 비행기의 생존자인 미군 병사를 지하창고에 가두어놓고 보살피는 내용이 나온다.

"저리 가서 이야기할까?"

동생은 거실에 엄마가 있는 걸 보고 소파에서 일어나 자기 방으로 향했다. 보쿠도 따라갔다.

오랜만에 동생 방에 들어왔다. 벽 일부가 다른 곳에 비해 새하얗고 깨끗했다. 지금까지는 저기에 「작안의 샤나」 포스터를 붙여놨었다.

3월이라 밤에는 아직 춥지만 동생은 창문을 열고 명색뿐인 발코니로 나가서 난간에 발을 올렸다. 느닷없이 뛰어내리려는 건가 싶어 깜짝 놀랐지만 오히려 반대였다. 동생은 난간에 발을 올리고 창틀을 잡았다. 동생은 그대로 몸을 비틀며 발끝을 뻗더니 유연한 몸놀림으로 지붕에 올라갔다.

"우와, 탈옥하는 것 같다."

보쿠는 발코니에서 몸을 내밀어 지붕에 올라간 동생을 올려다보았다. 동생은 지붕 끄트머리에 앉아 재킷 호주머니에서 담배를 꺼냈다.

"누님도 와."

"에이, 추워. 그보다 떨어지면 어떡해."

보쿠는 이마를 긁적이며 말했다. 깊이 베인 상처에 딱지가 앉은 걸 감추기 위해 늘어뜨린 앞머리가 자꾸 간지러움을 유발한다.

"여기서 떨어진들 죽기야 하겠어?"

"이씨, 죽어!"

그렇게 말하면서도 보쿠는 동생이 했던 대로 난간을 박찼다. 의외로 높지 않아 쉽사리 지붕에 올라갈 수 있었다.

동생은 보쿠가 달라기도 전에 담배를 한 개비 내밀었다.

"고마워."

라이터를 빌려 불을 붙였다.

"밖에 안 나가던 시절에도 가끔 여기 올라왔었어."

"그랬구나. 아, 맞다. 사람을 길렀다는 이야기는 뭐야?"

"기르지는 않았어. 오히려 내가 길러졌지."

"뭐?"

동생 입에서 이해가 안 되는 말이 자꾸 나와서 보쿠는 무심코 인상을 썼다.

"단도직입적으로 말할게. 누님, 대마 숨겨놨지?"

"허억!"

보쿠는 생각보다 큰 소리가 튀어나와서 부모님에게 들리지 않았을까 불안했다. 동그래진 눈으로 동생을 보았다. 네가 그걸 어떻게 알아? 냄새로?

"걱정 마. 누님을 고발하거나 그 일로 약점 잡을 생각은 전혀 없으니까."

"어떻게……."

"누님을 쫓는 놈이 있었어. 경찰인 척 내게 접근했지. 조금만

생각해보면 말도 안 된다는 걸 알았겠지만, 난 완전히 등신이
었잖아. 그래서 놈을 집에 숨겨줬어."

"어, 대체 누군데?"

"이름이 사토라고 했는데 본명이 아닐 거야, 분명……."

보쿠는 말문이 턱 막혔다.

놈이, 놈이 우리 집에 쭉 잠복해 있었다는 건가. 그리고 동생
은 놈을…… 고양이를 기르는 척하면서까지 내내 숨겨줬다.

동생을 확 밀어서 떨어뜨릴까 싶었지만 방귀 뀐 놈이 성내
는 격이므로 그만뒀다. 다만 몸이 그칠 줄 모르고 덜덜 떨리는
건 사실이었다.

흡혈귀 노스페라투는 죽지 않았다.

"그 자식, 망할…… 왜 이렇게 집착하는 거야."

입속에 불쾌감이 몰려왔다. 그에게 당한 짓이 떠올라 구역질
이 났다. 손에서 담배가 떨어졌다. 당연히 주울 기분이 들지 않
아서 발로 비벼 껐다. 발바닥에 강렬한 열기가 느껴졌다. 신발
을 신지 않았다는 걸 깜빡했다.

"놈이 마지막에 한 말로는, 누님이 토끼를 죽여서래."

"뭐야, 그게? 나도 몰라. 토끼라니 무슨 소리래?"

보쿠의 기억 속에 그 일에 관한 정보는 일절 남아 있지 않
다. '토끼'란 어떤 비유가 아닐까. 대마 씨앗 말인가?

"그럼 놈에게 빼앗은 대마 씨앗으로 학교에서 대마를 재배

해서 파는 것도 전부 들킨 건가?"

보쿠는 머리를 끌어안았지만 동생은 오히려 눈이 휘둥그레졌다. "뭐?"라고 되묻길래 똑같은 말을 한번 더 해줬다.

"누님, 너무 막 나가는 거 아니야?"

"엥, 그것까진 몰랐어?"

"그러고 보니 어쩐지 요즘 씀씀이가 커지더라니. 비싼 헤드폰이며 청바지를 아무렇지도 않게 사질 않나…… 책이랑 CD도 그렇고."

"수백만 엔은 벌어. 진짜로."

"으아, 완전히 범죄자잖아."

"이왕이면 범죄여왕이라고 부르렴."

웃음이 빵 터지길 바랐지만 동생은 전혀 웃지 않았다.

"저기, 누님."

동생은 저 멀리 어두운 하늘을 바라보며 진지한 어조로 말했다. 보쿠는 응, 하고 다음 말을 기다렸다.

"왜 사토에게서 대마 씨앗을 빼앗은 거야?"

보쿠는 약간 시간을 두고 생각했다. 그러고 보니 왜였을까?

"어쩌다 보니 그렇게 됐어. 넘어졌지만 빈손으로 일어나기는 싫었다고 할까."

보쿠는 잠깐 망설이다 사토에게 무슨 짓을 당했는지 동생에게 밝히기로 했다.

동생은 입을 다물었다. 동생이 물고 있던 담배는 이미 불이 꺼졌지만, 새 담배를 피워 물지는 않았다. 동생은 머리를 감싸 안고 한숨을 깊이 내쉬었다.

"그 망할 놈의 새끼가."

"지금도 가끔 그 꿈을 꾸면 식은땀을 흘리며 벌떡 일어나."

그놈 때문에 여러 친구를 사귀고 큰돈을 벌었다고 할 수도 있겠지만 그걸로 퉁칠 수 있는 일이 아니다.

"……누님."

동생이 말을 이었다.

"내가 왜 이런 이야기를 꺼냈느냐 하면, 어제 놈한테 오랜만이 연락이 와서 그래."

"에휴."

동생은 스마트폰을 꺼내 화면을 보여주었다.

보쿠는 동생에게 빌린 라이터를 만지작거리며 화면을 들여다보았다.

보쿠가 다니는 학교 외관을 찍은 사진이다. 동아리 건물 옥상의 비닐하우스가 큼지막하게 담겨 있었다.

"놈이 슬슬 오지 않을까?"

공교롭게도 내일은 졸업식이다. 보쿠와는 아무 상관 없지만.

✦×

사토는 뒷문으로 학교 부지에 숨어들었다. 학부모들 사이에 섞이기 위해 일부러 졸업식 날을 골랐다. 사전 조사는 꼼꼼하게 했다. 동아리 건물로 들어가 계단을 올랐다. 학생이나 교직원과는 마주치지 않았다. 멀리 떨어진 체육관에서 둔중한 소리가 들려왔다.

옥상 문까지 왔다. 문에 다이얼 자물쇠가 채워져 있었다. 요전에 숨어들어 확인했을 때는 없었던 물건이다. 펜치로 뜯어내도 되겠지만 필요 이상으로 소리를 내지 않는 편이 좋다.

자물쇠를 잡았다. 일단 보쿠 히데미의 생일. 아니다.

대마초의 은어인 0420. 아니다.

그 뒤로도 몇 번 더 생각나는 숫자를 맞춰보았다. 전부 아니었으므로 참다못해 물리적으로 부수기로 마음먹었다. 사토는 가방에서 펜치를 꺼냈다.

그때 발치에 뭔가가 닿았다. 재빨리 돌아보았다. 아무도 없었다.

시선을 떨어뜨리자 그 정체를 알 수 있었다. 문고본만 한 크기의 쥐가 복도를 달려가고 있었다. 쥐는 복도를 잠시 달리다 안쪽 틈새로 사라졌다. 사토는 고작 쥐에 당황한 걸 창피해하며 다시 문으로 몸을 돌렸다.

그때 문득 생각났다. MC 뉴로맨서. SF 마니아인 모양이다. 밑져야 본전이라는 기분으로 다이얼을 돌려 네 자리 숫자를 맞추었다. SF 하면…….

찰칵, 하는 경쾌한 소리와 함께 자물쇠가 풀렸다. 웃음을 참을 수가 없었다.

사토는 옥상으로 나가서 비닐하우스에 천천히 다가갔다.

"보쿠 히데미 오늘 안 왔어?"

야구치는 먼저 등교한 이와쿠마에게 말을 걸었다. 이와쿠마가 만지작거리던 스마트폰을 책상에 내려놓고 돌아보았다.

"그런가 봐. 졸업식에 참석하기 귀찮았던 거 아닐까?"

"아, 그야 그렇겠지."

원래는 후배도 졸업식에 참석해야 하지만, 사람의 열기로 따뜻해진 체육관에서 졸음과 싸우는 건 아주 고역이다.

"뭐 쓰고 있었어?"

"응?"

이와쿠마가 멋쩍은 웃음을 지었다.

"아까 메모 어플에 뭔가 쓰고 있었잖아."

이와쿠마는 아, 하고 애매하게 답했다. 딱히 감출 필요 있겠느냐고 마음먹었다.

"지금 후지키랑 만화를 만들고 있는데 내가 스토리 담당이라서……."

"어떤 내용인데?"

"고등학생이 학교에서 대마를 재배해서……."

"야! 현실을 그대로 쓰면 어떻게 해! 아직 이르잖아. 하다못해 5년은 지나야지."

아침 조회가 끝나자 담임이 학생들에게 체육관으로 이동하라고 지시했다.

✢ˣ

아니나 다를까 놈은 비닐하우스로 들어왔다.

보쿠는 재빨리 앞으로 달렸다. 오른손에 쥔 마체테를 쑤셔 박을 듯이 사토의 가슴을 향해 쭉 내밀었다.

사토는 눈을 부릅뜨며 몸을 비틀어 기습을 피했다. 칼날이 허공을 갈랐다.

사토는 별달리 동요하지 않은 표정으로 등에 멘 가방을 열고 길이가 40센티미터쯤 되는 쇠파이프를 꺼냈다.

겉모습이 많이 달라졌지만 보쿠는 그를 바로 알아보았다.

사토는 얼굴 가득 웃음을 지었다. 도발한다기보다 진심으로 이 상황을 즐기는 것 같았다.

"그건 또 웬 거냐?"

사토가 쇠파이프로 보쿠가 든 마체테를 가리켰다.

"알 게 뭐야."

그딴 건 자신도 모른다. 게다가 이 자식과 대화할 이유도 없다. 보쿠는 다시 덤벼들 기회를 노렸다.

비닐하우스에는 올해를 위해 꺾꽂이한 모종을 심어놨다. 대마초를 팔아 번 돈으로 설비를 강화해 나름대로 틀 잡힌 재배 환경도 마련했다. 이렇게 해나가면 시간차를 두고 계속 대마를 수확할 수 있다.

"이거 네 솜씨냐? 이렇게 많이 기르다니 굉장한데."

"혼자는 아니고 친구랑 같이."

보쿠는 칼끝을 사토에게 향하며 말했다. 왜 솔직하게 대답하는 거야? 말하고 나서야 깨달았다.

"끝내주는걸. 재능 있나 봐?"

사토가 보쿠에게 한 발짝 다가왔다. 그가 걸음을 떼어놓을 때 마체테를 휘두르면 됐겠지만 타이밍을 놓쳤다. 보쿠는 그저 사토를 매섭게 노려보았다.

"그래" 하고 손뼉을 친 뒤 사토가 말했다.

"차라리 나랑 손잡는 건 어때? 난 다양한 구매자와 안면이 있거든. 분명 지금보다 훨씬 많이 벌 수 있을걸."

사토의 말이 끝나기가 무섭게 보쿠가 마체테를 획 들어 올렸다. 칼날이 사토의 팔을 긋고 지나가며 셔츠 소매와 함께 피부를 베었다. 콘크리트 바닥에 피가 뚝뚝 떨어졌다.

사토는 팔을 감싸며 이를 악물었다.

"이 쌍년이, 뒈지려고."

사토가 말을 끝맺기 전에 보쿠는 그의 정수리에 칼날을 내리치려고 했다. 사토는 냅다 뒤로 물러나며 파이프를 휘둘러 보쿠의 머리를 때렸다. 둔탁한 소리가 울렸다.

보쿠의 몸이 뒤로 젖혀졌다. 손에서 마체테가 떨어졌다.

사토는 즉시 오른손으로 마체테를 주웠다.

"그렇게 나온단 말이지. 알겠어. 네가 무슨 짓을 했는지 전부 까발려줄게. 인생이 많이 피곤해질 거다."

"뉴스에 나면 인터넷 반응 장난 아니겠네. 10만 번 넘게 리트윗되고? 그나저나 너도 결백하진 않잖아."

보쿠는 조금씩 뒷걸음치면서 말했다. 이 상황을 타개할 방법이 없을까. 어질어질한 머리로 생각하려 애썼다. 교복 외투 호주머니에 손가락을 넣자 라이터가 있었다. 전날 밤 동생에게 빌린 게 마침 거기 들어 있다. 마지막 수단이다.

"그건 그렇지."

사토는 웃었다. 보쿠는 재빨리 교복 외투를 벗어 내던졌다.

"이건 또 무슨 지랄이냐?"

보쿠는 바닥에 떨어진 교복 외투에 라이터 불을 댔다. 좀처럼 불이 붙지 않아 애가 탔다.

겨우 소매에 불이 붙은 걸 확인하고 뒤로 달려갔다. 사토는 의아한 표정이었지만, 일단 불을 끄려고 교복을 마구 밟았다.

지금이다. 비닐하우스 뒤에 대마 왁스를 만드느라 사용한 부탄가스통이 있다. 그걸 작은 불길에다 던졌다.

세찬 폭발이 일어났다. 작은 불길이 순식간에 수십 배 커졌다. 화염에 휘말린 사토는 날카로운 비명을 지르며 자기 옷에 붙은 불을 끄기 위해 바닥을 마구 뒹굴었다.

보쿠는 양동이를 집었다. 물을 받아 와서 불을 꺼야 한다. 사토를 지나쳐 비닐하우스를 나서려는 찰나, 보쿠는 등에 엄청난 통증이 느껴져 그 자리에 쓰러졌다.

사토가 일어나서 보쿠에게 마체테를 휘두른 것이다. 피부가 불에 완전히 짓무른 사토는 끊어질락 말락 한 숨을 내쉴 때마다 기계음 같은 소리를 내며 천천히 보쿠에게 다가왔다.

체육관 쪽에서 희미한 음악이 들려왔다. 취주악부의 연주와 학생들의 합창. 「여행을 떠나는 날에」. 「우러러보니 존귀한」이 진부해진 이후 졸업식 노래의 정석으로 자리 잡은 곡이다.

보쿠는 바닥을 기어 사토에게서 멀어지려 했다. 팔을 뻗은 곳에 쇠파이프가 떨어져 있었다. 출혈과 열기와 연기 때문에 정신이 몽롱했지만 사토도 마찬가지인 듯했다. 보쿠는 일단 쇠파이프를 주워서 일어서는 데 성공했다. 그대로 손을 쳐들자 쇠파이프가 사토의 복부에 명중했다. 사토가 신음을 토해냈지만 치명적인 일격은 아니었다.

불이 사정없이 번졌다. 불길은 심어놓은 모종과 비닐하우스의 비닐까지 삼키며 점점 커졌다. 타탁타닥, 터지는 소리가 주변에 울렸다.

보쿠는 갑자기 통증이 사라진 걸 느꼈다. 이유는 명확했다. 비닐하우스에는 버즈 재고도 보관해두었다. 그게 불타서 연기가 피어오른 것이다.

보쿠는 깊이 심호흡했다. 어쩐지 즐거워져 목소리를 높였다.

"일어서. 때려죽여버릴 거야."

보쿠는 쇠파이프를 꽉 움켜쥐었다. 연기 때문에 시야가 흐릿했지만 사토가 느릿느릿 일어섰다는 걸 알 수 있었다.

"덤벼."

사토는 기침하면서도 그렇게 대꾸하고 마체테를 쳐들었다.

보쿠와 사토는 고통과 공포라는 감각을 상실했다. 도취 효과를 유발하는 연기 속에서 본능적으로 대치했다. 의사나 목적이 일절 없이 그저 야만적인 본능만 존재했다.

보쿠는 크게 웃었다. 사토의 표정은 연기 때문에 잘 보이지 않았다. 「여행을 떠나는 날에」가 남녀 혼성 파트인 후렴부로 접어들었다.

보쿠는 고통이니 공포니 전투를 방해하는 감각을 모조리 망각했다.

앞으로 뛰쳐나갔다.

✛×

체육관은 난로를 피우고 있었기 때문에 환기를 위해 창문을
열어놓았다.

졸업식 마지막 절차인 재학생의 합창. 이와쿠마는 하품하며
접의자에서 일어났다. 이 학교에 미련이 남는 사람은 없는지
아무도 울지 않았다. 졸업식은 조직적으로 담담하게 진행됐다.

합창이 3절에 접어들었을 때, 이와쿠마뿐 아니라 모든 학생
과 방문객이 이변을 알아차렸다.

피아노 담당이 갑자기 연주를 멈췄다. 그러자 노랫소리가 웅
성거림으로 바뀌었다.

피아노 담당이 의자에 앉은 채 머리를 건반에 찧었다. 뚜웅,
하고 늘어지는 소리가 요란하게 났다. 컴퓨터의 에러 알림음을
연상시키는 소리였다. 피아노 담당이 이마로 아무렇게나 건반
을 누르는 바람에 뒤죽박죽된 소리가 체육관에 울려 퍼졌다.

혼란스러워하는 학생들의 목소리가 귀에 들어왔다. 이와쿠
마는 어쩐지 머리가 멍했다. 한번 느껴본 감각이었으므로 혼란
을 틈타 앞쪽에 앉은 야구치를 찾아갔다.

야구치도 같은 생각이었던 듯 두 사람은 쉽게 합류했다.

"어, 그…… 여러분, 진정하세요."

소음에 섞여 교사의 목소리가 들렸다. 어쩐지 축 늘어지는 목소리였다. 체육관 여기저기서 기침 소리가 들렸다. 창문으로 들어오는 연기가 보였다. 비닐하우스에 상당한 양의 버즈를 보관해놓았고, 마침 바람이 이쪽으로 불었다. 엄청난 우연에 우연이 겹쳤다고밖에 표현할 방법이 없다.

"이거 위험한데."

"어쩌지?"

이와쿠마와 야구치는 머리를 끌어안았다. 아무리 생각해도 이건 대마초 연기다. 그것도 아주 진한 농도의. 고래고래 악쓰는 소리와 웃음소리가 들렸다. 학생들의 정신이 점점 이상해지는 게 눈에 보였다. 대부분은 실이 뚝 끊어진 인형처럼 그 자리에 쓰러지듯 축 늘어졌다.

"어, 이런……."

"아포칼립스가 따로 없네."

남학생 한 명이 단상으로 올라갔다. 창문 근처에 앉아 있던 학생이라 연기를 깊이 들이마신 모양이었다. 남학생은 들고 간 의자로 교사를 때려눕힌 뒤 마이크에다 대고 외쳤다. "섹—스!" 그밖에도 연기를 너무 들이마셔서 헬렐레하고 정신 못 차리는 학생이 여러 명이었다.

"우와, 미치겠네. 대체 어쩌다……."

이와쿠마는 머리를 끌어안고 중얼거렸다.

이와쿠마와 야구치는 사람들을 헤치고 체육관을 뛰쳐나와 동아리 건물을 보았다.

말문이 막혔다. 아니나 다를까 옥상에서 연기가 피어오르고 있었다. 그 직후에 체육관 옆 주차장에서 뭔가 요란하게 부서지는 소리가 들렸다. 경차가 주차된 차를 들이받은 것이다. 경보음이 신경질적으로 울리기 시작했다. 그 뒤에 있던 왜건 차량도 경차 뒤꽁무니에 부딪쳤다. 학교 안에서 추돌사고가 잇따랐다. 학부모들이 고함을 지르는 소리가 들렸다.

"일단…… 어떻게 하지? 저기로 갈까?"

야구치가 동아리 건물을 가리켰다.

"갈 수밖에 없겠지."

두 사람은 뛰어갔다. 이와쿠마는 달리면서 스마트폰으로 보쿠에게 전화를 걸었다. 하필 이럴 때 어디서 뭘 하는 거야.

전화는 연결되지 않았다. 이와쿠마는 귀에 스마트폰을 댄 채 달렸다.

동아리 건물에 도착했다. 내부는 연기로 가득했다. 두 사람은 소매로 입가를 가리고 안으로 들어갔다.

"보쿠 히데미는?"

"전화 안 받아."

안 되겠다 싶어 계단을 오르면서 전화를 끊으려 했다.

그제야 겨우 스마트폰에서 보쿠의 목소리가 들렸다.

"어? 뭐라고?"

잠음이 심해서 이와쿠마는 알아들을 수가 없었다.

다시 목소리가 들렸지만 도무지 무슨 말인지 알 수 없다.

"뭐라고, 보쿠?"

어쩔 수 없다. 이와쿠마는 전화를 끊었다.

옥상 문에 채워둔 자물쇠가 풀린 걸 보고 야구치가 눈썹을 모았다. 문을 걷어차 열고 옥상으로 나갔다. 이와쿠마도 뒤따랐다.

두 사람은 어안이 벙벙해졌다. 비닐하우스가 흔적도 없이 불타버렸다.

연기 사이로 사람이 보였다.

"어, 이게 다 뭐야? 어떻게 된 거야?"

"이야기하자면 길어."

보쿠가 마체테를 지팡이 삼아 비틀비틀 다가왔다. 야구치는 얼른 어깨를 빌려주었다.

"피투성이잖아!"

이와쿠마는 소리쳤다.

"일단 다른 데로 가자."

보쿠는 "아, 죽겠네"라고 끙끙대면서도 작게 웃었다.

이와쿠마는 야구치가 선 반대쪽에서 보쿠를 부축했다.

"아, 진짜, 대체 어쩌면 좋냐?"

"뭐, 이제부터 생각하면 되겠지."

셋은 천천히 발 맞춰 옥상을 떠나기로 했다.

분명 제대로 된 곳에는 다다르지 못할 것이다. 그래도 뭐, 상관없나.

세 사람은 혼란스러운 와중에도 일단 그렇게 생각했다.

옮긴이 김은모

일본 문학 번역가. 경북대학교 행정학과를 졸업했다. 일본어를 공부하던 도중 일본 미스터리의 깊은 바다에 빠져들어 헤어나지 못하고 있다. 아직 국내에 알려지지 않은 다양한 작가의 작품을 소개하고자 노력하고 있다. 옮긴 책으로는 우타노 쇼고의 '밀실살인게임' 시리즈를 비롯해, 고바야시 야스미의 『앨리스 죽이기』, 『클라라 죽이기』, 『도로시 죽이기』, 미야베 미유키의 『비탄의 문』, 이마무라 마사히로의 『시인장의 살인』, 『마안갑의 살인』, 미치오 슈스케의 『수상한 중고상점』, 『투명 카멜레온』, 『달과 게』, 『기담을 파는 가게』, 『용서받지 못한 밤』, 소네 케이스케의 『지푸라기라도 잡고 싶은 짐승들』, 야쿠마루 가쿠의 『우죄』, 이케이도 준의 『변두리 로켓』, 히가시노 게이고의 『사이언스?』, 아시자와 요의 『아니 땐 굴뚝에 연기는』, 『죄의 여백』 등이 있다.

우리들의 비밀 온실

초판 1쇄 인쇄 2022년 08월 12일
초판 1쇄 발행 2022년 09월 1일

지은이 나미키 도
옮긴이 김은모
펴낸이 김선식

경영총괄 김은영

기획편집 이상화 **디자인** 이은혜 **책임마케터** 권오권
콘텐츠사업2팀장 김보람 **콘텐츠사업2팀** 이은혜, 박하빈, 이상화, 채윤지
편집관리팀 조세현, 백설희 **저작권팀** 한승빈, 김재원, 이슬
마케팅본부장 권장규 **마케팅3팀** 권오권, 배한진
미디어홍보본부장 정명찬 **홍보팀** 안지혜, 김민정, 오수미, 송현석
뉴미디어팀 허지호, 박지수, 임유나, 송희진, 홍수경 **디자인파트** 김은지, 이소영
재무관리팀 하미선, 윤이경, 김재경, 안혜선, 이보람
인사총무팀 강미숙, 김혜진, 황호준
제작관리팀 박상민, 최완규, 이지우, 김소영, 김진경, 양지환
물류관리팀 김형기, 김선진, 한유현, 민주홍, 전태환, 전태연, 양문현, 최창우

펴낸곳 다산북스 **출판등록** 2005년 12월 23일 제313-2005-00277호
주소 경기도 파주시 회동길 490
대표전화 02-704-1724 **팩스** 02-703-2219 **이메일** dasanbooks@dasanbooks.com
홈페이지 www.dasanbooks.com **블로그** blog.naver.com/dasan_books
종이 한솔피엔에스 **인쇄·제본** 갑우문화사 **코팅·후가공** 평창피앤지
ISBN 979-11-306-9286-9 (03830)